Meu Entardecer de Outono

QUEREN ANE

Meu Entardecer de Outono

Copyright © 2025 por Queren Ane da Silva de Souza Arcas

Todos os direitos reservados e protegidos pela Lei 9.610, de 19/02/1998.

É expressamente proibida a reprodução total ou parcial deste livro, por quaisquer meios (eletrônicos, mecânicos, fotográficos, gravação e outros), sem prévia autorização, por escrito, da editora.

Edição
Daniel Faria

Revisão
Ana Luiza Ferreira

Produção
Felipe Marques

Diagramação
Gabrielli Casseta

Colaboração
Guilherme H. Lorenzetti

Ilustração de capa
Ana Bizuti

Capa
Jonatas Belan

CIP-Brasil. Catalogação na publicação
Sindicato Nacional dos Editores de Livros, RJ

A586m

Ane, Queren
　　Meu entardecer de outono / Queren Ane. - 1. ed. - São Paulo : Mundo Cristão, 2025.
　　352 p.

　　ISBN 978-65-5988-410-0

　　1. Ficção cristã. 2. Ficção brasileira. I. Título.

24-95309
　　　　　　　　　　　　　　　　　CDD: 869.3
　　　　　　　　　　　　　　　　　CDU: 82-97(81):27

Gabriela Faray Ferreira Lopes - Bibliotecária - CRB-7/6643

Categoria: Literatura
1ª edição: fevereiro de 2025

Publicado no Brasil com todos os direitos reservados por:
Editora Mundo Cristão
Rua Antônio Carlos Tacconi, 69
São Paulo, SP, Brasil
CEP 04810-020
Telefone: (11) 2127-4147
www.mundocristao.com.br

Para todas as garotas que desejam florescer no Senhor.

Que este livro possa encorajá-las a atravessar o outono

e lembrá-las de que o Pai está com vocês em todas

as estações da vida.

— 1 —
Com as amigas tudo é melhor

— Chér, o garoto de verde não tira os olhos de você.
— É impressão sua, Pilar.
— Amiga, eu sei das coisas e enxergo muito bem. Você enfeitiçou o cara.

Um meio sorriso travesso surge no cantinho do lábio de Pilar. Sentada do meu lado, ela vira o pescoço mais uma vez, atirando um olhar descarado na direção da mesa que o garoto divide com o amigo e a namorada dele.

Pilar poderia ser menos óbvia que isso? Repuxo a barra de sua bata rosa em protesto.

— Para de encarar — imploro entredentes.

Meu pedido é como combustível para essa minha amiga que se empolga com qualquer migalha de interesse masculino. Pilar é atrevida a ponto de apoiar o cotovelo na mesa e segurar o queixo encarando admirada o garoto. Eu a censuro com um olhar e empurro seu queixo para a frente sem delicadeza alguma. Ela libera uma risadinha sapeca.

— Ele nem me deu uma olhadinha. Toda a atenção do deus do trovão é sua.

O apelido combina. Faço um bico para disfarçar o sorriso.

— Juro que ele deve ser a mistura de todos os mocinhos loiros e gatos dos meus livros favoritos — Pilar assobia com fascínio. — Sabe que o perfil australiano não é o meu tipo, mas eu abriria uma exceção para aquela escultura em forma de homem. Só que é você que ele deseja.

Pilar parece que vai cavar um buraco na minha costela de tanta empolgação.

— Ai, sua doida, para com isso!

Afasto seu dedo.

— Amiga, agarra essa chance. Quer dizer, agarra esse garoto.

— Doida.

Balanço a cabeça em desaprovação concentrada no meu gelato de pistache.

— Chér, ele é o seu tipo, amiga.

— Não é — afirmo com indiferença, embora eu tenha dado aquela analisada assim que o vi entrar na cafeteria, logo após me sentar com Pilar na varanda. Foi inevitável, e não só para mim, tá? Vi vários pares de cabeças se virarem para encará-lo.

Pilar tem razão quanto à beleza do menino. É daquelas que chegam a deixar a gente constrangida, ainda que eu não esteja de fato interessada. E, só para constar, não estou.

— O gato australiano é totalmente o seu estilo — insiste Pilar, sugando o resto do seu suco de acerola. — Aliás, ele deve ser o tipo de qualquer uma disponível.

Ela morde o canudo de um jeito malicioso.

— Acho que não tenho um tipo — digo mais para mim do que para ela.

Zack invade meus pensamentos como uma assombração. Pisco e sacudo a cabeça para espantar a imagem indesejada do troll. Não posso considerar o perfil australiano como meu tipo só porque um dia fui apaixonada por um garoto assim. Ao contrário, se eu puder escolher meu par romântico de um futuro muito distante, com certeza ele não será uma lembrança do garoto que partiu meu coração. Que seja moreno de cabelos castanhos e olhos escuros. Amém!

Oi, Deus. Será que posso deixar esse pedido adiantado?

Dou uma risadinha raspando a colher na língua.

O iPhone de Pilar se acende e ela verifica.

— É a Bruna. Elas estão vindo.

Ela se concentra no celular e eu finalizo o sorvete.

A brisa morna da tarde beija meu rosto trazendo o cheiro fresco do mar. Encaro o horizonte esverdeado de águas tranquilas que ondulam sob os barcos ancorados não tão distantes daqui. O parapeito de vidro é o que nos separa da praia, onde as ondas se quebram num borbulhar melodioso. A vista incrível é um afago no coração e é por causa dela, e pelo cardápio delicioso e a decoração aconchegante, que a cafeteria se tornou a minha predileta de Búzios — e point do café superfaturado com minhas amigas no final do dia.

— Até que enfim, bonitas!

Pilar bate palmas e me faz notar a presença das meninas. Bruna e a prima nos encontram na mesa redonda de pedra. O cheiro de coco se espalha no ar quando elas se sentam. É o creme de Duda.

— Foi mal — Bruna pede com um bocejo. — Estava moída.

Seu cabelo loiro escorrido está preso num rabo de cavalo desajeitado. O rosto bronzeado de sol está um pouquinho inchado, livre de maquiagem e com linhas marcadas em uma das bochechas. O típico selo de soneca. Já Duda está maquiada e com os cachos curtos bem definidos. Tenho certeza de que, enquanto Bruna tirava seu cochilo, Duda dedicou cada minuto para arrumar o cabelo. Duda é obcecada por seus cachos. Trouxe dezenas de produtos na mala, dos quais eu me beneficiei também, porque meus fios ficam embolados e ressecados por causa do sal.

Enrolo um cachinho no dedo inspecionando as pontas duplas.

Percebi que sou uma cacheada bem meia-boca e preciso corrigir a negligência. Assim que retornar para casa, vou pedir à minha mãe que compre todos os itens que Duda recomendou. Além disso, vou precisar daquela hidratação potente de salão que custa uma pequena fortuna, mas que é puro milagre.

— Já pediram?

Duda abaixa a cabeça para analisar o cardápio.

— Tomei sorvete e Pilar um suco — conto atirando uns cachos para trás do ombro.

— Estávamos esperando vocês, né — gesticula Pilar.

— Não estou com muita fome. O sono me deixou lerda. — Bruna se espreguiça. — Vou querer um cappuccino e uma torta de banana. Depois pego um gelato. — Ela coça os olhos. — Ai, que sono do inferno.

— Também... você tomou quantos caixotes hoje?

Pilar suspende uma sobrancelha provocante.

— Culpa de quem?

Bruna me atravessa com um olhar carregado de acusação.

— Desculpa se eu estava tentando não me afogar — rebato.

Duda ri, Pilar a acompanha. Bruna e eu não resistimos.

A cena foi hilária mesmo. Afinal, pagar mico é o meu esporte.

— Eu disse que não sabia nadar, caramba. E você me arrastou para o fundo! — acuso.

— Você estava com a bodyboard, Chér! — Bruna chacoalha as mãos no ar. — Fala sério!

— Não tinha como se afogar — completa Duda.

— Tinha sim! Achei que fosse morrer! — Toco o peito para enfatizar.

— Você está sempre achando que o mar vai te levar de oferenda.

Bruna cospe um riso debochado. Amarro a cara.

— Medo do mar é coisa séria, viu?

— Medo a gente vence encarando — filosofa Bruna com riso.

— Ah, claro — ironizo. — Tem medo de cobra? Então se joga em um ninho que passa.

Franzo a testa numa expressão tediosa. Logo estamos rindo de novo.

— Aprende a nadar, Chér — aconselha Duda. — É a única forma de encarar o mar. Vou pedir um toast de presunto com queijo. — Ela desliza o cardápio fechado na mesa.

— Vocês viram o filho do Thor que está sentado ali atrás? Caidinho pela Chér. — Pilar aponta com o polegar.

Ah, de novo isso?

— Quê?

Bruna contrai o rosto e Duda franze o nariz.

— Esquece isso, Pilar — peço.

— Vocês não viram?

Pilar parece chocada e faz as duas seguirem seu dedo para a parte lateral da cafeteria.

Os pequenos olhos de Duda crescem em deslumbramento. Bruna estala a língua nos dentes como se a beleza do garoto não fosse assim tão impressionante. Ela solta um "padrãozinho" com desdém, recebendo um olhar incrédulo de Duda e Pilar — e até meu. Ele pode não ter o tipo da Bruna, mas está longe de ser padrãozinho.

Nisso, uma funcionária se aproxima de nós para anotar os pedidos.

— Só se for o padrão do Olimpo, queridinha — Pilar declara assim que a atendente se retira.

— Sabem que não curto loiros — Bruna se explica.

— É — Pilar ri irônica. — Seu padrão é o típico ossudo inteligente.

Bruna xinga Pilar atirando nela um sachê de açúcar.

Acabo rindo pelo nariz.

— Ela vê a beleza do coração e do cérebro.

É Duda quem entra na pilha.

— Idiota!

Bruna dá um tapa na cabeça da prima, que solta um palavrão.

— Ai, sua insuportável! Meu cabelo — Duda dá um empurrão nela.

— Estou pouco me lixando para o que vocês acham do *meu* — frisa Bruna — namorado. Afinal, quem tem que se agradar dele sou eu.

— Não acho o Dinho feio — comento, honesta.

— Também não — concorda Duda. — Ele tem uma beleza diferente.

— Dinho tem o molho — Pilar une os dedos naquele gesto italiano de satisfação. — O molho nerd que Bruna adora. — E dá uma piscadela provocante.

— Muito melhor do que essas cascas de homem com quem vocês ficam. Músculos e zero massa cinzenta — Bruna alfineta.

— Parem de falar do meu namorado — ordena carrancuda.

— Você pode zombar da gente e não podemos implicar com você? — Pilar cutuca.

— Vocês não aguentariam se eu estivesse implicando de verdade.

Bruna sorri ardilosa ao apertar seu rabo de cavalo no alto.

— Claro — digo. — Porque você parte logo para a agressão verbal.

— Fazer o quê? — Ela quica os ombros por baixo do cropped.

— É o meu molho.

Nós rimos.

— Aqui, meninas.

Os pedidos chegam rápido. Encho a boca de torta de Oreo apreciando a cremosidade da Nutella. Hmmm... isso é perfeito.

— Então — Bruna começa com um olhar animado. — Vamos naquele festival?

— 2 —
Prefiro apreciar a vista

Durante o café as meninas tagarelam sobre o festival. Um show de música temática da década de 2000 que vai rolar aqui em Búzios, com DJs e tudo o mais, e que não desperta em mim o mínimo interesse.

Primeiro, porque não curto festas, ainda mais de rua. É sempre uma loucura de gente aglomerada, suada e fedida. Pensar em alguém suspirando no meu cangote me dá nojo. Segundo, dançar passa longe de ser o meu programa favorito — a não ser que eu esteja sozinha limpando o quarto. Também tem o fato de que o evento vai ser tarde da noite, e minha alma idosa já torce o nariz em reprovação. E terceiro, e o mais importante de todos os argumentos, minha mãe não vai permitir *mesmo* que eu vá a uma festa de rua *sozinha* com minhas amigas. Sob hipótese alguma! E saber disso me traz um conforto enorme.

Aviso logo às meninas que não quero ir ao festival. Que podem ir sem mim e que vou ficar bem em casa com a família da Bruna. De verdade, vou ficar ótima.

— Ah, Chér, você tem que ir. É algo divertido para fazermos juntas antes que as férias terminem — Bruna protesta ajeitando-se na cadeira de ferro branca. — Nada a ver você ficar de fora.

— Nós temos feito coisas divertidas juntas — rebato. — Há vários dias.

E é verdade. Praia todo dia, passeios pela orla de bicicleta, conversa jogada fora em cafeterias e mais.

— Mas é para encerrar as férias em grupo — contesta Bruna.

— Meninas, eu não me importo de ficar. Sério. Podem ir — falo tranquila, afastando o prato de sobremesa vazio. — Sabem que não gosto dessas festas. Sou um bichinho do mato.

— Você é uma antissocial — cospe Bruna.

— É um elogio ou uma ofensa? — brinco.

— O que você acha?

Rio de sua expressão antipática.

— Meninas, é sério, vão. Não me importo de ficar em casa. Vai ser de boa.

— Sozinha em casa com as crianças e as velhas?

— Deixa sua mãe, sua tia e sua avó ouvirem você dizendo que elas são velhas, Bruna.

Tanto a tia Danda, a mãe da Duda, dona da casa em que estamos, quanto a avó materna de Bruna são mulheres bem joviais para a idade. Elas adoram conversar conosco e querem ficar por dentro do nosso mundo adolescente. São bem divertidas, embora discutam bastante e usem palavrões como se fossem verbos. Com certeza xingariam a Bruna por chamá-las de velhas.

— Será que eu finalmente encontro meu moreno misterioso nesse show? — Pilar se pergunta, segurando o queixo numa expressão pensativa.

— Talvez o moreno misterioso surja antes — comenta Duda teclando no iPhone. — A Mel, minha amiga, falou que está aqui em Búzios com uns amigos. Mais tarde eles vão naquela sorveteria que a gente estava querendo conhecer. O que acham?

— Ah, eu acho legal. Eu topo — falo.

Com a rotina agitada e sob a organização das tias, ainda não fomos à sorveteria que vimos no Instagram. É toda temática e parece ser bem maneira.

— Pode ser — Bruna acena comendo sua fatia de torta.

— Tem uns amigos solteiros nesse grupo aí, Duda? — Pilar pergunta com interesse.

Por dentro estou balançando a cabeça em reprovação.

— Sim, alguns. Mas eu acho que o Igor, um superamigo meu, combina com você.

Duda arqueia uma sobrancelha de modo sugestivo para Pilar.

— É um gato. Ratinho de academia.

— Tem foto? É sempre bom avaliar antes, né. E você já ficou com ele, Duda?

Pilar se inclina, curiosa sobre a resposta. Ela tem a política de nunca ficar com garotos com quem suas amigas já ficaram. Duda não é uma amiga, mas é próxima, então pelo visto a regra conta.

— Nunca. — Duda faz que não. — Igor é amigo mesmo. Nunca rolou nem uma fagulha.

— Me apresenta, por favor — implora Pilar, as mãos em prece.

Elas falam animadas sobre o possível alvo de Pilar. Duda mostra uma foto para minha amiga, o que a deixa ainda mais agitada. As duas seguem na mesma missão para estas férias: encontrar garotos bonitos para se divertirem.

No entanto, nenhuma das duas alcançou o objetivo desejado até o momento. Pilar porque não deparou com nenhum garoto que desse em cima dela — um golpe esmagador em seu ego. Já Duda porque é exigente e não encontrou ninguém à altura de seus padrões, embora dois garotos tenham demonstrado interesse por ela na praia que visitamos ontem.

Ver Pilar tão desejosa de ficar com um garoto me deixa meio pra baixo. Pilar não precisa de garotos. Precisa, isto sim, proteger o coração. Uma vez aconselhei Pilar sobre isso, mas não surtiu efeito algum. Quero que minha amiga entenda que esse rodízio de garotos apenas a defrauda emocionalmente e não sacia de verdade o desejo que ela tem de ser amada. Relacionamentos descartáveis assim são como poças, e quanto mais se bebe delas, mais sedentas ficamos.

Com tudo o que aconteceu com Zack, aprendi a lição importante de proteger meu coração. Os conselhos de minha mãe e as conversas sobre defraudação que tive na igreja me fizeram entender que não preciso ter pressa para viver um romance. Compreender o propósito do namoro me fez olhar de outra maneira para beijos sem compromisso, para o romance e o casamento.

Por isso, decidi esperar pelo tempo ideal, e sei que não é agora. Ainda tenho muito o que viver e amadurecer, e desejo curtir a juventude focando outras coisas que são verdadeiramente importantes nesta fase da vida. Caminhar com Jesus é uma delas. Então, nada de garotos e romance para mim.

Nosso café da tarde se resume a falar dos amigos de Duda, do possível encontro de Pilar com o tal de Igor e do festival ao qual Bruna quer tanto ir. Quando encerramos o momento, pagamos a conta e deixamos a cafeteria. Pilar e Duda confabulam atrás de mim, e Bruna perturba meu juízo para ir ao festival com ela. Pelo visto não vou ter paz. Minha recusa só a deixa ainda mais empenhada em me convencer do contrário, por isso apenas aceno ciente de que é difícil vencer uma discussão com a Bruna.

Enquanto ela devaneia sobre quão incrível será o show, percebo um certo par de olhos claros me seguindo quando nos aproximamos de sua mesa. O garoto que Pilar apelidou de filho do Thor me acompanha virando o tronco sem o menor constrangimento. Meu estômago fica oco quando o vejo levantar.

Será que ele vai vir falar comigo? Não, não pode ser tão descarado assim.

Ai, estou tensa de qualquer jeito.

— Anda, Bruna — apresso.

Ela parou de andar para fazer registros da cafeteria e colecionar photos dump para o Insta.

— Calma aí.

Só que o garoto continua vindo em linha reta na nossa direção. Ele repuxa a blusa verde colada ao peito que realça os braços musculosos. Nem dá para fingir que não reparo em quanto ele é bonito e forte. Então ele enfia uma das mãos no bolso do short e endireita os ombros largos para trás, erguendo o queixo com confiança conforme dedilha os fios loiros para o lado. Parece muito seguro de si e, por uns segundos, eu apenas pisco meio embasbacada.

Agito os pensamentos traidores e ativo o motorzinho nos pés.

— Chér?

Deixo Bruna para trás. Arrisco um olhar discreto sobre o ombro apenas para confirmar que o garoto ainda caminha para cá. Fico fria por dentro e nem quero descobrir se ele vai mesmo falar comigo.

— Ô, Chér, me espera.

Finjo não ouvir Bruna e sigo apressada pela cafeteria. Aterrizo na calçada, meio esbaforida. Encontro a bicicleta bege encostada nos troncos retorcidos da árvore. Há um punhado de pétalas roxas caídas dentro do cestinho. Não me incomodo em tirá-las dali e largo minha bolsa de qualquer jeito. Agarro o guidão e tiro a bike de ré, com cuidado para não bater nas pessoas que transitam pela calçada. A Rua das Pedras é sempre movimentada.

— O que você está fazendo? — questiona Bruna quando me alcança.

Ela tem as duas mãos na cintura e um olhar confuso.
— Bora? — Indico com a cabeça. — Ainda quero ver o pôr do sol na orla.

Como se essa fosse a verdade pela minha pressa. Bruna continua me encarando com um ponto de interrogação na testa. Monto no selim de uma vez. Pilar surge de braços dados com Duda. O sorriso da minha amiga é tão gigante que faz as covinhas parecerem maiores. Tem dois sóis no lugar dos olhos. Sinto a euforia de Pilar antes mesmo que diga:

— Amiga, acho que o garoto está mesmo a fim de você! Ele está vindo pra cá.

Minha barriga retorce em puro desespero.

— Chér, você tem que agarrar essa chance. Fala com ele.

Não dou a mínima para a empolgação de Pilar e enfio os pés nos pedais.

— Vou na frente — aviso já pedalando.
— Espera! — Bruna acena.
— Chér! — Pilar grita.

O semblante confuso meio risonho de Duda é a última coisa que vejo antes de deixar as três na calçada e seguir pela rua, pedalando com toda força que consigo reunir. O desespero é uma excelente motivação. Imagina se o garoto vem mesmo falar comigo? E pede para ficar? Ai, que nervoso. É claro que eu diria não, mas seria constrangedor. Só de pensar fico nervosa. Quero fugir de situações assim. Por isso, sigo pedalando sem olhar para trás.

Ao entrar na calçada da orla, inspiro o aroma salgado do mar e expulso as ideias recentes. O píer à minha esquerda passa num borrão. Pedalo bem rápido, os raios de sol aquecendo meu corpo conforme o vento refrescante empurra meus cachos para trás. Só me dou conta de que avanço demais pela orla ao me aproximar da estátua de Juscelino Kubitschek. Reduzo a intensidade nos pedais e descanso um pé na calçada, escorando a bicicleta na amendoeira próxima, e espero pelas meninas.

Aproveito para recuperar o fôlego e prender metade do cabelo em um nó fitando o horizonte em tons de azul e laranja numa mistura arrebatadora. Mesmo no inverno os dias têm sido de muito sol e calor. Apenas à noite esfria um pouco. Até o clima mais geladinho em Búzios é uma delícia. Estou aproveitando tanto essa viagem com minhas amigas! Vou morrer de saudades das manhãs inteirinhas na praia, das tardes preguiçosas na rede e na piscina, das pedaladas no final do dia para ver o sol poente sobre a Praia do Canto. As férias têm esse aroma de maresia, gosto de gelato de pistache — meu preferido —, cor de flor primavera e o som divertido das risadas das minhas amigas.

Os dias passaram tão depressa... Daqui a duas semanas as aulas retornam e o lembrete do iminente fim das férias me faz suspirar. Ah, mas nada de ficar triste antes da hora. Ainda tenho uma semana pela frente para aproveitar Búzios. Lutei como uma guerreira por mais dias aqui — bom, como uma guerreira bebê, mimada e chorona, mas quem se importa? Consegui convencer meus pais a me deixarem permanecer em Búzios por mais cinco dias. E espero aproveitar ao máximo com minhas amigas — e Duda, é claro.

— Ô Chér!

Escuto a voz aguda de Bruna e me viro.

Ela lidera na bicicleta com Pilar e Duda mais atrás. Quando me alcança, caçoa de mim por eu ter fugido feito um raio do garoto. Duda e Pilar fazem o mesmo. Compramos água no restaurante próximo e montamos nas bicicletas para retornar para casa. Enquanto pedalamos, sou alvo de piadinhas e risinhos das meninas. Nem ligo, e aproveito para absorver a vista e fotografá-la um pouco mais. Afinal, registrar cada momento dessa viagem é o meu novo hobby.

— 3 —
Amo estar com vocês

Quantos caixotes uma garota precisa tomar até entender que não leva jeito para surfar?

No meu caso, foram quatro, e esse é o preço que eu pago por ser legal com as crianças. É a quarta vez que tento surfar na bodyboard depois de Samuca me convencer com seu jeitinho de criança insistente, ou seja, insuportável. Agora tenho areia em lugares indevidos do meu maiô e o cabelo enroscado em meu rosto como tentáculos de um polvo enquanto dou um showzinho de graça para a praia, *lotada*. Pelo visto eu desconheço minha capacidade de me colocar em situações humilhantes. É quase um instinto natural.

Cuspo grãos arenosos da língua engatinhando até a parte lisa da areia úmida. Caio de costas num baque e arranco o velcro da prancha. Meu corpo está moído, como se eu tivesse malhado o dia inteiro. Não que eu já tenha ido à academia alguma vez, mas acredito que é assim que os bodybuilders devem se sentir ao final de um treino pesado.

— Essa onda te massacrou hein, Chér.

Ah, jura?

O irmão do meio de Bruna faz sombra sobre mim, e pelos cílios molhados noto que ele tenta segurar o riso. Meu instrutor de surf não sabe manter a seriedade diante de minhas quedas. Mas o que eu poderia esperar de um menino travesso de dez anos? Zoação, é claro.

— Vamos tentar outra vez, Chér. Você consegue.

Um sorriso banguela cresce no rosto rechonchudo do garoto. E antes que comece a perturbar, aviso que minha temporada de humilhação está encerrada. De careta, ele se afasta com a prancha azul debaixo do braço indo ao encontro do irmão e dos primos, que brincam na beirada.

Como não posso me dar ao luxo de ficar estirada no chão fritando feito um bife nesse maiô, apoio os cotovelos na areia e me obrigo a ficar de pé. Ando sem forças para a barraca das meninas e me sento toda molenga na cadeira de praia ao lado de Pilar. Repuxo os fios ressecados num coque mal feito e tomo um gole de mate para tirar o gosto de peixe da língua, enquanto ouço Pilar dizer:

— Acredita que meu pai postou uma foto num bar da Lapa? É uma foto com os amigos e umas mulheres. Olha aqui, Chér.

E me mostra a foto de seu pai. Eita!

— Num bar. Meu pai num bar. — Ela me olha boquiaberta. — Ele nunca foi de sair com amigos assim. Até pra sair com a gente era um estresse, porque ele tinha que trabalhar e tal. E agora foi num bar na Lapa. É sério isso?

Pilar transpira indignação enquanto me encara de sobrancelhas erguidas.

— E com mulheres também. Nem sei quem são.

— Devem ser do trabalho, não?

— A equipe do meu pai é praticamente só de homens, Chér. E eu conheço todos eles. Nunca vi essas mulheres. — Pilar dá zoom na tela. — Será que ele já está se divertindo com outras?

— Sua voz soa magoada. — Nem faz muito tempo que saiu de casa. Isso é sacanagem. Minha mãe vai ficar arrasada.

Aliso seu ombro desnudo numa tentativa de consolá-la.

— Aposto que ele fez isso pra atingir minha mãe, amiga. Ele nunca posta foto. Se você olhar o feed, só tem coisas aleatórias de meses atrás. Que necessidade tinha de postar isso? — Aponta o celular. — Só pode ser pra ela ver, tenho certeza.

Pilar trinca o maxilar, as narinas dilatadas.

— Poxa, amiga. Isso é superchato. Sinto muito — respondo sem ter algo melhor para dizer.

É bem triste essa história da separação dos pais da Pilar. Sei que não tem sido fácil para tia Osana, pelo que Pilar me conta. Ela ainda ama o marido e quer reatar, embora tio Sérgio se mantenha firme no pedido do divórcio. Pilar escolheu ficar do lado da mãe e se machuca muito nesse fogo cruzado. Gostaria que nem ela nem a mãe sofressem assim.

— Minha mãe me mandou um print da foto — Pilar contrai o rosto. — Pronto, ela viu. Que raiva do meu pai!

Pilar esbraveja e, antes que eu consiga ao menos tentar acalmá-la, salta da cadeira como se ela tivesse alfinetes. Sai dizendo que vai falar umas verdades para o pai. Entorto a boca sem saber como ajudar e observo minha amiga agitada furando a areia úmida com suas pegadas conforme pressiona o celular perto da boca.

A risada excêntrica da avó de Bruna me faz virar o pescoço para a esquerda. Todas as mulheres conversam muito calorosas debaixo da barraca amarela da família. As meninas e eu escolhemos ficar ao lado, em nossa própria barraca, para ter um pouco de privacidade.

— O mar está ótimo!

Duda retorna de seu mergulho toda ensopada. Bruna ainda permanece lá dentro, no fundo. As duas desbravadoras de oceanos têm aproveitado a água juntas enquanto Pilar e eu ficamos mais na areia. Eu por causa do pavor que tenho de morrer afogada, e Pilar porque quer ficar bronzeada como Bruna e eu. E tudo o que consegue é se tornar cada vez mais rosada, feito camarão.

— Com quem ela tá começando a terceira guerra mundial?

Duda ri ao enxugar os cabelos na toalha, jogando o queixo para a frente, na direção de Pilar.

— Com o pai — respondo. — Ele postou uma foto com amigos no bar, tem mulher e tal. A mãe dela viu.

— Ai, que péssimo. Essa fase de separação é um inferno. Já passamos por isso lá em casa.

Ela coloca os óculos de sol e se deita na canga de bruços, folheando o livro de capa indecente que me enche de vergonha só de ver. Bruna retorna no mesmo minuto que Pilar, ainda de ânimos aflorados. Tomamos mate ouvindo enquanto ela narra todas as palavras feias que enviou para o pai. Tio Sérgio não respondeu e Pilar está em polvorosa à espera, fitando o celular a cada segundo. Duda consegue mudar o foco de Pilar ao dizer:

— Posso marcar com a Mel hoje?

Duda encara seu iPhone por trás das lentes escuras.

Iríamos encontrar os amigos de Duda ontem, mas as tias nos levaram para jantar muito longe da orla e estragou nossos planos de irmos à sorveteria.

— Podemos ir agora? — Pilar brinca com um sorriso arteiro.

— O nível de desespero da gata — Duda gargalha.

— Claro! Me recuso a terminar as férias sem ter tido um pouco de diversão.

— E o que temos feito esses dias é o quê, hein? — comento.

— Quero outro tipo de diversão, amiga — Pilar pisca sacana. — Juro que se eu voltar pra casa nessa seca vou entrar em depressão. Preciso beijar! — Faz um bico exagerado. — Estou há semanas sem ficar com ninguém. Inadmissível.

— Já te disse que tem que aproveitar essa "seca" — faço aspas — para se desintoxicar de garotos. É disso que você precisa. De proteger esse coração, amiga, e essa boca também.

Ela apenas ri como se meu conselho fosse engraçadinho.

— Estão falando do quê? — Bruna chega molhada e aperta os cabelos atirando pingos gelados em nós.

— Ah, Bruna! Qual é? — reclamo expulsando as gotinhas do meu braço.

Duda a xinga e Pilar nem se importa, ainda tagarelando sobre o iminente encontro com Igor. Logo Bruna é deixada a par sobre a saída de mais tarde. Para mudar o rumo da conversa sobre possíveis ficantes, convido as meninas para jogar frescobol. Elas se animam e iniciamos uma partida. Depois de minutos sedentas e suadas, nos jogamos no mar, eu na beirinha, é claro, enquanto as meninas ficam brincando de ameaçar me levar para o fundo. Como já tive minha cota de desespero por hoje, volto para a canga dando risadas.

O celular da Bruna começa a tocar e o procuro em sua bolsa. É o Dinho.

— Bruna, seu namorado está te ligando! — grito para ela. — Own — faço voz fofa quando ela vem correndo. — Você colocou dois emojis de coração no nome dele. Que coisa fofa, Bruna. Dinho está te tornando meiguinha.

Implico porque sei que ela finge não gostar.

Bruna seca a mão na minha canga para pegar o celular me xingando, mas sorri. E se afasta para conversar com Dinho enquanto eu pego meus óculos escuros e o boné observando as nuances em seu rosto risonho e todo apaixonado. Bruna me pega olhando e faço corações com as mãos e com os dedos, no estilo coreano.

Minha amiga me mostra o dedo feio, e eu apenas rio.
— Você é brega — ela dispara ao retornar. Guarda o celular na bolsa de palha e diz: — Vamos pra água, Chérzinha.
Então me dá um olhar ardiloso tentando me puxar pela mão. Resisto, rindo, e Bruna não se dá por vencida. Ficamos as duas nesse puxa e repuxa. Daí eu salto e corro pela areia fofa espalhando grãos ao redor. Bruna me persegue, para minha aflição, e a brincadeira se torna uma perseguição que nos faz gargalhar horrores.
Quando ela me alcança eu já nem tenho mais forças nas pernas e caio de joelho com ela por cima de mim. Rolamos as duas na areia nos tornando dois bifes à milanesa. Bruna me segura pelo pé e, rindo muito, vai me arrastando de volta para o mar.
— Aqui. Trouxe sua oferenda — ela brinca.
— Tá amarrado! — grito com riso.
Bruna me solta enquanto a onda gelada nos envolve.
Pilar e Duda nos encontram e começamos uma nova guerrinha de água.
E pelo restante da tarde me divirto com as meninas na praia.
Ah, como vou sentir falta dessas férias.

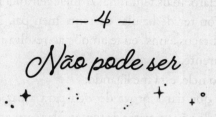

— 4 —
Não pode ser

De noite, as meninas e eu deixamos o restaurante italiano caminhando sob a lua prateada e sentindo o frescor da orla. O mar escuro ondula mais à frente e as pessoas vão tomando as ruas. Acho que este é o horário mais movimentado na cidade. A maioria das lojas, dos restaurantes e os demais estabelecimentos fica aberta até tarde da noite. A sensação é de que este lugar nunca dorme. Eu gosto do clima agitado, da mistura de aromas, do burburinho ao redor e de caminhar pelas ruas. Búzios é uma cidade tão maravilhosa, e eu quero absorver o máximo que puder.

Ao longo dos dias, comprei tantos souvenirs que quando meu pai vir a fatura do cartão, sei que vou escutar aos montes. Mas, em minha defesa, só se vive uma vez. Brincadeirinha. É que tudo aqui é tão bonito, os artesanatos, as canecas, os cartões postais, os imãs de geladeira... e eu quis trazer um pouco de cada. Adoro colecionar souvenirs dos lugares que visito.

Tudo bem que cinco chaveiros e dez cartões portais são um tanto exagerados, admito. Mas estou levando presentes para meus pais, para vó Lourdes, para Dinho e para Luciano, como forma de agradecer a ajuda nos estudos. Para o Dinho, com o auxílio da Bruna, comprei uma camisa, e para o Luciano, uma pulseira de couro. Foi numa feirinha de rua, o artesão fazia na hora. Achei maneiro. Espero que ele goste. Não resisti e pedi uma para mim, diferente, é claro, mais feminina. Aquela feirinha foi um rombo no cartão. Vou ter de bajular bastante meu pai. Nada que uns beijos, uns abraços e uns "eu te amo" não resolvam. Papai é sempre muito carente.

E, falando nele, está me ligando.

É, tenho que dar a prova de vida para a paz de espírito do homem. Ou ele não vai parar de tentar falar comigo. Foi o combinado, atendê-lo toda noite, por mais que eu não veja necessidade disso. Atendo a chamada e peço que as meninas me esperem, a fim de seguirmos para a sorveteria. As três acenam e continuam conversando na porta do restaurante.

— Oi, paizinho lindo.

Sorrio porque sei que ele gosta de ser chamado assim.

— Oi, boneca. Como estão as coisas por aí?

— Tudo bem. Acabei de jantar.

— Comeram onde?

— Num restaurante italiano. Você teria adorado, pai. Muito gostoso.

Comer em lugares bons é nosso hobby. Toda fome que sinto eu devo ter herdado dele.

— Pediu que massa?

Conto com detalhes e fico escutando enquanto ele narra sobre massas e molhos.

— Vão para mais algum lugar?

— Sim, estou indo para a sorveteria com as meninas.

— Sozinhas?

— É, pai.

E lá vai ele começar o discurso sobre sairmos sozinhas. Papai é neurótico.

Antes que ele comece, eu explico que a sorveteria não é longe e que tia Danda vai passear com as outras tias e as crianças e depois vai nos buscar na sorveteria. Tem sido assim quase toda noite. Jantamos juntos e depois os mais velhos vão para um lado e as meninas e eu vamos para o outro. O que tem sido ótimo. Nem sempre queremos acompanhar as tias, que gostam de passear em lojas, enquanto as meninas e eu preferimos apenas andar, conversar, curtir a companhia umas das outras e lanchar pela cidade.

— Me manda a localização, filha.
— Pai...
Ô pessoinha preocupada, viu. Um tanto sufocante, às vezes. Nem quero pensar em como ele vai ficar quando eu crescer e sair de casa.
— Te mando, tá? Agora vou lá tomar sorvete.
— Oi, filhota!
A voz da minha mãe soa ao fundo.
— Oi, mãe. Já falei com papai, está tudo bem, estou viva e feliz e vou tomar sorvete!
Escuto a risadinha dela.
— Aproveita então, com cuidado.
— Tá.
— Nós te amamos, filhota. Estamos com saudades.
— Só tem uma semana que estou fora de casa, credo.
Rio pelo nariz e escuto os dois carentes ao mesmo tempo pelo celular.
— Bora, Chér!
Bruna me chama com a mão e suspendo o polegar num sinal de "beleza".
— Tenho que ir. Amo vocês. Beijos.
— Ela disse que nos ama. Ai, que amor, Luís.
Sorrindo eu encerro a chamada. São dois caretas mesmo.

Mas eu também estou com saudades. Algo que não vou admitir, é lógico.

Uma viagem sozinha, sem meus pais, sempre foi um sonho e finalmente estou vivendo isso com minhas amigas e adorando cada momento.

— Vem, amiga.

Pilar encaixa seu braço no meu e seguimos Duda e Bruna pela rua.

Começo a repensar a ideia de usar sandálias, porque vivo tropeçando nos paralelepípedos. Devia ter colocado os tênis, mas quando não estou com eles uso Havaianas e aí quis mudar para combinar com o look mais praiano. Me rendi ao vestido que mamãe fez questão de enfiar na mala apenas porque meus ombros estão numa ardência chata. Até usei maiô de mangas longas mais cedo, mas ficava incomodando. Como o vestido é de alças, os ombros ficam de fora e a pele mais refrescante. Pilar me emprestou seu gel para queimaduras, e foi um alívio. Quando chegar em casa, vou aplicar um pouco mais. Detesto pele ardida. É só estresse.

— Amiga, estou bonita mesmo? Estou achando que essa saia tá caindo demais — Pilar questiona subindo o tecido pelo cós. Ela cismou de colocar o conjunto de saia e cropped que comprou ontem, mesmo eu tendo dito que estava frouxo na cintura. Mas Pilar adorou o modelo ciganinha de mangas largas e saia plissada em listras verdes e rosa.

Apesar da barriga de fora, o modelo é bonito e ressalta a pele de Pilar. Seu cabelo curto está com cachos de prancha, que eu fiz, e ela está usando pouca maquiagem, pois os dias de sol tornaram suas bochechas bem rosadas. Pilar é linda e sempre se arruma bem.

— Amiga, você está lindona — elogio.

— Ai, mas essa saia...

— Agora já era, amiga. A gente vai ficar sentada, nem vai parecer que está caindo.

— Falei pra colocar o cinto.

Bruna se intromete ao nos ver paradas.

— Pesou demais no look. O tecido é fino, não pede cinto.

— A Mel já chegou com o pessoal — Duda avisa afofando os cachos definidos.

Todas estamos bonitas. Duda em um vestido curto de um ombro só, que revela a marca do biquíni, e Bruna em bata e short jeans cheio de tachas. As duas de rasteirinhas. Fiz uma trança na Bruna, e Duda ajudou a modelar meus cachos rebeldes. Prendi metade do cabelo para trás, para não ficar roçando nos ombros.

— Será que o Igor vai gostar de mim, amiga? Eu estou legal mesmo?

— Ai, Pilar, para — Bruna resmunga, voltando a caminhar com Duda e eu com Pilar.

— Você está bonita sim, amiga. Relaxa — garanto.

— É que ele é todo gato — Pilar finge se abanar. — Quero ser irresistível.

— Irresistível será o sorvete com brownie que eu vou pedir — brinco já salivando com a imagem.

Pilar continua falando sobre Igor e suas expectativas, a mesma história de mais cedo. Mesmo que não concorde com seus objetivos para esta noite, empresto os ouvidos, afinal amigas são para isso.

Ao avistarmos o letreiro neon rosa-choque da sorveteria, fico mais animada e com vontade de pegar o celular e tirar fotos da entrada toda fofa com flores e bancos no estilo princesa. Digo às meninas que quero uma foto em grupo e nos espremmos no arco florido. Sorrio e capturo o momento. Duda faz alguns vídeos para o seu vlog no Insta sobre lifestyle, e assim que termina entramos no recinto completamente lotado. Tem um cheiro adocicado que me agrada, barulho de conversas paralelas e uma decoração apaixonante. Fico admirando o espaço com vergonha de tirar fotos. Tem muita gente aqui, e por mais que eu saiba que ninguém está nem aí pra mim, fico tímida.

— A Mel disse que está no fundo, perto das vidraças — Duda informa, liderando o caminho pelo piso xadrez branco com rosa. Ai, que charme.

Quero fazer fotos dos meus pés. Não posso ir embora sem registrar cada canto deste lugar.

— Achei. Eles estão ali. Mel! — Duda grita por cima do burburinho e a seguimos até um dos bancos acolchoados na parede repleta de jovens. Bate aquele constrangimento porque eu não conheço ninguém, mas vou encarar e ser legal. Seguro a corrente da bolsa ao nos aproximarmos da mesa.

— Amiga, que saudades de você, garota.

Duda é abraçada por uma garota baixinha de traços orientais. Acho que é a Mel. Outra garota e um garoto estão de pé para nos receber enquanto os demais permanecem sentados papeando e dando olhares furtivos em nossa direção. Abro um pequeno sorriso gentil para todos e troco beijos no rosto com Mel, que à primeira vista parece mesmo bem simpática.

Mel nos apresenta como suas amigas e damos um "oi" geral.

Igor, o garoto que vi pela foto de Duda, se inclina para dar um beijo lento em uma das bochechas de Pilar. O tom avermelhado nas maçãs dela fica mais evidente. Mel vai tentar organizar um lugar para nos sentarmos juntas, e alguns se levantam para pular cadeira e dar lugar no banco. Me sento ali, ao lado de Pilar, que está próxima de Igor, e viro o queixo para o corredor dando aquela olhada pelo espaço. É nesse minuto que sou arrebatada por algo que não esperava encontrar aqui. Ou melhor, alguém. Minha barriga congela, e eu pisco sem acreditar.

O garoto mexe no celular enquanto puxa uma cadeira, três lugares depois do meu. Quando levanta o queixo, seus olhos claros se fixam nos meus e o brilho da surpresa o faz subir o lábio num pequeno sorriso. O frio na minha barriga fica maior.

Ai, não. Não pode ser.

Mas é ele. O loiro. O garoto da cafeteria.

— 5 —
E ficamos lado a lado

Talvez eu pudesse suportar a noite se o garoto tivesse permanecido onde estava. Poderia fingir que não o tinha visto, e nem mesmo ousaria olhar em sua direção. Tomaria meu sorvete na minha, tentando participar das conversas à mesa. Aí eu não estaria pirando por causa daquilo que o garoto acabou de fazer. Como ele pode ser tão ousado assim?

Meu estômago está em protesto, sua perna peluda roçando na minha. Fito as letras miúdas do porta-guardanapos como se fossem interessantes. Leio umas quatro vezes e tento ler de trás para a frente, muito consciente da proximidade do garoto, a ponto de nos tocarmos mesmo sem eu querer. Junto os joelhos o máximo que posso torcendo para ele não puxar assunto comigo.

As únicas palavras que trocamos foram "boa noite", embora ele tenha dito bem mais com os olhos e com a cara de pau de vir se sentar ao meu lado. Estou longe de ser o tipo de garota narcisista, que imagina que todo garoto está a fim dela. Tudo bem que, sim, sou do tipo que tira conclusões precipitadas sobre questões gerais da vida, mas neste caso tenho certeza de que ele está interessado em mim. Além de ter me encarado na cafeteria ontem e ter me dado olhares intensos agora há pouco, ele teve a audácia de vir ficar do meu lado no banco. Se isso não é uma indicação de interesse, eu devo ser a garota mais paranoica da história.

Havia uma garota antes e o loiro pediu — *sim, ele pediu!* — para trocar de lugar com ela. Não sei o que me deixa mais perplexa, ele ter agido tão descaradamente ou a garota ter dado uma risadinha e permitido que ele tomasse seu lugar. Ela ainda disse um "você não perde tempo, Rafa", me dando uma piscadela sugestiva e indo embora para o outro lado da mesa.

Quase sufoquei e, o que me deixa ainda mais nervosa, estou recebendo olhares nada agradáveis da garota sentada à minha frente. De início, fiquei confusa por ela me encarar assim com tamanha hostilidade. Afinal, nem nos conhecemos. Mas depois entendi a razão. O motivo está sentado ao meu lado, e a menina deve pensar que estou interessada no garoto, quando há um total de zero interesse da minha parte. Absolutamente nenhum!

Ali está ela, como que me atirando dardos com os olhos. Sem graça, desvio os meus, outra vez, para o porta-guardanapos sobre a mesa. Já até decorei as frases sobre o QR code e o cardápio. Será que é tarde demais para querer ir embora? Ai, odeio ter que passar por isso. Sempre fico nervosa perto de garotos que demonstram estar a fim de mim. É uma sensação constrangedora. Se ele pedir pra ficar comigo eu vou dizer um não bem sonoro.

— Aqui, seu brownie.

O prato com o sorvete e o pedaço de brownie, que eu pedi, é entregue para a garota "tira os olhos do meu homem".

— Ah, fui eu que pedi — aviso forçando um sorriso amigável.

A menina não faz menção de me entregar o prato. Com educação, eu o puxo para mim.

A menina joga a franja rala para trás, com os lábios nude enrugados numa expressão de provocação feito uma gladiadora na arena. O garoto cisma em ficar do meu lado e eu é que sofro retaliação. Isso não é justo. Dá vontade de dizer pra ela "olha, garota, fica em paz, não quero nada com ele, pode levar pra você". Eu, hein.

Meus dedos são ágeis na tela do meu celular e entro no grupo com as meninas.

> Chér: Gente, estou sendo alvo de intimidação Help!
> A garota na minha frente tá achando que vou roubar o loiro. Alguém avisa que não tenho interesse?

Nenhuma visualização ou resposta. Quero bufar daquele jeito de tremelicar os lábios.

Acotovelo Pilar, com delicadeza, para ver se minha amiga percebe que quero falar com ela.

Desde que nos sentamos ela e Igor estão em altos papos, super à vontade um com o outro. Todo mundo pode ver o clima de flerte entre os dois. Bruna não está tão perto assim, a dois assentos do meu, concentrada em tagarelar com Duda e Mel. E eu aqui engessada.

Envio outra mensagem no grupo e cutuco Pilar com o dedo. Me nota, caramba.

— Ai, Chér — Pilar resmunga alto, e meu rosto fica quente.

Tento disfarçar ao indicar o celular dela sobre a mesa com o queixo. Pilar encara a tela e dá um risinho enquanto começa a digitar. Sua mensagem surge no topo da minha tela.

> Pilar: Amiga, kkkk. Nem vi isso. Ignora essa garota. É você que ele quer.
> Chér: Não quero ele não, credo.
> Pilar: Amiga, para com isso. Se permite, poxa. O garoto é um mini Thor e provou que está totalmente na sua. Conversa com ele pra ver se rola alguma coisa.
> Chér: Aff. Você não entende.

Pilar sempre vendo romances pelos ares.

Chér: O que vai rolar será minha cabeça. Juro! Essa garota vai voar em mim.

Escuto sua risada e Pilar me escreve:

Pilar: Que ela fique com recalque. Doida kkkk
Pilar: Amiga, é sério. Você tem um deus grego do seu lado, babando por você. Todo mundo já notou. Não fica paranoica, amiga. Você merece ficar com um gato desse. Sei que o que rolou com o Zack foi uma droga, mas não pode deixar isso ditar as coisas de agora em diante. Só porque ele foi um babaca, não quer dizer que todo garoto vai ser.

O texto só me faz revirar os olhos. Não quero encorajamento, quero um resgate. Digito isso para minha amiga maluca, mas Pilar para de responder e volta a conversar com Igor. Ignorada pela minha melhor amiga enquanto a outra nem se dá conta do que está acontecendo, fito o brownie intocado. O que posso fazer agora? Levantar e sair? Bem que eu queria, mas nem dá para dar o fora com esse tanto de gente no banco antes de mim.

Solto um suspiro melancólico e, mesmo sem vontade, provo o sorvete com brownie de maneira robótica. Mastigo para abafar os pensamentos angustiantes. Engulo a massaroca de chocolate com dificuldade, as lascas de amendoim arranhando minha garganta.

— Quer que eu peça uma bebida pra você?

Pigarreio forte e quero dizer que não.

— Me vê uma Coca, bro. — O garoto já levanta o braço chamando um dos atendentes. A latinha vermelha surge diante de meus olhos em segundos. Observo com piscadas surpresas o garoto estalar o anel da latinha — *minha latinha* — e virar a bebida no meu copo com gelo.

Nossa, que intrometido.
— Prontinho, linda.
Sua voz é macia nesse adjetivo desnecessário. Quero descartar a bebida, para ele não pensar que aprecio sua gentileza disfarçada de intrometimento. Mas, com essa lasca de amendoim sambando na minha garganta, tomo um gole generoso da Coca gelada. Ah, bem melhor.
— Obrigada.
Agradeço, apenas por educação.
— Sou Rafael, prazer.
A mão do garoto entra no meu campo de visão quando ele a estende num gesto cordial. Não quero cumprimentá-lo e muito menos revelar meu nome. Se o fizer pode parecer que quero conversar com ele. Mordisco o canto da bochecha querendo balançar o pé, mas nem isso eu posso porque a perna dele está perto da minha.
— Sou Chér — digo rápido, apenas para que ele tire esse braço daqui.
Não devolvo o cumprimento. Pode ser grosseiro da minha parte, mas não estou nem aí. O garoto abaixa o braço.
— Chér? Nome incomum.
Tomo a bebida com uma lentidão absurda.
— É diminutivo ou apelido? — ele força a explicação.
— Apelido.
— Hum... interessante.
Não há nada de interessante aqui, *bro*.
— Chér é apelido de Michele? — ele testa.
De esguelha, observo enquanto ele leva o copo de guaraná à boca, mordiscando a borda, sem tirar sua atenção de mim. Permaneço fazendo contato visual com o porta-guardanapos interessantíssimo.

— Pelo visto não — ele deduz do meu silêncio.
— Charlotte? Cherylin? Cherlaine?
Cherlaine?!
— Nenhum desses — suspiro sem vontade de jogar esse jogo.
— Rochelle — revelo.
— Ah... diferente. Refinado.
Refinado é o açúcar que minha mãe usa. Eu, hein.
Ele vira o pescoço para mim, ainda brincando com o copo nos lábios.
Isso é um ato de sedução, só pode. É minha vez de morder a borda do copo num ato de pura frustração. Não querendo manter conversa, desbloqueio a tela do celular, ao lado do prato, e rolo o feed do Instagram. Espero que ele entenda a deixa.
No meio do passeio virtual, uma foto de Talita surge no retiro da igreja. Ela está ao lado de Gabi, as duas com as bochechas sujas de tintas coloridas e, mais ao fundo, Luciano sorri com Léo em suas costas. Os dois com os cabelos sujos de verde neon. Entro no perfil de Talita para ver se ela atualizou o feed e encontro um novo carrossel de fotos. Dou um sorrisinho à medida que vislumbro vários momentos divertidos dos meus amigos no retiro. Queria estar com eles.
— Você e suas amigas estão de férias aqui ou moram pela redondeza?
O garoto insiste em conversar. Ai, eu não quero falar nada.
— Férias — respondo seca.
— Minha família também. Sou aqui do Rio mesmo, capital. E vocês?
Querendo saber demais, não?
— Também.
Digito um comentário no post de Talita. No mesmo segundo, Luciano curte.

Entro em seu perfil na rede. Não há uma foto sequer do retiro. Luciano é low-profile. A última foto postada foi de abril, e já estamos em julho. Envio um direct para ele perguntando como estão as coisas com a galera. Luciano escreve de volta, para minha surpresa, já que ele sempre demora uma vida para me responder no Instagram. E parece que não vai ficar on-line para conversarmos. Que pena. Após algumas mensagens sobre nossas férias, ele se despede. Daí navego pelo buraco de minhoca que é o TikTok.

— Você fica até quando em Búzios? Eu fico até quinta.

Pelo visto ele não entendeu a deixa. Finjo não ter ouvido a pergunta.

— Hein?

Sinto um esbarrar no braço. Ele está mesmo tocando em mim?

Vou mais para o lado e mantenho a cara neutra.

Será que vou ter que dizer com todas as letras que não quero assunto?

— Nos vimos na cafeteria ontem. Lembra?

Minhas bochechas esquentam.

— Desculpa. Não lembro.

Banco a desmemoriada.

Claro que a beleza do garoto não é do tipo esquecível com facilidade. Também tenho a impressão de que ele sabe muito bem disso, porque o ouço dizer:

— Sei que você me viu também.

— Não vi — rebato.

Ele dá um riso convencido.

— Eu notei você e você me notou, nós sabemos.

Um geladinho se instala no topo da minha barriga.

Encorajado pelo meu silêncio, ele continua:

— Te peguei me olhando ontem. Vai, admite.

Ele soa tão confiante que irrita.

Poderia ficar quieta, mas isso daria incentivo para o menino continuar falando.

— Olha, *cara* — friso —, não estava te olhando. Pode acreditar.

— Não precisa ficar com vergonha, linda. Também adorei você assim que te vi.

Ah, isso é bem pior do que eu imaginava. Ele é do tipo arrogante convencido.

Alguém paga logo o meu resgate!

– 6 –
Uma mentirinha de nada

O garoto apoia o cotovelo na mesa e segura o queixo pontudo para me encarar.

Ai, não. Para com isso. Olha para o outro lado.

— Gosto de ser bem honesto. Então desculpa se eu for direto sobre o que eu quero.

A voz dele é baixinha e enrouquecida, como se fosse sua arma de sedução.

Meu coração está agitado, e não é de um jeito bom. O brownie quer voltar por onde veio.

— Acho que nós estamos com sorte. Estava decidido a encerrar essas férias sozinho. Mas vi você ontem e fiquei enfeitiçado. Não consegui tirar você da cabeça, princesa.

Quer que eu bata forte para ver se eu saio daí? Garanto que rapidinho me esquece.

E ele disse que estamos com sorte? Ou seja, que eu sou sortuda? Estou mais para azarada.

— O destino realizou meu desejo — ele sussurra mordendo o lábio, e eu quero fazer careta. De todos os tipos de cara, tinha que ser desse? Sério? Ainda diria não para qualquer um, só que esse tipo é insuportável. Céus! Quero ir embora.

— Você é tímida, né?
A perna dele volta a se encostar na minha, e sinto a raiva esquentar meu pescoço. Apenas fico enjoada e tento me afastar dessa conversa grotesca que estou tendo com o minideus do trovão. O garoto pode ser muito atraente, mas basta abrir a boca para notar que o cérebro é uma noz.
— Me passa seu número, princesa.
Seu hálito mentolado me alcança quando ele esbarra no meu braço. De novo.
Me afasto com brusquidão, ficando mais irritada.
— Não estou interessada — rosno baixinho.
— Ah, é?
Ele dá um risinho sedutor encostando-se em mim de maneira atrevida. Travo os dentes com uma inquietação desagradável que faz cócegas no meu peito e sou empurrada para a noite com Zack. Detesto a lembrança e a sensação amarga que me traz. Enxoto a imagem e tento tomar mais distância do garoto, apertando os joelhos. Teclo mensagens rápidas no grupo das minhas amigas, só que nenhuma delas lê, para minha completa frustração.
— Não precisa se fingir de difícil.
— Olha, não quero mesmo — soo cortante. — Não estou interessada.
— Nem um pouquinho?
Seu tom escorregadio é odiável.
Que horror.
Por acaso eu tenho para-raios de embuste?
— O que eu preciso fazer para arrancar esse sim de você, princesa?
— Eu tenho namorado, tá legal?
Solto a primeira coisa que me vem à língua. Logo me arrependo, mas está feito.

— Tem mesmo?

O garoto abre um sorriso de canto que quero arrancar no tapa.

Como pode se achar tanto? Garotos assim são um desserviço neste mundo.

— Olha aqui, garoto, eu já falei que tenho namorado e que não estou interessada — sussurro entredentes, pois não quero atrair olhares, embora a vontade seja de gritar.

O garoto parece não se abalar com a revelação do meu namorado fictício. Ele apenas sustenta um sorrisinho tosco ao pegar o celular. Não demora até ouvi-lo dizer:

— Por que não tem foto do seu namorado no seu perfil, hein?

Fico muda. Espera. Ele achou o meu perfil?

— Nem diz nada no status.

Como ele achou meu perfil assim tão rápido?

— Nenhuma foto, hein? — ele encara a tela.

— Tenho namorado, sim! — rebato.

— Aqui me diz o contrário — ele ri presunçoso.

— Ele é low-profile, tá legal? Somos reservados.

Por que estou dando satisfação sobre a falta de fotos com meu suposto namorado? Não preciso. Já é um absurdo uma garota ter que recorrer a um namorado falso porque um garoto idiota é insistente. Pior ainda é ele não acreditar. Apenas a explicação devia bastar. A não ser que o garoto seja tão babaca a ponto de dar em cima de uma garota comprometida. Por que algo me diz que ele é? Droga!

— Você é a típica que gosta de ser difícil. Não tem problema, eu não tenho pressa.

Pareço um touro enjaulado, com as narinas dilatadas de indignação. Abro meu Instagram na base do ódio, clicando com tanta força que afundaria a tela se fosse capaz. Meu subconsciente alerta que o que estou prestes a fazer não é o certo, mas preciso me livrar desse idiota magistral.

— Satisfeito?

Enfio meu celular bem na linha de visão desse atrevido.

— Esse é o meu namorado. Pronto. Agora me deixe em paz.

Puxo o celular para baixo, porém ele é mais rápido ao agarrar minha mão.

— O que você está fazendo? — arregalo os olhos.

— Pera aí. Esse é seu namorado?

— Já falei que sim!

— Eu conheço esse garoto.

Ahn?

— É o meu primo — ele diz.

Pestanejo, a boca levemente aberta.

O que ele acabou de dizer? Ah, não. Sem essa. Ele é doente nesse nível? Credo!

— Olha, você é mesmo um...

Nem completo a frase porque o garoto dispara:

— Você é namorada do meu primo Luciano?!

— 7 —
Que noite muito louca

Tudo o que faço é bater os cílios feito as asas de um beija-flor apressado.

— Não sabia que Luciano tinha uma namorada.

Devo ter imaginado que ele disse o nome do Luciano duas vezes.

— Moleque sorrateiro, o Luciano.

E falou de novo!

Um soluço me escapa. E outro e mais um. Tapo a boca depressa.

— Quem diria que o Luciano estaria namorando.

Uma onda violenta de soluços me invade. Quico os ombros nesse sobe e desce imparável.

— Quando começaram a namorar? Luciano não contou pra família.

Semchancealguma!

— Ele não pode ser seu primo.

Balanço a cabeça dando um riso nervoso pelo nariz.

Como, em milhares de possibilidades, esse garoto foi ser primo justamente do Luciano?

Não acredito. É uma piada. Não é real. Sem chance!

— Vou precisar provar que ele é meu primo?

Rafael aponta a foto do meu amigo estampado no visor do meu celular. Arranco o aparelho das mãos dele. Apago a tela com a mente embaralhada. Eles são... *primos?!* Não, não. Seria coincidência demais. Seria... um azar do caramba! Eles definitivamente não são primos.

Não são.

Não tem como.

Nunca!

Em hipótese alguma.

Um gritinho agita a mesa. Alguém derruba o copo de refrigerante formando uma minipoça no vidro. O líquido se espalha e cai feito cascata na saia branca da garota "tira os olhos do meu homem". O gotejar silencioso no piso parece hipnotizante e aproveito para fingir que o boxeador ao fundo da minha mente não existe. Só que Rafael quebra o segundo hipnótico ao enfiar o próprio celular debaixo do meu nariz.

Pisco empurrando o pescoço para trás e focando a foto que... ai, droga!

Soluço com o coração dando pinote. Fico fria. Fico quente. E outra onda de soluços me atinge. Meu estômago vai se autodevorando e meus pensamentos estão se chocando, porque é mesmo a foto do Luciano no perfil do WhatsApp.

Meu Deus do céu!

— Satisfeita?

Rafael soa petulante.

— Luciano é filho do meu tio Leonel, irmão do meu pai — explica. — Se você não acredita posso ligar pra ele e...

— Não precisa! — sou rápida ao recusar. O ar parece queimar pelo nariz, e meu rosto está naquela definição clássica de "suando frio". Não é possível que isso esteja acontecendo. Ai, minha nossa! O que eu fui fazer?

— Luciano namorando é uma baita novidade. Como ele não contou pra família?

Minha boca está seca quando tento dizer:

— Er... eu... é que...

E balbucio feito idiota.

— É segredo?

— Sim! — disparo.

As sobrancelhas de Rafael estão erguidas conforme um sorriso ardiloso dança na boca.

— A-ainda é. — Sugo saliva entre os dentes. — Segredo, entende?

Peço compreensão com o olhar, nesse teatrinho que invento. O que devo fazer? Revelar que estou mentindo?

Sim!

Meu alto-falante mental grita.

Sacudo a cabeça em resposta. Tenho que manter essa farsa ou vou ser humilhada.

— Que noite de descobertas — ele fala para si. — Meu primão todo certinho, que não pegava ninguém... — E ri debochado. — Ele que vivia me dando lição de moral agora está namorando escondido. Os quietinhos são sempre os piores.

Me sinto mal por ele tirar conclusões precipitadas sobre Luciano por causa da mentira que criei. Tenho que corrigir isso, mas não quero revelar que estou usando Luciano de namorado de mentirinha para me livrar de suas insistências — isso dito assim soa terrível —, no entanto empurro o sentimento para longe porque seria mil vezes pior contar a verdade. Ao menos tento suavizar o lado do meu amigo.

— Não é bem assim — pronuncio pensando nas palavras. — Ele quer assumir o quanto antes. Fui eu que pedi para manter em segredo até me sentir pronta. Começamos a namorar faz pouco meses. — Mastigo o interior da bochecha. — Estamos nos ajustando. V-você pode... não contar pra ninguém? Até a gente anunciar. Por favor?

Aperto os olhos implorando.

Meu Deus! O que estou fazendo?

O caroço da mentira sufoca na garganta.

— Não fala nada com o Luciano. Pode ser? — insisto. — Ele vai ficar muito chateado comigo se souber que alguém descobriu antes de contarmos para os pais dele.

— Isso é bem a cara do Luciano.

Rafael dedilha os fios loiros sorrindo com malícia.

— Quer manter um segredo comigo, priminha?

A forma como ele cospe o "priminha" me causa nojo.

— Por favor? — insisto jogando minha dignidade para o ralo.

Se ele contar ao Luciano que conheceu a namorada dele, estou frita!

Como é que vou explicar tudo isso para meu amigo?

— Fica tranquila que vou guardar seu segredo sujo comigo, priminha.

Rafael me lança uma piscadela charmosa que deve achar atraente e que é apenas nauseante.

— Se você cansar do meu primo e quiser experimentar um fruto mais maduro da família...

Seu riso é uma mistura de deboche com sedução. Juro que posso vomitar ao vê-lo apoiar os dois cotovelos na mesa e flexionar os bíceps para que fiquem à mostra na regata. Eu era mais feliz ao ver memes de caras como ele na internet. Conhecer um na realidade é sofrível demais.

— Esquece — respondo emburrada. — Mesmo que eu termine com Luciano, o que não vai acontecer porque sou completamente apaixonada por ele, jamais, nunquinha eu ficaria com uma cara idiota feito você! — sussurro entredentes. — Se toca!

— Calma, priminha. É zoação.

Rafael sobe as palmas em defesa, rindo.

— Acho bom.

Torço os lábios de braços cruzados.

Rafael se levanta para ir ao banheiro. Fico aliviada por ele sair de perto de mim.

E se quando voltar ele começar a me perguntar sobre meu namoro com Luciano?

Ai, não vou aguentar manter esse tipo de conversa. Enrolar esse menino até aqui já foi demais para mim. Portanto, decido que vou dar finalmente o fora. Passo os olhos rapidamente pela mesa e percebo que Bruna não está mais sentada em seu lugar.

Quando ela saiu? Duda ainda conversa com a amiga, e Pilar tem o rosto tão próximo do Igor que parece que eles vão se beijar ali mesmo. Sacudo a cabeça em reprovação e aproveito o espaço de Rafael, pedindo licença, pisando nos pés de alguns, até conseguir dar a volta na mesa.

De onde estava, Pilar me nota e me lança um olhar como quem diz "vai aonde?". Dou de ombros e, sem saber para onde vou, sigo de volta por onde viemos. Na calçada, grata pelo ar fresco noturno, respiro tão fundo que meus pulmões se expandem. Aperto o celular contra o peito, sentindo os batimentos subirem ao relembrar a conversa maluca que tive com o primo do Luciano.

Aquilo aconteceu mesmo ou foi um sonho?

Belisco a cutícula do mindinho. Seria um sonho muito vívido. Viro para a vidraça lateral da sorveteria a tempo de ver Rafael retornar ao seu lugar. Ai, carambolas. Aconteceu mesmo. Eu disse a ele que namorava o Luciano. Pior! Inventei uma historinha e declarei toda emocionada que sou completamente apaixonada por seu primo.

Esfrego o rosto com as palmas quentes.

Se ele decidir ligar para o Luciano...

Meu Deus! Estarei ferrada. Ferradíssima!

Não, ele não faria isso. Claro que não, até porque o garoto deu em cima de mim. Como ele vai contar ao primo que deu em cima da namorada dele? Não, ele não deve ser tão estúpido assim. Balanço a cabeça para os lados tentando convencer a mim mesma que a mentirinha que contei não vai sair da sorveteria.

Porém, o "e se" parece um pêndulo de concreto nos meus pensamentos. E se o Luciano mandar mensagens tirando satisfações? Como vou explicar essa loucura para meu amigo? Sei que mentir é errado, na verdade é pecado. Ai, isso só piora e eu fico mais infeliz. Acabo roendo toda a unha do mindinho.

O que devo fazer então? Contar tudo para o Luciano e implorar por suas desculpas?

Com certeza essa seria a atitude madura de uma pessoa sensata que, tendo cometido um deslize, finalmente cai em si. Mas quem disse que sou madura e muito menos sensata? Também teria que ser corajosa o suficiente para encarar meu amigo e contar que o usei como escudo humano.

Começo a roer a unha do indicador olhando através da vidraça. A garota "tira os olhos do meu homem" acaba de ocupar o meu lugar. Isso não deveria me encher de alívio, deveria? Talvez o tal Rafael me esqueça. Torço para que sim.

E aí toda essa noite muito louca vira poeira. É, vai dar tudo certo.

Visto a camisa do otimismo, porque é a única que me impede de surtar.

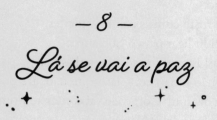

— 8 —
Lá se vai a paz

Na tarde seguinte, procuro um lugar sossegado na área da piscina. O sol está se pondo atrás da casa e iluminando metade do quintal com seus raios alaranjados que me atingem conforme caminho pelo jardim. A grama morna faz cócegas entre meus dedos, e abro um sorriso que logo se transforma em um bocejo alto. O cochilo que acabei de tirar me deixou meio grogue, embora meu corpo esteja mais relaxado. Era o que eu precisava após uma manhã na praia.

A área do jardim está silenciosa, proporcionando o momento ideal para colocar a leitura bíblica em dia. Prometi a mim mesma que não deixaria de ler e orar durante as férias. Só que desde que cheguei os dias têm sido tão agitados e cansativos que não consegui fazer nenhum dos dois. Vou aproveitar o momento tranquilo, já que o pessoal foi tomar café na padaria e a mãe da Duda ronca num dos quartos, para fazer meu devocional. Por isso, escolho a rede para me acomodar com a Bíblia e as canetas.

Bocejo ao sentir o vento geladinho trazer o aroma forte de uma das árvores do jardim. Há muitas aqui, incluindo duas primaveras, como a da entrada da casa, que embeleza a grama com tons de rosa e lilás. Adoro o aroma de mato e o piar dos pássaros que embalam o final de tarde. Nesse ambiente prazeroso e sereno, faço uma oração e, meio envergonhada, peço perdão pela mentira que contei. Falo com Deus por longos minutos e depois me perco na Bíblia até escutar um estrondo familiar.

É o portão de madeira se chocando contra a parede lá na frente. A explosão de berros infantis estoura a bolha do meu sossego. Dou um suspiro inconformado vendo as crianças invadirem o jardim em sua algazarra costumeira. Lá se vai a paz.

— Descansou?

Duda se joga na outra rede munida de seu iPhone.

— É... um pouco.

Leio o versículo de novo, forçando o cérebro a não se desconectar.

— Pilar comprou uns salgados pra você. Trouxemos pães e uns bolos.

Aceno em resposta e ela não puxa conversa. Duda é bacana, mas não tivemos tanta conexão como ela e Pilar tiveram. Nossas conversas giram em torno de cabelo cacheado, comida e silêncio mútuo. Não daquele constrangedor, e sim de pessoas que entendem que não têm afinidade e estão bem com isso.

Ouço a voz risonha de Pilar e ergo a cabeça para vê-la caminhando até nós. Ela se atira na minha rede sem pedir permissão. Minhas pernas doem, eu grito e as canetas são arremessadas no porcelanato bege. Ai, não! São Stabilos novas. Tomara que não tenha amassado as pontas.

— Caraca, Pilar! — ralho dando um tapa no ombro dela. — Sua bruta. Machucou.

Aliso minha canela atingida me agachando para pegar as canetas.

— Desculpinha — Pilar faz beicinho arrependido.

— Afundou a ponta da preta — resmungo segurando a caneta. — Vai me dar uma nova.

— Pode deixar — ela assente.

— Uma da marrom também — faço bico vendo a caneta estragada. — Aff!

— Um kit inteiro, amiga.

Ela me sopra um beijo toda animadinha.

De cara feia, recolho as outras canetas.

— É Stabilo, tá? — aviso.

Pilar dá um sorriso amarelo.

— Só duas canetas então. Gente. — Ela abre o botão do short com um suspiro de alívio. — Devo ter engordado uns cinco quilos nessa viagem. Sem brincadeira.

— Nem me fale.

Duda concorda com Pilar.

— Isso é uma Bíblia?

Pilar alisa a capa amarela com flores lilases.

Digo que sim, guardando as canetas no estojo.

— Que linda, amiga. Nem parece uma Bíblia.

Pilar segura no colo para folhear. É bonita sim, e minha nova favorita. Minha mãe me deu de presente faz algum tempo. Lembro de achar a Bíblia linda, mas estava numa fase meio distante e o exemplar pegou poeira na escrivaninha. Decidi começar a usá-lo depois que comecei a ir aos cultos da minha atual igreja — quer dizer, ainda não minha oficialmente, mas vai ser quando eu voltar das férias.

Por estar em uma nova fase, achei propício usar uma Bíblia nova. Além do mais, ela tem uns materiais extras interessantes, como explicações sobre os livros, pequenos devocionais e espaço para anotações. Hábito que comecei antes das férias. Também passei a grifar partes e usar post-its.

— Chega pro lado.
Bruna aparece e empurra as coxas desnudas de Pilar para afundar na rede com ela.
— Ai, Bruna — resmunga Pilar.
— Abre espaço.
A Bíblia cai entre elas.
— Ei, cuidado com minha Bíblia.
— É a Bruna, essa ogra.
Pilar segura a Bíblia e a recoloca sobre os joelhos com cuidado.
— O que você está fazendo? — Bruna questiona ao me ver engatinhando perto do gramado. Falta a caneta verde.
— Procurando minha caneta.
Suspiro aliviada ao encontrá-la.
— Vocês duas vão ficar no meu lugar? — Ponho as mãos na cintura. — Estava aí primeiro.
— Foi orar, perdeu o lugar.
A piadinha besta é da Bruna.
— Rá-rá. Que engraçado — digo irônica.
Bruna ri, tirando a Bíblia de Pilar.
— Amiga, vai lá pegar o que trouxe pra você. O sonho está quentinho — avisa Pilar. A imagem de um sonho recheado enche minha boca de água.
— Own — Bruna geme com a Bíblia aberta no colo. — Para minha filha preciosa.
E começa a ler a dedicatória que minha mãe deixou na Bíblia.
— Que você possa amar o Senhor de todo o coração — ela faz uma voz infantil.
— Me devolve! — Arranco a Bíblia dela com o rosto pinicando. — Isso é invasão de privacidade.
— Você deixou aqui, ué.

Amarro a cara para sua expressão espertinha. Ela desdenha do meu olhar enquanto se estica sobre Pilar, que geme estapeando a coxa de Bruna. As duas trocam farpas e empurrões ao se endireitar na rede, que era minha! Com meu momento perdido, subo para guardar a Bíblia e o estojo no quarto.

Pareço uma rã andando pelas brechas entre os colchões no chão, tudo para não pisotear nossas camas porque detesto dormir com areia ou sujeira nos lençóis. Um cuidado que somente Duda e eu temos, já que minhas amigas saem pisando em tudo sem se importar com a cama dos outros. Esse é o preço que pago por dormir num quarto coletivo. Isso e biquínis molhados pelas cadeiras, toalhas jogadas nas camas, chinelos espalhados pelo chão — quando combinamos de ninguém deixar calçado no quarto! Chuto o par de Havaianas à milanesa de Pilar para o corredor.

Não que eu seja uma pessoa organizada. Só arrumo meu quarto em picos de lucidez ou obrigada por minha mãe. A questão é que lidar com minha bagunça é diferente de conviver com a dos outros. Ainda bem que ninguém ronca, o que é um grande alívio, já que o ronco da mãe da Duda é suficiente para incomodar até os vidros das janelas. Sério, acredite em mim. Fora a bagunça, conseguimos coexistir bem nesse espaço, e eu até gosto de estar com as meninas aqui.

— Chér, o Samuca quer comer seu sonho! — alguém me grita lá de baixo.

Saio do quarto veloz e vou pulando os degraus das escadas. Atraco na cozinha esbaforida e descabelada. Dou um olhar mortal para Samuca e Pedrinho, os dois arteiros.

— Ninguém mexe na minha comida — aponto um dedo. — Ouviram?

— Só um pedacinho, Chér.

— Sai fora que vocês comeram na padaria.

— Eu não comi — rebate Samuca com a bola debaixo do braço.

Quico os ombros como quem diz "e daí?". Abro as sacolas em cima da mesa retangular e encontro os sonhos e outras delícias. Pilar caprichou. Dando um sorriso, carrego a sacola nos dedos com os garotos nos meus calcanhares até o jardim. Digo que não vou dividir nada e eles desistem, cabisbaixos. Nem sinto uma gota de pena. Sigo para a rede mastigando metade do sonho de doce de leite que derrete na boca de tão macio e fresco. Hmmm... isso é o céu.

— *Obriligado, amiugar.*

É minha tentativa de agradecer a Pilar de boca cheia.

Ela me joga um beijinho sem tirar a cara do celular. Aliás, todas as três estão vidradas na tela.

— Chér, minha mãe deixou a gente sair na sexta para o festival. Ela acha melhor que no sábado, porque meu pai deve chegar cedo e ele é a chatice em pessoa.

Bruna expulsa o ar das bochechas tremelicando os lábios.

Aviso que não vou, porém sai algo como *eunumvoumnão*.

— Quê? — Bruna enruga a testa, ainda de cara no iPhone. — Mastiga primeiro, Magali.

Dou um riso esquisito e meu celular vibra no bolso.

Com os dedos grudentos seguro a metade do sonho e com a outra mão aproximo a tela da minha linha de visão. O nome de Luciano pisca no topo da tela, para meu choque total. Meu estômago gela no mesmo instante.

— *Aincaramba!*

— 9 —
Ainda sem sossego

As cenas de ontem na sorveteira retornam como uma avalanche indesejada de imagens. Sinto o pânico pedindo passagem pela garganta enquanto o estômago revira a metade do sonho que acabo de engolir. Novas mensagens de Luciano vão subindo na tela para triplicar meu desconforto. Bato o celular com força contra o peito, incapaz de ler as mensagens prévias.

Ferrou! Agora ele sabe. Estou oficialmente ferradíssima.

— Ouviu, Chér? — escuto Bruna perguntar.

Não, não ouvi. O único som é o da vergonha queimando meu rosto feito churrasquinho na brasa. Preciso de água para ajudar a limpar a garganta. Saio correndo até o banheiro da piscina e lavo os dedos melequentos de açúcar. Molho a cara para baixar a temperatura facial elevada, porque uma onda de ansiedade sobe pela minha coluna. Conforme vejo meu rosto desesperado no reflexo do espelho, ensaio na cabeça a explicação e as desculpas que devo ao meu amigo. Tenho que fazer isso. Nada de mais mentiras.

Basta eu confessar e implorar perdão. Luciano é supertranquilo e compreensivo. Vai entender meus motivos. Sei que sim. Mas por que estou começando a suar na nuca? Ai, que nervosismo. Seco as mãos no short de tecido e, sem um pingo de coragem, deslizo o polegar sobre o visor. Abro a conversa com Luciano no WhatsApp sentindo um fio gélido serpentear pela barriga quando leio:

> Luciano: Ei, Chér. Tudo beleza? Amanhã descemos a serra.
> Luciano: O retiro foi excepcional. Depois de conto.
> Luciano: Lembra que você pediu para avisar sobre o próximo retiro que vamos ter no final do ano? Então, os líderes confirmaram que vai acontecer em janeiro. Você tem que ir com a gente, cara.

Ah.

Era isso que ele queria falar comigo? Sobre o retiro?

Libero uma lufada de ar morno e esvazio como bexiga de aniversário. A tensão se dissolve dos meus ombros feito açúcar em xícara de café quente. Em todas as mensagens, não há uma só menção sobre o namoro fake. O que significa que o primo não contou sobre ontem. É provável que o garoto tenha se divertido a ponto de esquecer nosso assunto, certo? Ou talvez ele não se importe com o fato de seu primo estar namorando porque tem outras coisas para fazer. Como, por exemplo, mostrar os bíceps definidos para garotas por aí. Ou talvez ele apenas seja bom em guardar segredos. De toda forma, estou a salvo.

Até quando?

Meu cérebro paranoico ataca outra vez.

Até Luciano encontrar o primo e o assunto namorada surgir? Resolve isso logo. Conta a verdade.

— Chér! Vem aqui! — Bruna berra ao lado de fora. — Morreu nesse banheiro?

— Quase.

Gemo me atirando na rede, agora vazia, em que Duda estava.

— Estamos decidindo sobre o festival.

Bruna retoma esse tópico, que para mim já está bem decidido: não vou com elas.

Em vez de afirmar isso, fico quieta com as engrenagens a todo vapor enquanto minhas amigas tagarelam sobre o festival, Igor — com quem Pilar ficou ontem e com quem deseja ficar de novo —, Dinho e os áudios românticos para Bruna, e mais uma porção de coisas que finjo escutar. Cubro a cara com o tecido de franjas e me balanço com força total na rede para ver se minha cabeça desgruda do pescoço e tenho um pouco de paz.

* * *

Bruna está perturbando minha vida e, pelo visto, não vai me dar sossego.

Resmungo enquanto ela engatinha no meu colchão me atrapalhando de ver meu dorama. Ela apoia o queixo dolorosamente na minha barriga. Me remexo para ver se ela rola para o lado. Nada feito. Reclamo quando ela se larga de vez em cima de mim, para o sofrimento do meu diafragma. Faço birra feito criancinha batendo os pés e braços no colchão. Bruna apenas ri com a bochecha colada no meu tronco.

— Vai comigo, por favor, amiguinha.

Gemo quase rindo por ela ter ressuscitado esse apelido infantil que usava na quinta série.

— Sai! — eu a expulso.

— Não vou sair até você aceitar ir comigo no festival.

— Bruna, será que dá pra me deixar respirar?

Desligo o tablet e o devolvo ao espaço entre os colchões, rosnando para Bruna.

— Vai no festival comigo? — ela sustenta o pescoço fazendo uma mecha loira escorregar para seu nariz bronzeado. — Por favor, amiguinha.

Abro um sorriso quase doce apelando para o lado meigo de Bruna — se ela tivesse algum.

— Amiga, eu já falei que não curto esses eventos. Vocês sabem. Várias vezes já me convidaram para sociais do colégio e para shows, e eu nunca fui.

— Poxa, amiga, vai dessa vez. São os nossos últimos dias aqui e nada melhor que um show com música boa para encerrar nossas férias. A banda de sexta vai tocar as músicas do Jota Quest e do Skank. Sei que você gosta, Chér.

Os olhos de Bruna estão brilhando, porque essas são as bandas que ela adora. Também curto algumas músicas, mas não tenho a menor vontade de me aventurar por um show de rua. E, para ser sincera, Bruna só está torrando minha paciência com isso porque Pilar já marcou de encontrar Igor no festival e a amiga de Duda, Mel, vai levar uns amigos, incluindo um possível ficante para Duda. Portanto, com as duas de rolo, Bruna vai ficar sozinha e é por isso que ela quer tanto que eu vá.

Quando atirei isso na cara dela, Bruna nem fez questão de disfarçar seus motivos. Ao contrário, começou a me azucrinar dizendo que quer minha companhia para não ficar sozinha mesmo. É ou não uma cara de pau?

— Amiguinha linda. Diz que simmmmm!

Bruna tenta me abraçar, e eu me remexo outra vez.

— Sabe que isso é chantagem, né? Não sou tão otária assim.

Minha barriga treme com sua risada.

— Anda, Pilar! Sai do banho! — grita Duda, sentada na cadeira, mexendo no celular.

— Por que você não liga para o Dinho e pede pra ele ir ao show com você?

Minha sugestão faz Bruna estalar os lábios em protesto.

— Porque seria muita sacanagem fazer meu namorado pegar seis horas de ônibus só para ir a um show comigo.

— Mas ele tá doido para encontrar você porque está sofrendo com a separação de uma semana! — dou ênfase. — Quanta dor.

E aperto o peito num falso sofrimento fazendo nós três darmos risada.

Dinho enviou várias mensagens para Bruna, em todas dizendo o quanto está carente da sua "loirinha". Quem diria que o Dinho seria o típico namorado grudento.

— Não quero que o Dinho venha, é muito longe de Petrópolis pra cá. Ele teria que dormir aqui depois do show e meu pai vai surtar e depois infernizar minha vida com todo aquele papinho conservador. Não tenho saco pra isso.

— Imagina se tio Beto descobre que o genro não é nada certinho como ele pensa.

O comentário sagaz é de Duda.

Bruna rosna um "cala a boca!" em tom de riso trocando um olhar cúmplice com a prima. E sai de cima de mim, finalmente.

— Quem não é nada certinho?

Pilar sai do banheiro em seu robe de cetim rosa espalhando o cheiro de creme doce pelo quarto. Os cabelos estão enrolados na toalha branca, o rosto ainda vermelho por causa da água quente.

— O Dinho. Tio Beto não sabe que o genro é danadinho e beija com o corpo e tudo...

— Duda!

Para minha surpresa, as bochechas de Bruna assumem um tom rosado intenso.

Estou mesmo vendo Bruna corar? Isso é raro.

— Fica quieta!

Bruna vira o pescoço na direção da nossa porta fechada.

— Se alguém te escuta — sussurra entredentes — eu te estrangulo!

— Como se nossas mães nunca tivessem namorado antes...

— Duda desdenha com um aceno.

— Se meus irmãos ouvem, vão contar para o meu pai. Quer morrer?

Bruna atira um short na direção de Duda, que rebate com o antebraço aos risos.

— Como assim o Dinho beija com o corpo e tudo?

Pilar repete a frase de Duda jogando os olhos ávidos para Bruna.

Agora Bruna atira o sutiã de alguém na prima. Espera. Parece o meu. E é o meu!

— Bruna, é o meu sutiã, caramba! — ralho indo buscá-lo no chão.

— Anda, Bruna, quero detalhes.

Pilar gesticula cheia de interesse.

— Ela disse que ele tem uma pegada...

Duda deixa a frase incompleta de propósito, mordiscando o lábio de forma sugestiva.

— Vou te tacar esse tablet se você não calar essa sua boca!

Bruna ameaça pegar o *meu tablet*. Grito para ela se manter longe.

Enquanto isso, Duda ri escandalosa se levantando da cadeira.

— Você deu detalhes para Duda e não me contou?

A voz de Pilar tem um toque de ressentimento. Não sei por quê. Não é como se não soubéssemos que Duda é a melhor amiga de Bruna, assim como Pilar é a minha. É óbvio que elas têm segredinhos, afinal estão sempre grudadas e de cochichos por aí. De verdade, eu não tenho problema com isso e estou longe de querer saber os detalhes íntimos do namoro de Bruna.

— Como se eu saísse distribuindo comentários sobre meu namorado, né? — é o que Bruna responde, ácida.

— Eu que perguntei umas coisinhas — Duda fala arteira.

— Sua inconveniente.

— Ué, tenho que saber se minha prima querida está sendo bem tratada pelo namorado. — Bruna dá um riso discreto balançando a cabeça para os lados.

— Então, Dinho tem pegada? — Pilar pressiona, alternando as sobrancelhas de maneira curiosa.

— Acha mesmo que eu estaria namorando com ele se não tivesse?

Bruna dá aquela encarada arrogante para Pilar.

— Ui!

Pilar suga o ar pelos dentes numa expressão ardida.

Logo as três estão tagarelando animadas sobre beijos e garotos. Pilar descreve com detalhes, de novo, a ficada com Igor ontem. É minha deixa para pegar o tablet e assistir meu dorama.

10
Agora não tem jeito

— Já falou com sua mãe?

Bruna abocanha seu pão na chapa me encarando com expectativa do outro lado da mesa de madeira. Viemos tomar café da manhã aqui no quintal, debaixo da área coberta, bem depois de todo mundo porque dormimos tão tarde ontem que foi um sacrifício manter os olhos abertos antes das dez. Como o dia amanheceu meio cinzento, as tias decidiram adiar a praia para depois do almoço, isso se não chover.

— Falou ou não? — Bruna insiste, farelos caindo pela blusa.

Digo que não bocejando. Se eu voltar para cama, acho que posso dormir um pouco mais.

— Pensei que você tinha mandado mensagem ontem.

Bruna estala a língua nos dentes.

— Já passava da meia-noite, Bruna.

— Liga pra ela logo.

— Daqui a pouco.

Entorno leite frio na caneca estampada "coisas boas virão" e peço o Nescau para Pilar.

Seguimos falando sobre coisas aleatórias enquanto tomamos nosso café no modo lento, em meio ao barulho enlouquecedor das crianças correndo ao redor da piscina, até que uma delas cai de roupa, num baque, espirrando água onde estamos. Dou uma risadinha, pois era isso que eles queriam. Bruna, ao contrário, solta os cachorros nos irmãos e primos.

Pilar entra em um papo com Duda sobre o festival. Duda mostra o perfil do suposto garoto que vai conhecer no show, e Pilar bate os cílios em admiração soltando um "todo trincado, bem gato, aprovo", com o polegar erguido para Duda, que diz "eu sei" de nariz arrebitado.

— Liga pra sua mãe de uma vez, Chér.

Bruna se vira para mim. Ai, saco!

É óbvio que minha mãe vai barrar a ida ao festival.

Disse para Bruna que iria com ela se minha mãe permitisse. Usei esse argumento apenas porque o "eu não quero ir" não surtia efeito algum em Bruna, que incentivou Pilar e Duda a entrarem no coro do "você vai sim" enquanto pulavam e bagunçavam minha cama ontem.

Sonolenta, falei algo como "tá, eu até vou com você, mas tenho que pedir permissão para minha mãe". Sendo que eu sabia que minha mãe não me deixaria ir. Na verdade, a ideia nem era falar nada, só dizer que minha mãe não havia deixado e pronto.

— Sabe que nem precisava disso. — Bruna entorta a boca. — Sua mãe disse que você tinha que obedecer a minha mãe e os mais velhos. — Ela repete o que ouviu em um áudio meu. — E se minha mãe deixou a gente sair, está deixado.

— Sabe que com minha mãe não funciona assim — falo comendo um pão de queijo.

— É porque ela acha que você é um bebezinho... — Ela faz um bico infantil e ri.

— Ela só é preocupada, amiga — defendo mamãe, ainda que eu concorde com Bruna, em partes.

— Me dá seu celular aqui que eu ligo — Bruna estica a mão para meu iPhone.

— Amiga, eu estou tomando meu café — afasto o celular. — Quando terminar, eu ligo.

— Você é muito lerda. Me dá logo.

Bruna se debruça na mesa tão rápido que consegue pegar meu celular. Só grito um "me devolve!", mas ela já está desbloqueando — como é que sabe minha senha? — e dizendo teclar para minha mãe. Contorno a mesa de oito lugares para tomar meu celular de volta, mas Bruna me devolve de bom grado com um sorriso convencido porque já enviou a mensagem no WhatsApp da minha mãe. Fico espinhosa com a atitude dela. Custava me deixar resolver?

Prestes a tretar com Bruna, meu celular toca. É uma ligação da minha mãe.

Ah, que ótimo!

* * *

— Viu? Disse que minha mãe conseguiria.

Bruna sussurra caminhando até mim, exibindo seu sorriso triunfante.

— Sua mãe quer falar com você de novo.

Ela revira os olhos ao me entregar o celular.

Durante bons minutos escuto todas as recomendações de mamãe e a culpa vai se infiltrando em mim. Quando desligo, o sentimento se acentua. Tenho permissão para ir ao festival, mas não do jeito que eu esperava conseguir.

— Ai, amiga, isso não está certo — gemo chateada comigo mesma.

Bruna torce a boca soltando "tsc" pelos dentes.

— Chér, nem começa.

— É que agora minha mãe está pensando que sua mãe vai com a gente, poxa.
— E daí? — Bruna me atira um olhar entediado. — Para de pensar demais. Sua mãe permitiu, e é isso que importa. — Ela enlaça meu pescoço dando um sorrisão. — Vamos nos divertir muito, amiga!
— Minha mãe vai me matar.
Afundo na poltrona, bagunçando os cachos para o lado.
— Que bobeira, Chér. Relaxa, não é grande coisa. Você nem precisava pedir pra ela em primeiro lugar, mas enfim. Minha mãe convenceu sua mãe, e agora você vai com a gente.
— Mas não queria ter que mentir pra minha mãe.
Bruna não dá a mínima para minha consciência pesada e desfila pela varanda gritando para as meninas que eu vou com elas. Ouço Pilar e Duda vibrarem enquanto fico na poltrona esmorecendo meu corpo culpado.

Tudo bem que não é primeira vez que conto uma mentirinha para minha mãe, e no caso nem fui eu quem contei, mas nada nesse nível de filme adolescente em que a protagonista mente para os pais para ir escondida a uma festa. Bem, analisando minha vida assim de perto, até parece esse tipo de filme clichê. De todo modo, a única mentira que contei foi ter dito que eu queria muito ir ao festival com as meninas e passear, porém quem mentiu de verdade foi a tia Danda.

Depois que conversei com mamãe, toda relutante em me deixar sair porque segundo ela eu nem gosto de festa de rua — é, ela me conhece bem —, tia Danda pediu, a pedido de Bruna, para falar com minha mãe. Ouvi partes da conversa e percebi que tia Danda mentia.

Apesar de garantir que vai ser responsável por nós no festival e que minha mãe não precisa se preocupar, ela deixou de fora que não vai conosco. Se tivesse revelado que iríamos sozinhas, mamãe não teria dado permissão. Não mesmo.

Me sinto mal, de verdade, por ter entrado nesse esquema trapaceiro. Não gosto de mentir para minha mãe desse jeito, mas também não posso ligar para ela agora e contar a verdade. É melhor eu permanecer calada e seguir com o plano. Que saco, viu? Só me resta aceitar e acompanhar as meninas no festival. Espero, espero mesmo que possa me divertir e fazer valer a pena toda essa mentira.

— 11 —
Já que estou aqui...

— Devia ter colocado a calça jeans.

O ar gelado da noite faz os pelinhos das minhas pernas se arrepiarem. Aliso numa tentativa ineficaz de me aquecer. Ao menos os pés estão quentes, já que optei pelo tênis. Devia ter trazido o casaco fino, mas Pilar disse que eu não sentiria frio, pois estaria quente graças ao "calor humano" no show. Bom, não tem nada quente por aqui e sinto frio nos braços e nas pernas. Já estou arrependida de ter vindo. E, para piorar, meu estômago anda meio enjoado desde cedo. Tomei dois antiácidos antes de sairmos.

Quis usar essa desculpa para desistir de vir, mas Bruna quase me fulminou com os olhos. Irritadinha, ela enfiou a cartela de antiácidos na minha bolsa e nem ousei mais reclamar. Aceitei o peso da derrota e cá estamos, saindo do Uber numa das ruas paralelas à praça onde o festival acontece, perto da orla. Daqui é possível ouvir a música alta e só então me dou conta, surpresa, da quantidade de pessoas ao nosso redor seguindo na mesma direção. Logo uma onda de desânimo me invade.

Detesto lugares lotados.

Por que eu topei isso mesmo?

Ah, é. Eu não topei, fui forçada por minha amiga.

Amiga essa que se enfia entre mim e Duda conforme andamos pela calçada.

— Prontas pra nos divertirmos muito hoje?

Bruna encaixa o braço nos nossos, a pele quente e cheirosa.

— Estou pronta pra encontrar um gato hoje.

A gargalhada de Duda contagia Bruna e até Pilar, um pouco atrás, que troca mensagens com Igor. Finjo estar contente por elas sem conseguir desfazer a careta de dor de barriga ao pensar que vou ficar espremida entre pessoas suadas quando poderia ter meu colchão quentinho, assistir a um dorama engraçado e comer pizza no jantar. Muito tarde para dar meia-volta?

— Quero uma foto de amiguinhas.

Bruna se aperta entre a prima e eu, puxando Pilar para se unir a nós para a foto. Duda estica um braço fazendo o sinal da paz, Pilar molda um biquinho, Bruna um sorrisão de espremer bochechas, e eu faço um coração coreano com os dedos e um sorriso de lábios cerrados. Tiramos várias selfies e gravamos alguns stories e vídeos para o vlog de Duda.

— Mel disse que já chegaram — Duda avisa ao encarar a tela do celular. — Já estão no nosso ponto de encontro, na marquise daquela pousada laranja da foto. Sei a direção. Temos que atravessar a rua. Bora. — E cruza a rua de paralelepípedos.

Libero um suspiro cansado e afofo meus cachos revirados pelo vento quando o celular vibra no short jeans. Chio pelos lábios. É minha mãe. E aquela sensação desagradável aperta meu estômago trazendo um gosto ruim à boca. É o amargor da culpa.

> Mãe: Já estão no festival? Não esquece de me mandar a localização, filha. Não sai de perto da Danda, entendido? Fique atenta porque esses eventos são cheios. Coloca

a bolsa pra frente, cuidado com o celular. Já orei por vocês. Qualquer coisa me liga. Te amo, filhota.

O "já orei por vocês" me quebra. Releio suas palavras e fico mal por enganá-la assim.

Porém, nem tenho tempo para me autocondenar, já que Pilar está berrando meu nome do outro lado da calçada. Volto a acompanhá-las. Nem andamos tanto e já estou ofegante e produzindo gotículas de suor na testa. Viramos em mais uma esquina para meu desconforto e atravessamos outra rua de pedras.

O Uber nos deixou bem longe da praça por causa do engarrafamento. E lá também vai ser o local em que a tia Danda vai nos buscar, por volta da meia-noite. Tarde demais para minha alma idosa. Se minha mãe souber que nosso horário de retorno será tão tarde assim... Pensar nisso faz com que eu me sinta uma adolescente delinquente. Papai me mataria.

Espanto os pensamentos torturantes e ando apressada com as meninas. Conforme seguimos na calçada e deparamos com vários restaurantes e lojas abertas, o cheiro da mistura de frituras me faz torcer o nariz. O enjoo me encontra e logo destaco uma pastilha para azia.

Em poucos segundos chegamos na praça, para alívio dos pulmões, ou o que deveria ser a praça, porque há tantas pessoas ali que parece mais um formigueiro. Paramos em uma das esquinas e já não conseguimos andar sem ter alguém nos apertando por todos os lados. Grudo nas costas de Pilar.

— A pousada fica na outra lateral. Vamos ter que atravessar! — Duda grita com a mão em concha sobre a boca por cima do som.

Ela vai na frente como quem sabe para onde vai. Bruna segue atrás dela, e eu de Pilar. Assim vamos cortando a praça nesse empurra-empurra desagradável.

Nem sei quantos minutos leva até estarmos sob a marquise da tal pousada, vivas e suadas. Os amigos de Duda fazem uma festinha com nossa chegada. Talvez Igor seja o mais animado, pela força com que abraça Pilar, que se aninha nele como se fossem namorados e não estranhos que acabaram de se conhecer e ficaram uma vez. Quanto grude. Mas, vindo de Pilar, não me surpreende. Quando fica deslumbrada por um cara, ela mergulha de cabeça.

— Aquele ali é o garoto que a Duda vai conhecer — Bruna fala perto da minha orelha. Digo um "ah, tá" sem interesse notando Duda ser apresentada ao garoto por Mel. Passo a mão na nuca, a boca está seca.

— Quero água — falo perto da orelha de Bruna. — Já tô morrendo de sede.

— Acabamos de chegar, amiga, depois compramos em um dos quiosques.

Poxa! Meu pescoço está quente, mas tudo bem. Talvez daqui a pouco.

— Ai, eu adoro essa música! — Bruna berra dando um pulão em cima de mim ao ouvir a batida de uma música que ama.

Também gosto bastante. Bruna está aos pulos, enquanto eu batuco o pé no asfalto de forma contida e cantarolo baixinho. O frenesi da multidão vibra pelo meu corpo e, meio contagiada, tento me mover com a mesma emoção de Bruna, mas tudo o que consigo é parecer um soldado de chumbo sem vida. Fico com vergonha de mim mesma e abaixo os braços. Eu não sirvo para essas coisas, sério!

— O amor é o calor que aquece a alma! O amor tem sabor, pra quem bebe a sua água! — Bruna grita o refrão na minha cara, me fazendo rir. Ela está empolgadíssima!

Parece que percebe minha apatia ou falta de desenvoltura, porque segura meus braços erguendo-os acima da cabeça para me balançar. Nisso, Pilar surge por detrás de nós tão eufórica quanto Bruna. E, disposta a curtir o momento com minhas amigas, empurro a vergonha para o lado e saio do chão com elas meio cantando, meio rindo nessa minha dança esquisita que é a única que sei fazer.

— 12 —
Vivendo o inesperado

Minha animação termina quando a banda se vai e entra no lugar um DJ explodindo funks pelos alto-falantes. A letra é tão obscena que fico constrangida, e é quando paro de dançar. Suada e sedenta, digo a Bruna que preciso de água. Decidimos ir ao quiosque com Duda. Depois de ter ficado com o garoto, e ter detestado, ela voltou para perto de mim e da Bruna. Ouço enquanto ela narra com nojo o beijo, o que faz Bruna soltar altas gargalhadas enquanto pagamos por nossas águas. Tomo logo uma garrafa e carrego outra para mais tarde.

Quando paramos na marquise da pousada, noto que Pilar e o tal Igor não estão mais ali.

Para onde será que foram?

Comento com Bruna, que troca mensagens com Dinho e nem me dá atenção. Uma das meninas me avisa que viu Pilar e o garoto saírem para comprar bebidas. Aperto as sobrancelhas suspeitando que não seja verdade, afinal avisamos a Pilar que iríamos comprar água. Eles poderiam ter ido com a gente. A ideia de minha amiga estar sozinha nessa muvuca com um cara que mal conhece me preocupa. Pilar às vezes tem vento no lugar dos neurônios.

Teclo uma mensagem para ela. Cinco minutos se passam, e Pilar nem visualiza. Até faço uma chamada, mas ela não atende. Tensa, falo com Bruna e tudo que ela diz é:

— Amiga, abstrai. Eles tão se pegando por aí, daqui a pouco eles voltam.

Aceno contrariada e espero. Um bom tempo depois e, com um repertório horrível de funk, Pilar ainda não retornou. Meus ouvidos parecem que vão sangrar enquanto meu estômago se contrai com o enjoo de mais cedo dando as caras. O brilho do festival se desfaz para mim como bolha de sabão. Ainda mais porque, desde que voltamos, Bruna só fica com Duda dançando sem amarras até o chão. As duas estão eufóricas e desconfio que seja por causa das bebidas batizadas pela vodka de um dos garotos.

Bruna deve estar no terceiro ou quarto copo, não sei bem. Perdi as contas do tanto de vezes que a galera entornou a garrafa de vodka nos copos com energético. Estou ficando cada vez mais aflita. Esse não é o tipo de curtição que eu tinha em mente. Não gosto mesmo disso e acho super errado adolescentes encherem a cara. As duas estarem bebendo me chateia, mesmo sabendo que Bruna costuma beber em festas, só que essa é a primeira vez que a vejo assim. Mais desinibida, de riso frouxo e se movendo de uma forma vulgar que me queima as bochechas. Quero que pare.

Quando ela segura outro copo de bebida, eu me aproximo e toco seu ombro.

— Amiga, é melhor parar de beber, você pode ficar bêbada e passar mal — sugiro com cuidado, apesar de ela já estar bêbada.

Bruna faz um gesto de mão descartando meu conselho e libera um riso esquisito soltando esse bafo azedo na minha cara ao retrucar que está longe de ficar bêbada. Tento persuadi-la. Nada feito. Bruna me agarra pela cintura.

O funk muda para uma música eletrônica com batidas estridentes, e juro que posso sentir a vibração por baixo da sola dos meus tênis. De cara amarrada, ameaço voltar ao coqueiro. Vou sair surda deste lugar e, se depender da Bruna, sem short também. Empurro suas mãos com força, ela cambaleia para trás. Rindo, ela se vira para envolver o pescoço de Duda, outra afetada pela bebida.

Quando elas ficarem sóbrias, vou falar um monte sobre isso. Juro que vou!

Piso duro no asfalto com raiva misturada a decepção saindo dos meus poros. Me apoio no coqueiro, o único amigo que tenho, e sinto uma fisgada na barriga. Me dobro pondo a mão no umbigo com um bolo esquisito comprimindo meu abdômen até senti-lo se movendo por dentro e sair em um arroto bem alto. Ai, minha nossa! Tapo a boca com as mãos.

Sou julgada por um par de olhos e promovo diversão para outros. Quero falar um "foi mal" toda envergonhada, porém arroto de novo. Uma queimação começa a se alastrar por dentro. É intensa. Procuro as pastilhas na bolsa e tomo as duas últimas torcendo para que essa náusea passe logo. Acontece que não passa.

Nos minutos seguintes, o enjoo me ataca sem piedade e tenho esse bolo invisível queimando o topo da minha barriga. É como se eu tivesse comido demais, sendo que nem jantei. Pelo visto as pastilhas não resolvem nada. E agora sinto uma pressão atrás dos olhos. Preciso de remédios. Aliás, acho que quero ir embora e me deitar. Meu rosto está suando frio de um jeito muito estranho. Sem poder aguentar mais, vou até Bruna.

— Amiga! Preciso ir embora — digo em seu ouvido.

— Ir pra onde?

— Pra casa, Bruna. Não estou legal.

— Legal de quê?

Isso é sério? Grito no ouvido dela:

— Morrendo do estômago, amiga. Vamos embora!
— Ah, Chér, toma as pastilhas que minha mãe te deu.
Ela se balança de olhos fechados.
— Já tomei. Não tá passando, amiga. Minha cabeça tá doendo também.
— Como você é dramática. — Ela tenta me abraçar. Me esquivo.
— Tenho que ir embora, Bruna — digo, com o latejar insistente na testa.
— Ah, não. Acabamos de chegar.
— Não acabamos de chegar coisa nenhuma.
Me afasto e não consigo segurar a nova onda de arrotos.
— Eca, Chér. Você tá podre por dentro — Bruna torce o nariz. — Toma as pastilhas que vai ficar beeem — ela arrasta a palavra no seu modo alterado e me belisca uma bochecha.
Dou um tapa em sua mão.
— É sério, Bruna. Quero ir embora. Agora!
— A gente não vai, Chér. Para de graça.
— Qual a parte do "estou passando mal" você não entendeu?! — berro.
Bruna empurra meu ombro e joga os cabelos de lado sem se importar.

Ficamos nessa troca irritante de "quero ir embora" e "não vamos" até uma das garotas me avisar que ali perto tem uma farmácia. Ela aponta para um lugar além da multidão, e eu não vejo nada. Chateada, repito que só quero ir embora. Bruna mais uma vez me ignora e joga as mãos para o alto apreciando a nova música que começa. Eu a pressiono, mas nada feito. Espumando de raiva eu as deixo, a pressão entre os olhos aumentando. Abro no Google.

A garota está certa, tem uma farmácia do outro lado da praça. Traço a rota até lá. Ah, são dois minutos andando. É perto. Seria moleza, não fosse esse mar de gente. Mas vou ter que dar um jeito de ir até lá, já que Bruna não entende o quanto é horrível passar mal longe de casa. Mesmo irritada com ela por ser insensível, cutuco seu ombro, de novo.

— Vem na farmácia comigo — exijo.

Bruna dá um suspiro enfezado.

— Não quero ir sozinha! — grito por cima da música. — E se eu me perder?

— É aqui pertinho, Chér — Duda se mete jogando o copo vazio no chão.

— Deu pra notar o tanto de gente que tem aqui? — gesticulo. — Não vou sozinha.

— Ai, saco.

Bruna joga o copo também no chão.

— Será que você pode ir comigo, caramba? Estou passando mal, Bruna. Quero ir pra casa.

— Tá, tá, tá — ela atira as mãos no ar sem paciência. — Vamos.

Avisamos Duda, que assente, e Bruna e eu seguimos para a farmácia pela calçada menos aglomerada que a rua. O lado ruim é que essa mistura de odor de xixi, cecê e cerveja faz meu estômago se revirar em protesto. Tento não respirar pelo nariz à medida que passamos pelas pessoas. Com uma mão eu seguro os dedos de Bruna e com a outra, o meu celular. Arrisco uma olhada na rota, que mostra que estamos chegando.

Bruna resmunga algo sobre sua sandália e cambaleia parando numa parede. Que, na verdade, é a porta de uma loja fechada. Eu a ajudo a arrumar a tira da sandália esquerda enquanto ela resmunga alguma coisa aleatória sobre Dinho. Quando me levanto ela está abaixando a cabeça e nossas testas colidem num estalo alto.

— Ai, Bruna!

Urro alisando o local dolorido enquanto ela ri como se fosse divertidíssimo.

— Vai nascer um galo, e vou ter que... ai!

É então que alguém passa veloz por mim e tromba no meu ombro com tanta força que perco o equilíbrio, meu celular é arremessado e vou com tudo para trás batendo a bunda no asfalto. Não sei se grito de surpresa ou dor. Talvez os dois. Pressiono os olhos com o impacto reverberando por toda a coluna até as panturrilhas. Dói demais!

— Ai, ai, ai!

Ainda estou gemendo enquanto sugo o ar entre os dentes para aguentar o latejar no traseiro. Lágrimas brotam nos cantos dos meus olhos, e o caroço do choro atravessa minha garganta. Seguro porque preciso encontrar meu celular primeiro. Onde foi parar?

Ai, minha tela. Deve ter trincado. Meu pai trocou nem faz muito tempo.

Vasculho o chão e nada. Meu coração gela. Ai, não. Por favor, não.

— Bruna, me ajuda a procurar meu celular — peço agitada.

Ela nem se mexe, gargalhando com as duas mãos na cintura. Irritada, eu me agacho para tentar encontrar o aparelho no meio de tantos pés e sujeira. Estava na minha mão. Como sumiu assim?

Não, eu vou achar.

Alguém tropeça na minha cabeça e solta um palavrão. Meu pescoço reclama e não me importo. Só tenho que encontrar meu celular. Procuro, procuro e procuro. *Nada!*

Não, não, não. Não posso ter perdido meu celular.

Me recuso a acreditar nisso, então abaixo no chão outra vez.

Bruna não move um dedo para me ajudar, o que me deixa ainda mais irritada.

— Dá pra ser, Bruna? — rosno.

— Tá. Não estou vendo.

— É porque você nem está procurando! — berro. — Se abaixa pra me ajudar.

Engatinho e caço com os dedos. A pele dos joelhos arde, mas sigo na busca. Bruna se abaixa também. Nenhuma das duas encontra. Meu desespero ameaça me sufocar.

— Amiga, sumiu — Bruna fala conformada.

— Não!

— Perdeu, Chér.

— *Não!* — grito. — Procura mais.

Isso não está acontecendo. Não está!

— Tenho que achar. Acabou de cair. Como que sumiu? Não aceito isso.

De volta ao chão, me recuso a desistir, entre uma fungada e outra.

Isso é um pesadelo!

Ai, caramba! Meus dedos! *Ai, ai.*

Alguém acaba de pisar nos dedos da minha mão direita. Está doendo demais.

— Amiga, levanta.

Seguro a mão em punho contra o peito sendo atravessada por um combo de emoções. Choro. Quero espernear e me bater com toda força que tenho. Fungo com o nariz escorrendo e engatinho outra vez.

— Chér, já era.

O peso da derrota desaba nos meus ombros. Me sento no chão, arrasada. Então, me dou conta de como meus joelhos ardem, minha cabeça lateja, meus dedos doem, para não falar da queimação insuportável no estômago que ameaça me corroer por dentro. Para me tornar ainda mais miserável, perdi o celular.

Sem ânimo, me levanto do chão com o auxílio de Bruna e faço o caminho da derrota para onde estávamos.

— Quero ir embora! — grito com a Bruna.

— Ai, Chér, vamos ficar mais um pouco. Está cedo.

— Não tá cedo coisa nenhuma — rebato. — Estou enjoada, cansada, com dor de cabeça, a barriga queimando e, pra completar, perdi meu celular. Quero ir pra casa, Bruna. Quero ir!

— Só por causa disso?

O jeito que ela soa injeta mais raiva nas minhas veias.

Disso?!

— Não é você quem está passando mal quando ninguém dá a mínima! — esbravejo.

— Eu estava indo com você na farmácia — ela rebate com um olhar abismado.

— Porque eu te obriguei! Se você tivesse ido embora comigo na hora que falei que estava morrendo de dor de estômago, nada disso teria acontecido.

— Agora a culpa por você ser desastrada e perder seu celular é minha? — Ela toca o peito.

Eu abro a boca e arfo. Desastrada?

— Ei, gente — Duda se intromete parando perto de nós duas. — Se acalmem.

— Não dá pra ficar calma quando eu estou cheia de dor — respondo. — E pra refrescar sua memória — falo pra Bruna — eu estava amarrando a sua sandália porque você bebeu e está alterada.

— Eu não estou bêbada! — ela rosna de volta.

— Tá sim — berro de volta. — Eu caí de bunda no chão e você ficou rindo. Tive meus dedos pisados e estou com os dois joelhos ralados. Isso é pouco pra você?

Bruna dá um riso seco, as mãos voando para a cintura.

— Você é puro drama, Chér. Sempre tão exagerada. Foi um acidente. Para de culpar os outros pelos seus problemas, tá legal?

Talvez eu a esteja culpando, e talvez eu não esteja nem aí.

Encho as bochechas de ar quente e expulso até ficar sem fôlego.

— Será que dá pra gente ir embora agora?

— Acha justo irmos embora por sua causa?

Ela disse isso mesmo?

— Deixa de ser insensível, Bruna. Qual parte do "estou passando mal" você não assimilou? — Abro os braços, impotente.

— Você não está dando uma exagerada porque parou de curtir o show?

— Bruna... — Esfrego o rosto mais quente que antes. — Só liga pra sua mãe vir me buscar. Pode ser? Vocês ficam, não me importo. Eu quero ir embora. Agora!

Grito, e o som é rouco porque minha garganta falha.

— Eu ligo, Chér.

Duda se prontifica tirando o celular do cropped.

— Muito obrigada.

Bruna me encara petulante e devolvo o ar emburrado.

— Amigas, o que houve?

Olha só quem resolveu aparecer. Pilar vem até nós com o semblante confuso e pegajosa de suor. Endureço a mandíbula e não digo nada porque meu desejo é berrar com ela até perder a voz, que por sinal já está falhando. É Duda quem explica a situação e avisa que tia Danda está vindo nos buscar.

— Poxa, amiga, sinto muito por ter perdido o seu celular. — Seu olhar é de pena. — Quer que eu procure com você?

— Já fizemos isso — Bruna responde por mim, rude. — Não deu em nada. Perdeu.

Ela fala como se fosse algo simples, e é isso que me chateia mais.

Engulo um rosnado e cruzo os braços. Duelamos pelos olhares, mas nenhuma das duas diz nada. Estou cansada e doente demais para ficar batendo boca com ela. Tudo o que mais quero é tomar um banho, um remédio e desabar na cama. Acho que mereço, depois da noite caótica que estou tendo.

A próxima meia hora é uma mistura de irritação, dores e arrotos altos que não consigo controlar. Ter vindo para esse festival foi uma péssima, péssima ideia. Se pudesse voltar atrás não teria deixado Bruna me convencer. E, ao entrar no carro, tudo em que consigo pensar é no profundo arrependimento que sinto.

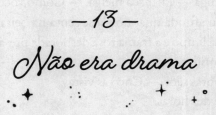

— 13 —
Não era drama

A noite foi um borrão.

Quando desperto, minhas vistas reclamam da claridade. Alguém deixou as cortinas abertas. Gemo, relutante em acordar porque praticamente não dormi. Tirei cochilos entre a espiral de dor de cabeça e o enjoo. Minhas pálpebras estão pesadas e a barriga um pouco dolorida. Sinto uma azia leve, e talvez eu já possa tomar aquela fita para enjoo que gruda no céu da boca. Tia Danda comprou de madrugada, e reduziu bastante a sensação de mal-estar. O problema era que o enjoo e a azia voltavam e fiquei nesse ciclo torturante até às cinco da manhã, quando consegui apagar de vez.

Solto um bocejo azedo, ouvindo a porta ranger e passos pelo quarto.

— Shh.

— Ela ainda está dormindo.

Bom, não mais.

— Pega depois, Bruna.

Reconheço a sussurrada voz de Pilar.

— Meu celular morreu. — É a Bruna.

— Ao menos você ainda tem um — resmungo espreguiçando. — Já acordei.

— Oi, amiga — Pilar soa meiga. — Como você está?

O colchão afunda quando ela se senta na beirada, de pijama. Seu rosto está limpo e a franja rosa desbotada presa para trás com presilhas coloridas.

— Que horas são? — Coço as vistas.

— Quase dez horas.

Dou um bocejo longo misturado ao arroto e logo me arrependo por causa do meu bafo. Ninguém merece ser atacado assim, ainda mais Pilar, que esteve ao meu lado durante a madrugada. A cada gemido de dor e viradas na cama ela vinha ver como eu estava. Me deu água, os remédios e perguntava se eu estava bem ou queria vomitar. Foi atenciosa, o que diminuiu minha chateação por ela ter sido imprudente ao sair com Igor por longos minutos.

Ontem no carro ela se desculpou por não ter visto minhas mensagens ou ligações. Sem graça explicou que Igor quis encontrar uns amigos e ela decidiu ir com ele, aí acabaram ficando com o grupo. Meu único comentário foi "você é maluca?!". Não sei como ela pôde perambular pelo show com um garoto que mal conhece e ainda se reunir com os amigos dele. Pilar foi muito descuidada, e nem pude dar a repreensão que merecia porque não tive forças.

— Você tirou uma boa soneca, amiga — Pilar tira cachos úmidos da minha testa. — Eram cinco e pouca da manhã quando tomou o remédio de dor de cabeça e dormiu. Como se sente?

— Mais ou menos. A dor de cabeça passou, mas os olhos estão pesados. Sinto uma azia leve em comparação com o tormento desta madrugada. Será que posso tomar aquela pastilha?

— O que você comeu que te fez passar tão mal? — Pilar fica pensativa.

— Deve ter sido aquele peixe que nós comemos na praia. O gosto estava estranho.

Bruna fala do outro lado do quarto e percebo que está agachada em sua mala revirando as roupas espalhadas no chão. Está de pijamas também e tem o cabelo retorcido num coque.

— Achei!

Ela se levanta com o carregador na mão e depois coloca o iPhone para carregar.

Me lembro do meu, perdido para sempre, e o peito se encolhe. Faço um beicinho.

— Tá doendo, amiga?

Pilar interpreta errado meu lamento.

— Lembrei do meu celular perdido.

Ela sente minha dor ao fazer um carinho no meu ombro.

— Isso é muito chato, amiga. Nem fazia muito tempo que você trocou.

— Seu pai vai te dar outro — Bruna comenta, como se fosse fácil.

Ela está sentada na cadeira com as pernas dobradas enquanto mexe no celular.

— Duvido — murmuro.

Prefiro nem pensar na bronca que vou receber dos meus pais.

— Quer tomar café da manhã? — Pilar pergunta.

Analiso e não tenho fome. Minha barriga está meio oca, e acho melhor deixá-la vazia para não correr o risco de embrulhar outra vez. Sorte não ter vomitado de madrugada, ou seria pior.

— Tem que comer algo, Chér. Nem um pãozinho?

Fico enjoada só de imaginar. Faço que não.

— Depois eu como. Não quero ficar enjoada de novo. Cadê aquela garrafa de água?

Me sento no colchão de costas para a parede. Pilar encontra a garrafa vazia e sai para encher.

— Vê se tia Danda tem mais daquela pastilha de fita pra eu tomar também — peço.

— Tá.

Pilar assente e me deixa sozinha com Bruna. Após ir ao banheiro, volto para a cama.

Bruna continua deslizando os polegares no celular e parece não fazer questão de falar comigo. Encolho os ombros, quieta. O que eu teria para dizer? Quem virou a noite passando mal fui eu, enquanto ela dormia desmaiada com Duda depois de ter enchido a cara. Um "tá melhor?" deveria ecoar, né? É o que uma pessoa educada diria, mesmo que no fundo não se importasse de fato. Mas nem disso Bruna é capaz. Deve estar chateada com o que ouviu ontem.

Após chegarmos em casa, tia Danda brigou feio com Bruna por não ter ligado para ela quando eu avisei que estava passando mal e depois deu outra chamada de atenção por ela e Duda terem bebido demais. Pilar também ganhou bronca pela pequena aventura com Igor. Tia Danda reclamou muito com elas enquanto eu agonizava entre náuseas e dor de cabeça. Bruna ficou brava pela bronca da mãe, mas o saldo negativo da noite foi meu. Se alguém tem que ficar chateada, sou eu, e não Bruna, sentada ali feito um bloco de gelo.

Se ela vai ficar aqui sem nada para dizer, é melhor sair. Chatice!

— Aqui, amiga.

Pilar entra no quarto munida da garrafa de água cheia e da pastilha. Tomo os dois.

— Obrigada.

Ela acaricia o topo da minha cabeça e se senta no colchão.
— Tem que melhorar.
— Quase lá — dou um pequeno sorriso.
Ao menos alguém está preocupada com meu estado de saúde.
— Amiga, sua mãe falou comigo no zap mais cedo e pediu para você ligar pra ela.
— Você contou que passei mal?
Pilar se desculpa com o olhar. Escorrego no travesseiro gemendo.
Ah, que ótimo. Mamãe deve ter enlouquecido.
Ontem a tia Danda contou que minha mãe ligou para ela porque tentou falar comigo e não conseguiu. Depois que cheguei em casa, usei o celular de Pilar para contar a minha mãe que tinha perdido o meu. Claro que ela ligou para Pilar e quis falar comigo, porque uma mensagem e uma foto como prova de vida não foram suficientes. Conversei com ela e contei que sentia dor de cabeça e queria dormir. Ocultei todo o problema do estômago porque sei que minha mãe ficaria neurótica e encerrei a ligação com a promessa de ligar para ela quando acordasse.

Agora que Pilar narrou minha noite nada tranquila, minha mãe deve estar muito preocupada. Tenho que ligar para ela e tranquilizá-la o quanto antes, ou não duvido nada que ela pegue o carro e venha verificar por conta própria. Porque minha mãe é dessas.
— Me empresta seu celular, Pilar.
— Tá.
Seguro o aparelho, me preparo mentalmente e ligo para minha mãe.

— 14 —
A vida não é um morango

Parte de mim lamenta ser uma estraga-prazeres e encerrar as férias de todo mundo um dia antes do combinado. A outra, que sofre com uma onda de enjoos e dores de cabeça, fica agradecida quando os pais de Bruna decidem ir embora no início da noite de sábado. Tia Danda achou melhor me levar para casa o quanto antes.

A viagem de carro é uma agonia, e meu estômago embrulhado me castiga à medida que o carro sacoleja na estrada. Para meu azar, vomito três vezes antes de finalmente avistar a amendoeira na calçada de casa e minha mãe à minha espera na frente do prédio. Saio apressada do carro, morrendo de sono e querendo me livrar dessa película nojenta de viagem. Todos me dizem "tchau" e "melhoras, Chér", mas eu só aceno meio molenga ao ouvir Pilar pedir que eu mande notícias.

Enquanto tia Danda passa o relatório da viagem para minha mãe, sou abraçada por ela de lado. Pressiono o nariz na pele de seu braço apreciando o calor e o cheiro suave de sabonete. Escuto o som grave da voz do meu pai atrás de mim e me viro a tempo de vê-lo cruzar os portões de ferro do prédio com seu short havaiano brega e a camisa do Fluminense, seu time do coração, que posso jurar que não era baby-look como aparenta.

Quando chega perto, papai me aperta em seus braços fortes e faz um carinho nos cachos murmurando um emocionado "o pai estava com saudades, boneca". Acho que sorrio, ou tento.

Senti falta deles, e é muito bom estar em casa.

Após tio Beto buzinar e sumir pela rua, subimos para casa. Finalmente.

* * *

Os dias seguintes são ainda piores. Pensei que fosse morrer de tanto vomitar. Mesmo com as medicações que meu tio, irmão do meu pai, havia me receitado, os sintomas permaneciam. Relutei ao máximo ir ao hospital, o que deixou meus pais mais aflitos a ponto de mamãe dizer que me levaria arrastada. A questão é que tenho pavor de hospital. Uma vez tive que ficar internada e foi horrível ter sido furada incontáveis vezes — e aos berros.

No entanto, na noite de terça-feira me rendi porque me sentia exausta e fraca como se a vida estivesse deixando meu pobre corpo. Àquela altura nem água eu conseguia beber sem ter a barriga tremelicando para expulsá-la. No hospital, fiz uma série de exames e o médico que me atendeu disse que eu provavelmente havia adquirido uma gastroenterite viral — algo que meu tio havia suspeitado. E depois de horas com os dois braços furados — porque minhas veias gostam de brincar de esconde-esconde — tomei soro com medicação e fui liberada.

Os dois dias seguintes são bem melhores. A não ser pelo excesso de Gatorade que mamãe me faz beber e a porção de legumes insossos que sou obrigada a engolir, já que o médico receitou uma alimentação leve e saudável para meu estômago sensível. Receita essa que minha mãe está levando ao pé da letra. Não sei que tortura é pior, vomitar a ponto de achar que vou morrer ou ter que comer essa comida sem gosto. Tá bom, estou sendo exagerada, vomitar é muito, muito pior. Por isso, sentada em minha cama, finalizo a janta com mastigadas forçadas enquanto assisto a princesa Mia Thermopolis afundar na fonte após beijar Nicholas.

É, alguns beijos podem causar verdadeiros desastres.

— Terminou?

Minha mãe entra no quarto com roupa de ginástica e rabo de cavalo e começa a esfregar o chão com o pano. Sou atingida pelo cheiro de pinho e torço o nariz. Até dele já enjoei de tanto que mamãe usou no meu quarto para afastar o odor de vômito.

— Quase acabando. — Faço careta.

— Pare de fazer essa cara, Rochelle. Não é ruim.

Claro que não. Sopa de batata com cenoura, beterraba e folhas verdes é uma delicinha.

— Mãe, se eu tiver que comer essa gororoba com esse cheiro, juro que vou vomitar.

Recebo um olhar carrancudo, e ela ergue a cadeira do lado da minha cama para deslizar o pano. A cadeira se tornou o lugar cativo da minha mãe durante esta semana. Não houve um momento em que ela tenha me deixado sozinha. Até nas horas de vômito permaneceu comigo, ora segurando meu cabelo, ora alisando minhas costas ao sussurrar orações e palavras de conforto. Morrer do estômago com a mãe por perto era outro nível. Sou grata por ela ter estado comigo.

— Amanhã já posso comer algo gostoso, não posso?

Reviro a sopa rala com a colher.

— O médico falou cinco dias sem fritura, leite e derivados.

— Já estou bem, mãe. Não vomito desde a ida ao hospital. Nem me sinto mais enjoada.

— É preciso ser atenta e cuidadosa nessa fase de recuperação, filha, ou quer ter que voltar ao hospital para tomar mais remédio na veia?

Sua sobrancelha sobe como se me desafiasse a contrariá-la.

— Prefiro ficar com essa coisinha sem graça.

— Foi o que pensei.

Ela sorri dando dois tapinhas na minha coxa.

— Pronto.

Largo a colher no prato vazio e empurro a bandeja para minha mãe, que a pega e leva para cozinha. Em seguida, ela me entrega seu celular dizendo que Pilar me mandou outras mensagens. Quando segue com a vassoura para meu banheiro, desbloqueio sua tela reclinada nos travesseiros para conversar com Pilar.

Durante esses dias ela enviou várias mensagens para o número da minha mãe a fim de saber como eu estava. Mamãe respondia sempre que dava e, desde o episódio no hospital, passei a mandar umas fotos e vídeos para Pilar. É bom saber que ela se preocupa comigo e que tentou estar perto, mesmo à distância. Agradeci o carinho e fizemos piadinhas sobre meu estado até nos despedirmos com a promessa de nos vermos no colégio quando o final das férias for oficial. Ou seja, segunda que vem.

Que deprimente, e eu nem aproveitei esta última semana em casa. Nem posso dizer que estou revigorada para retornar ao colégio e encarar aquele ciclo de estudos que suga todas as minhas energias. Pensar que ainda terei meio ano pela frente traz um desânimo... Por que tão longe, hein, dezembro? Escuto meu próprio suspiro desanimado.

— Marcela, eu cheguei.

Ouço a voz delicada de vó Lourdes, e um sorriso pede passagem pelo meu rosto.

— Cadê nossa mocinha?

— Aqui, vó — aviso.

O barulho de suas pulseiras surge antes dela e logo vó Lourdes aparece em seu vestido chique de bolinhas verdes até a metade das canelas. Os fios castanhos modelados pelo babyliss, os costumeiros colares no pescoço e o sorriso terno dedicado a mim. Vovó tem me visitado desde que cheguei de viagem. Sua presença e carinho são sempre bem-vindos. Adoro tê-la por perto.

— Como tem passado hoje, meu bem?

Vovó acomoda a bolsa na mesinha e me toma num abraço caloroso.

Ah, esse cheirinho de lavanda açucarado é sua marca registrada.

— Bem melhor, vó.

— Glória a Deus. Vai se recuperar cem por cento. Comeu direitinho?

— Engoli a sopa — faço cara de nojo. — Mas queria mesmo era sua lasanha, ou nhoque, ou escondidinho... Hmmm. — Só de pensar fico com água na boca.

Vó Lourdes dá uma risada gostosa e penteia meus cachos rebeldes para trás.

— Garanto que assim que estiver liberada, eu faço aquele banquete para você.

Meus olhos devem brilhar.

— Jura, vó? — minha voz soa infantil.

— Juradinho.

Ela brinca estalando um beijo em minha testa. Nisso mamãe sai do banheiro e troca algumas palavras com vovó, para em seguida avançar para seu quarto com o rodo. Ficamos somente vovó e eu no quarto. Ela toma o lugar na cadeira perto da cama e conversamos um pouco sobre minha recuperação, como têm sido seus dias, a loja, o treinamento da nova funcionária, a volta às aulas e mais.

Enquanto gesticula falando sobre a nova professora de pilates — vovó adora fazer exercícios físicos, frequenta a academia e tudo — e comenta a respeito da nova amiga que fez, a dona de uma floricultura, sou empurrada para lembranças de um certo senhor dando flores à vovó.

Prometi a mim mesma que, após as férias, tentaria descobrir quem era o sujeito. Se vovó tem mesmo um pretendente, preciso saber. Será que devo soltar agora assim como quem não quer nada? Contar que o vi na loja?

— Ô vó... — começo meio sem graça.

— Sim? — Vovó me encara, atenta.

— Mamãe, a senhora fica para jantar conosco? — é minha mãe quem desfaz o momento enfiando a cabeleira no vão da porta. — Estou pensando em fazer bife à milanesa.

— Ah, qual é, mãe. — Cruzo os braços. — Justo quando eu não posso comer?

— Separei um filé de tilápia para você. Vou fazer cozido.

— Cozido? Não suporto mais nada cozido. Quero fritura, gostosura. Suculência.

Vovó dá risada. Minha mãe solta um muxoxo sacudindo a cabeça.

— Pode deixar que eu faço o filé de tilápia grelhado para nossa menina, Marcela. Vai ficar sequinho.

Vó Lourdes avisa que vai jantar e logo as duas iniciam uma conversa que acaba com minha chance de questionar quem era o senhor que vi na loja. Mas não desanimo, terei outra oportunidade. Não vou esquecer tão cedo essa história do suposto namorado.

— 15 —
Não estava preparada

— Domingo nós vamos almoçar na sua avó.

É sábado de manhã e minha mãe arrasta os pés pela cozinha guardando a louça de ontem enquanto eu tomo meu café à mesa. Dormimos tarde, depois de assistirmos *Interestelar* pela milésima vez, já que é um dos filmes favoritos do meu pai. Era esse ou *Star Wars*.

— Qual vó?

Encho a boca de sucrilhos e mastigo de forma ruidosa. Acho relaxante o som do "crec-crec".

Enfim consegui dobrar minha mãe e tomar um café da manhã decente.

— Dona Amália. Mamãe vai conosco. Seu pai quer ir cedo e, por isso, vamos assim que o culto acabar. Tudo bem?

Faz tempo desde o último almoço na casa dos meus avós, e eu gosto da bagunça que fazemos juntos. Vai ser bom rever a família, assim eles me atualizam sobre tudo o que viveram nas férias e eu posso contar para as primas como foram as minhas em Búzios. É, vai ser legal.

— Tá bem.

— Não abuse do leite — ela me censura por cima do ombro quando despejo mais leite frio na tigela.

— Mãe, relaxa. — Misturo os sucrilhos. — Me sinto ótima e renovada.

Sorrio para garantir. Estou sem vômitos, enjoos, azias e dores depois que os dias aterrorizantes tiveram fim. Tudo foi tão intenso que parece um pesadelo, e não a vida real. Espero nunca mais pegar uma gastroenterite na vida.

— Ainda tem que se cuidar, filhota. O estômago está sensível, o médico falou.

Desisto de jogar o mesmo pingue-pongue de ontem com ela e desbloqueio meu tablet. Como ainda continuo sem celular, tenho recorrido ao tablet, porque usar o jurássico está fora de cogitação.

Meu pai comprou um chip e recuperou o número antigo, mas nada de celular novo por enquanto. Prefiro não pressionar, já que até agora ninguém brigou comigo por ter perdido o meu. É o benefício de ter ficado doente. Assim que voltar para o colégio pretendo insistir com papai para me dar um celular novo. É uma questão de necessidade da vida moderna.

— Quero confirmar uma coisa com você, filhota.

— Tá — murmuro sem prestar atenção nela.

Entro no Instagram e passeio pelo app sem grande interesse. Não há atualizações nos stories das pessoas que faço questão de bisbilhotar. Quer dizer, há umas fotos de Pilar de ontem que eu já vi. Bruna não atualizou as redes durante a semana e nem tenho tido notícias dela, nosso grupo no zap está parado desde a viagem. Não houve também nenhuma mensagem para saber se eu tinha melhorado. Confesso que estou magoada por ela não se importar. Poxa, eu fiquei mal de verdade. Não é possível que ainda esteja chateada pela bronca que levou da mãe e pela qual eu não tive culpa. Poderia ter morrido de tanto vomitar e ela nem saberia.

— Como você passou mal, achei melhor esperar para falar a respeito disso.

— Disso o quê?

— Do festival.

Minha colher fica suspensa no ar. Fito mamãe com a boca meio aberta cheia de sucrilhos triturados. Nem chegamos a falar sobre as férias por causa dos meus dias coroada a rainha do vômito. É claro que eu esperava que ela fosse querer saber tudo o que fiz, e com detalhes. Afinal, minha mãe é sempre muito interessada em minha vidinha adolescente. Eu só não contava que ela fosse tocar justo nesse assunto, e nem consigo disfarçar o quanto sua pergunta me deixou embaraçada.

Sobre o que exatamente ela quer falar? Mastigo o cereal com a barriga ficando gelada.

— Ah, tá — murmuro, tensa.

Mamãe apoia o quadril no balcão enquanto seca um copo e me encara atenta, como se tentasse ver através de mim. Toda vez que sou alvo dessa visão de raio x no estilo Super-Homem, juro que ela pode ver até coisas que eu não sei a meu respeito. Prefiro não dizer nada e esperar para saber aonde ela pretende chegar com esse papo. Mas por que será que no fundo eu sei que vamos dar de cara com um castigo, hein? Talvez porque eu mereça.

Como estou quieta, embora tenha revelado tudo com essa expressão abismada, ela fala:

— Danda não ficou com vocês como me garantiu que ficaria. Você e as meninas foram sozinhas ao festival, não foram?

É isso. Ferrou bonitinho pra mim.

Arrasto os dentes no lábio, sem saber o que responder.

Mamãe tem uma sobrancelha arqueada.

Um calor toma conta do meu rosto diante de seu olhar afiado, que dissipa qualquer ideia estúpida sobre mentir. Provavelmente eu gaguejaria e me entregaria de qualquer jeito. E, pelo tom que ela usou, mamãe não suspeita. Ela sabe. Sim, eu sei disso muito bem porque já recebi esse mesmo olhar várias vezes. Ela sabe a verdade. Droga!

Belisco o interior da bochecha desconfortável no banco. Encaro os sucrilhos afogados no leite apenas para não sustentar a visão analítica de mamãe. Seu silêncio é como mãos pesadas sacudindo os ombros exigindo um "confesse!". Murcho na cadeira quando, por fim, revelo:

— Fomos sozinhas.

Escuto minha mãe chiar feito uma chaleira elegante.

Meus sucrilhos estão ficando murchos e sem graça. Assim como meu estado de espírito.

— Deduzi que Danda não foi quando liguei para saber de você, que não me respondia, e fiquei preocupada. Quando me atendeu, ela deixou escapar que estava em casa e que ligaria para Bruna a fim de saber onde vocês estavam. Percebi que tinham ido sozinhas.

É, ela sabe a verdade.

Tudo que faço é dar um aceno sutil, confirmando.

— Filha — o tom brando porém sério me faz fitá-la. — Você fez Danda mentir para mim?

— Não! — replico depressa. — Não fiz, mãe.

— Então por que ela mentiu por você?

Porque Bruna pediu. E eu deixei.

Essa é a verdade. Mesmo que eu não tenha gostado, eu concordei, no final das contas.

Minha mãe suspira pesado jogando o pano de prato sobre o ombro.

— Vai me contar a verdade ou vou ter que falar com a Danda?

— Não, mãe! Ai!

Bato o joelho na mesa, a tigela dança e respinga um pouco de leite na toalha branca.

— Claramente a Danda mentiu para acobertar você. Que ideia foi essa, Rochelle?

Ela parece perplexa, e o "Rochelle" me avisa que a coisa vai ficar séria. E eu nem tive tempo de me preparar para a batalha. Meu interior se aperta. Fico apreensiva e tento ganhar tempo indo até a pia buscar o pano para limpar a bagunça do leite. Porém mamãe é mais rápida arrastando o pano de prato na mesa, o que me diz que ela está mais brava do que deixa transparecer, porque mamãe não suporta que a gente limpe qualquer bagunça na cozinha — ou fora dela — com o pano de prato.

— Joga o restante na lixeira.

Ela me dá a tigela e seca a mesa.

Quietinha, eu derramo o que sobrou dos sucrilhos inchados na lixeira. Mamãe limpa a bagunça e depois atira o pano no cesto de roupas sujas, na lavanderia anexa à cozinha. Quando se vira, seu olhar é firme como o seu tom ao pedir que eu me sente. Ai, ai.

— Nós vamos ter uma conversa, mocinha.

— 16 —
Uma conversa quase sincera

Tudo que posso fazer é contar a verdade. Ou fragmentos dela.

Sentada na outra ponta da mesa, mamãe me escuta calada. Os cantinhos de sua boca se apertam e ela balança a cabeça para os lados, demonstrando toda a insatisfação que sente. Esfrego o joelho por cima do moletom, na tentativa de fazer minha perna inquieta parar de se mexer. Quando concluo o breve relato daquela noite, mamãe sopra uma respiração pesada pelo nariz. Pressiono os lábios, me preparando para a bronca do século.

No entanto, mamãe tem a voz controlada ao falar:

— Não sei o que é mais decepcionante, você mentindo ou Danda, uma mulher adulta e madura, que julguei ser responsável. Ela mentiu para mim com tanta naturalidade. Nunca imaginei que fosse o tipo de mãe irresponsável que incentiva e permite que adolescentes vão sozinhas a um show de rua. Mas — ela ergue um dedo. — Vamos por partes.

Ou seja, bronca por partes.

— Tá.

— Você mentiu para mim, Rochelle.

Ela está chateada. Seu rosto cheio de vincos não nega.

— Minha filha, que ideia foi essa?

A decepção reluz em seus olhos verdes. Fico cheia de culpa.

— Mãe, eu sinto muito.

— Estou chateada, Rochelle. Sabe o quanto foi difícil deixarmos você viajar sozinha? Seu pai estava relutante, lembra? Eu o convenci dizendo que você tinha planejado a viagem com as amigas há meses, que tínhamos permitido e que você havia se esforçado para melhorar suas notas no colégio. Conversei com seu pai várias vezes dizendo que você merecia a chance de viajar.

Suas palavras tornam minha barriga escorregadia. Encaro minhas mãos.

— E você mente para nós, filha? Sabe o quanto isso foi errado?

Mamãe soa magoada, e isso acentua a culpa em mim.

— Sinto muito, mãe.

— Quantas coisas ruins poderiam ter acontecido com você ou com suas amigas? Foi um show de rua, Rochelle, e não uma ida ao cinema. Poderia ter assaltos, tumultos, brigas, pessoas bêbadas.

Sugo os lábios ao pensar em Bruna bêbada e Pilar sozinha com um garoto.

Minha mãe surtaria se soubesse.

— Alguém tentando se aproximar de você de maneira indevida. Não aconteceu, graças a Deus, mas poderia. O lugar era propício a esse tipo de coisas e vocês estavam desprotegidas, sem um adulto responsável por perto. Não se deu conta da gravidade da situação?

Não, não pensei. Nada disso me passou pela cabeça, admito. E ela tem razão.

Tanta coisa horrível poderia ter acontecido com a gente lá.

— Você tem razão, mãe — falo, pensativa, raspando a unha na borda da mesa.

— Deveria ter considerado os perigos, filha.

— É... eu não pensei.

— Não entendo por que quis ir a esse tipo de evento se você nem gosta.

Sua cabeça se move negativamente com pesar.

— É que as meninas me pediram.

— Era só dizer não para suas amigas.

— Eu disse, mãe, mas a Bruna ficou insistindo e eu acabei cedendo.

— E você vai pular da ponte se ela pedir também, Rochelle?

Seus lábios têm um bico de chateação ao usar essa frase maternal clássica que ouvi durante boa parte da infância. Deve estar no acervo de toda mãe, aposto. Como se todas elas não soubessem que não pularíamos da ponte porque não é um pedido razoável.

— Estou bem chateada, filha. Não esperava essa atitude de você.

Seu olhar combina mágoa e decepção. Quero dizer que sinto muito, implorar desculpas, mas nem ouso. Apenas vou murchando na cadeira, queimando de vergonha por vê-la assim tão decepcionada. Acho que minha ficha está caindo. Pisei feio na bola.

— Quanto a Danda...

Mamãe esfrega o rosto, frustrada.

— Minha vontade é ligar para ela e conversar sobre o que fez.

— Não, mãe, por favor — imploro inclinada para a frente. — Não faz isso.

— Rochelle, você nem me venha com essa.

— Mãe, eu já te contei tudo o que rolou. — Ou quase. — Não precisa ligar pra tia Danda.

— Como não? — Ela gesticula. — Ela me deu a palavra de que seria responsável por você. Eu confiei na Danda. Ela mentiu até sobre o evento. Me fez acreditar que seria aquelas festas de rua com barraquinhas, comidas, artesanato. Se eu soubesse que seria o que foi, jamais teria permitido que você fosse. Confiei nela, minha filha. É claro que vou conversar com Danda.

— Mas, mãe, isso vai ser... — Sufoco com o ar nas bochechas.
— Péssimo!

Esvazio feito balão enfiando os dedos no cabelo para segurar a cabeça.

Se ela ligar para tia Danda, não tem como essa conversa ser boa.

— Péssima foi a atitude dela. Uma adolescente fazendo algo assim, por mais errado que seja, dá pra entender. Agora, uma mulher madura? Mentindo por uma adolescente? Que irresponsabilidade. Ainda mais com a filha dos outros.

— Por favor, mãe — choramingo.

— Como sua mãe, eu devo conversar com a Danda sim.

O brilho determinado nas íris verdes me diz que já perdi essa.

— Mãe, olha, ela errou, eu concordo. — Tento ainda assim. — Só que se você falar com ela vai ficar um clima muito esquisito entre Bruna e eu. Entende?

— Que tipo de amiga vê a outra passando mal e decide não ajudar?

É porque ela estava bêbada!

Mas não posso contar isso, então omito e tento suavizar:

— Ela achou que eu estivesse fazendo drama — falo, beliscando a ponta do lábio.

— Um belo drama chamado gastroenterite.

Mamãe entorta a boca.

— Não tinha como ela saber, mãe.

— Se uma amiga me diz que está passando mal, eu acredito.

— A Bruna só não... — hesito.

— Só não o quê? — ela pressiona. — Quis continuar se divertindo enquanto você passava mal?

Não devia ter comentado essa parte com ela.

— É nos momentos de dificuldade que você descobre quem é amigo de verdade.

— Ah, nossa, mãe! Não começa, vai.

Jogo as mãos para o ar sem vontade de ouvir a coletânea de ditados populares.

— Acha que ela foi ou é uma boa amiga pra você?

Desvio o olhar para a janela aberta. Não respondo porque no fundo sei que minha mãe está certa. A atitude de Bruna foi péssima.

— Não acho que ela seja uma boa amizade, Rochelle.

Tento retrucar, mas mamãe me silencia com um olhar.

— Sou sua mãe e tenho o direito de te aconselhar. Uma amiga não age assim com a outra. Ela te ligou alguma vez esta semana? — Sua sobrancelha se arqueia. — A Pilar, por mais que eu veja que tem uns comportamentos que reprovo, gosta mesmo de você. Já a Bruna...

— Mãe, ela não fez por mal — defendo. — Ela só tem esse jeito difícil.

— Nem tudo é uma questão de personalidade, minha filha. É questão de coração. Colocar os defeitos na personalidade é apenas uma desculpa para esconder ou tolerar atitudes ruins de alguém. O que mais se vê por aí são pessoas de caráter quebrado, que ferem as outras, grosseiras, sem empatia, sem amor, que não conseguem enxergar seus traços nocivos. Que preferem ser assim, "difíceis" — ela faz aspas nos dedos. — Ao invés de encarar a verdade sobre si e buscar mudança.

Arrasto meu polegar na mesa, fitando a unha descascada, sem nada para dizer.

— Não devemos aceitar ou, como vocês dizem, passar pano, para atitudes ruins de pessoas de quem gostamos. É errado e ponto.

Aceno porque é tudo o que posso fazer enquanto absorvo o que ela diz.

— Bruna agiu mal com você, e sabe-se Deus o que não está me contando, Rochelle.

Ai, caramba. Engulo saliva mordiscando o lábio em pura tensão.

Minha mãe é sempre certeira. Como pode?

— Sabe, filha, eu tenho orado para que você possa confiar em mim, se abrir comigo, me ver como sua amiga. Sou sua mãe e, como responsáveis por você, nós, seu pai e eu, vamos tomar decisões das quais muitas vezes você não vai gostar. Vamos dar conselhos que não vai querer ouvir, mas precisa. E tudo porque queremos te criar bem. Vamos errar, é claro, mas amamos você e queremos seu melhor. Então, não podemos fingir que não vemos algo que está, muitas vezes, mais claro para nós do que para você.

— Eu sei, mãe.

— Quero que você confie em mim porque eu te amo e quero seu bem. Sempre vou desejar isso. — Ela abre um sorriso discreto, mas nada que chegue aos olhos. — Sou sua amiga, filha. Tente me ver assim.

— Te vejo, mãe. Juro.

— Então não minta mais para mim, está bem?

Assinto. Mamãe dá um sutil aceno.

— Acho que está na hora de você repensar suas amizades.

Continuo mordendo o lábio.

— Você foi a um ambiente completamente desfavorável. Não era lugar para você, e eu percebo que você sabe disso, não sabe? — ela fala, mansa, e eu aceno que sim. — Foi apenas porque suas amigas fizeram questão. Quantas coisas mais elas vão fazer questão e você vai ceder? Não pode ser assim, filha. Tem que ser firme, aprender a dizer não. Imponha sua vontade, com respeito. Seja firme nas convicções que você tem. Se continuar cedendo para não ficar mal com os outros, vai acabar mudando quem você é para se tornar o que esperam que você seja. E não é isso que nosso Pai no céu deseja para você. Tem que buscar ser quem ele te criou para ser. Me entende?

Entendo sim.

A ida ao show foi um erro. Tudo, na verdade. Tentei agradar minhas amigas e só me chateei. Fico envergonhada ao lembrar que até tentei dançar mesmo me sentindo deslocada, sabendo que aquele tipo de festa não era lugar para mim. Lembrar da Pilar com o garoto, da bebedeira da Bruna, faz que eu me sinta pior, mais culpada. Queria as férias perfeitas e colecionei mentiras e arrependimentos. E, de quebra, pensamentos inquietantes sobre minhas amigas. Sei que minha mãe tem razão, mas não consigo encarar seu conselho sobre amizades. Não agora.

— Vou ter que contar ao seu pai. Sabe disso, não sabe? — mamãe solta me puxando de volta para a mesa.

— Ah, não, mãe.

Se eu estava ferrada antes, agora estou mesmo morta.

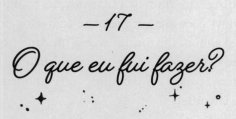

— 17 —
O que eu fui fazer?

O sábado foi marcado por conversas difíceis.

Primeiro com minha mãe e depois com meu pai. Ele discursou sobre ser conivente com a mentira dos outros, sobre imprudências e ambientes em que eu não deveria estar. Ouvi sua repreensão calada. E quando tive a oportunidade de falar, reconheci o que tinha feito de errado e pedi desculpas com sinceridade. Minha reação branda ajudou a controlar os ânimos zangados dele. Depois papai me abraçou ao dizer que a maior errada na história não tinha sido eu, embora eu tenha me permitido ser conivente e me envolvido na mentira.

Mais controlado, ele finalizou seu discurso com "nunca mais faça algo assim", ao que concordei, jurando que não faria e com seu final dramático "você nunca mais vai viajar sem mim ou sua mãe, estamos entendidos?", que eu também aceitei, embora quisesse discordar. Era cedo demais para brigar por um passe livre numa viagem fictícia quando meu erro piscava em neon para meus pais — e para mim.

Pela primeira vez após uma burrada, não recebi castigo. Fiquei esperando, mas meu pai não disse nada. Bom, eu preferi não questionar. Aceitei de bom grado aquela bênção. Quis perguntar quando teria um celular novo, mas papai não tocou no assunto e achei melhor não pressionar. Vou ter que dar "tempo ao tempo" e esperar que esse lance das férias suavize para solicitar um celular. Enquanto isso vou usando o tablet. O chato é que o aparelho é grande demais para usar como celular, e eu vou ter que levá-lo para a escola.

E, por falar em colégio, amanhã finalmente as aulas retornam. Ai, não estou pronta.

— Filha, arruma esse quarto. Não quero que fique essa bagunça aí.

Mal chegamos da casa dos meus avós e minha mãe já quer que eu arrume as coisas.

— Tá bom! — respondo sem a menor vontade de mover uma unha.

— Aproveita para terminar de desfazer as malas e separar o material do colégio.

A pobre da estudante não pode ter nem um último dia de férias sossegado.

Escorregar para o chão seria muito dramático?

Meu armário é uma bagunça, a mala ali no chão ainda cheia de itens — minha mãe só tirou as roupas para lavar — e nem sei onde guardei a mochila da escola. Será que ela lavou meu uniforme durante esses dias? Deve ter lavado. Sei que ela organizou o quarto porque vejo coisas fora do lugar. É tão difícil assim deixar as coisas como estão? Poxa, sou eu quem habito nesse cafofo e me dou bem com a bagunça. Agora, com tudo organizado, vou perder tempo procurando. Já me sinto exausta, e eu nem comecei. Arfo deslizando uma porta do armário.

Caramba! Tem certeza de que fui eu quem deixei assim?

Fecho a porta. É melhor começar por algo mais fácil. A mala.

Mesmo sem as roupas, ainda está pesada quando a coloco na cama.

Muito bem. Se vou ter que encarar isso, preciso de música. Abro o Spotify no tablet e dou play em "More Than a Feeling" para animar este início de noite à medida que vou retirando as coisas da mala. Caramba! Até dentro da mala tem areia. Tenho que aspirar depois. Quanta trabalheira.

Com a mala vazia, noto o tablet, aberto no travesseiro, piscar. Me inclino para ver as notificações surgindo do Instagram, uma atrás da outra. Sem demora, abro o app. Acabo de receber oito seguidores de uma vez e curtidas nas últimas fotos que postei lá em Búzios. Quico os ombros sem saber quem são essas pessoas e largo o tablet de lado. Então, para meu estresse, ele pisca de novo e de novo. Vejo notificações do WhatsApp subirem na tela.

São de Luciano. Franzo a testa. Leio as mensagens prévias e quase infarto.

> Luciano: Chér, você disse para o meu primo que é minha namorada?

Minha boca está tão aberta que sinto a saliva secar.
Aiminhanossa!
Largo o tablet como se ele queimasse. Por dentro, estou congelando.

Como pude me esquecer desse namoro fake?
Tanta coisa aconteceu e eu... *Carácoles!*
Agora tenho que explicar para o Luciano porque inventei o namoro.

Ai. Ca. Ram. Ba.

O tablet toca. A cara do Luciano fica gigante na tela. Ele está me ligando pelo WhatsApp.
Ele tá me ligando!

Meu coração martela nos ouvidos. Empurro o tablet sem pensar, e ele escorrega direto no tapete e quica para debaixo da cama. Não para de tocar. O som estridente me diz que isso não é um sonho. Me ajoelho na beirada da cama, tentando esticar o braço para alcançar o tablet. Solto um gritinho e dou a volta no colchão, mas enrosco o pé em alguma roupa pelo caminho e patino com tudo no piso rumo à mesinha no canto. O som do meu joelho se chocando contra o piso só não é tão alto quanto minha testa estalando na madeira. A dor me atravessa assim como a certeza de que eu sou uma piada para o universo.

— Ai!

Acho que rachei o crânio.

É sério que eu vou de unicórnio para o primeiro dia de aula?

— O que houve?

Ouço a porta do quarto ser escancarada e meus pais entram, apressados, querendo saber o que aconteceu. Apenas murmuro que escorreguei, e meu pai me puxa do chão. Ele inspeciona meu rosto em busca de ferimentos. Nem preciso contar que foi na testa porque ele fala que está bem vermelho e sai para buscar gelo, enquanto mamãe reclama da bagunça que fiz, sendo que, na verdade, eu estava só arrumando como ela pediu.

Quando meu pai retorna, seguro a bolsa gelada contra a testa. Mamãe aplica pomada na minha testa e a deixa na mesinha assassina, ao lado do tablet e dos fones que nem me dei conta de que haviam voado. Depois de me checarem, fico sozinha. Encaro o tablet como se fosse um artefato mágico portador da destruição do mundo. E, bem, ele é. Ao menos do meu mundo.

O que vou dizer para Luciano? Nem tenho coragem de abrir suas mensagens.

O tablet pisca, e meu coração afunda no estômago. É uma notificação.

Dividida entre o medo e a curiosidade, espio a tela. A mensagem prévia é do Luciano e diz:

Luciano: Chér, me liga o quanto antes. Que história é essa?

Quero me chutar e só não o faço porque o tombo já foi punição suficiente.
Ai, Deus. O que eu fui fazer?

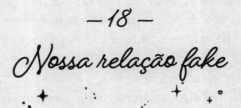

— 18 —
Nossa relação fake

Dizem que mentira tem perna curta. A minha tem asas monstruosas e voltou voando bem na minha cara. Agora tenho que encarar a situação que eu mesma criei e lidar com as consequências, sejam elas quais forem. O complicado é que é preciso coragem, muita coragem, cabeça erguida e peito estufado para encarar a consequência que me espera assim que eu atravessar as catracas do colégio. Acontece que tudo o que sinto é vergonha, e essa vontade louca de pedir para o meu pai me levar de volta para casa. A ideia é bastante tentadora.

Encaro através da janela do carro o aglomerado de alunos indo em direção às catracas. Deve estar uma loucura do lado de dentro, uma vez que dá para escutar o burburinho desde a entrada. Espio para ver se avisto Luciano vindo pela calçada em que costuma caminhar. Nada. Talvez ele já tenha entrado. E se eu der de cara com ele assim que passar pelas catracas? Ai, não.

Deveria ter explicado tudo por mensagens ontem. Tive a chance quando, mesmo sem coragem, abri a conversa com ele. Poderia ter enviado uns áudios, até ligado, mas o que eu fiz? Disse que não podia atendê-lo e que explicaria tudo no colégio no dia seguinte. Fugi quando tive a oportunidade de esclarecer aquela confusão. Deixei meu amigo no vácuo, desliguei o wi-fi e os dados móveis do tablet. É, sou madura nesse nível.

Só que não vai adiantar fugir do Luciano porque nos vemos todos os dias no colégio. É melhor encará-lo de uma vez. Só preciso mesmo de mais uns cinco minutos para reunir a coragem que me falta.

— Deve ter ficado em casa, filha.

Ah, sim. Debaixo da cama, onde também deixei minha dignidade.

Tateio as laterais da mochila em busca do cartão. Vive sumindo.

Meu pai, preso pelo cinto, se estica para mexer no ar do carro.

— Filha, tenho um paciente em meia hora. Preciso ir.

— Tá, pai.

Fecho a mochila com um suspiro pesado, e é quando lembro que guardei o bendito cartão no bolso do moletom. Como o dia amanheceu mais frio, vesti o casaco. Estou tão nervosa, com medo de encarar Luciano, que esqueci que deixei o cartão no bolso.

— Boa aula. Nos vemos mais tarde.

Estalo um beijo rápido em meu pai, que parte assim que saio do carro.

Pareço uma criminosa olhando para os lados com medo de ser pega. Libero um suspiro de alívio ao reparar no tumulto no corredor e perceber que é fácil me esconder entre os alunos. Trombo com alguns colegas pelo caminho e, quando me dou conta, já estou cortando o pátio em direção ao prédio do ensino médio. Prefiro esperar o intervalo para falar com Luciano. Subo o prédio pelas escadas, pois é mais vazia e Luciano costuma usar a rampa.

Quando o sinal toca, sinto um derramar de alívio. Vou ter algumas horas antes de encará-lo.

* * *

Toda vez que entro de férias penso que a volta às aulas trará algo de especial. Alguma novidade, algo diferente, algum brilho, sabe. Só que é tudo igual. O primeiro dia é o mesmo todo ano. Alunos empolgados, ninguém cala a boca, risadas e mais risadas. Todos falando das férias, para onde viajaram, o que fizeram, com quem ficaram, com quem terminaram... professores interessados em contar sobre seus momentos longe de nós e poucas linhas de matéria no quadro só para dizer que não ficamos à toa — quando ficamos, sim.

Longe de mim querer o quadro lotado. Gosto quando os professores ficam de papo e esquecem suas obrigações. No entanto, bem que eu preferiria ter que copiar matérias e usar como desculpa para ficar na sala e não descer para o intervalo, que acaba de tocar. Todo o estresse retorna agora como uma avalanche. Meus colegas saem com seus grupos enquanto eu demoro uma vida para colocar as canetas no estojo até perceber que, se não for mais rápida, posso encontrar com Luciano na rampa, já que a sala dele fica em cima da minha.

Atiro tudo de qualquer jeito na mochila e saio aos tropeços.

— Oi, amiga!

A voz de Pilar me alcança, no meio da rampa. Ela vem correndo por trás e se agarra ao meu braço, contente em me ver.

— Você melhorou?

— Sim — conto, olhando sobre um ombro.

— Que bom, amiga. — Ela sorri arrumando a tiara brilhante no cabelo. — Vamos ficar onde? Bruna está com Dinho, não vai sentar com a gente hoje. Estão matando as saudades. — E dá um risinho. — Vou pegar um lanche. Vem comigo?

Permito que Pilar me arraste. Assim andamos mais rápido.

O refeitório está uma loucura. Há alunos nas mesas, nos bancos, no pátio, naquele aglomerado habitual potencializado pela volta às aulas. Parece que todo mundo resolveu vir no primeiro dia. O falatório está mil vezes pior aqui do que na sala. A fila da cantina está enorme, e Pilar nos faz entrar nela.

— Olha quem tá falando comigo no WhatsApp desde a semana passada.

Pilar enfia o celular no meu nariz. Afasto a cabeça para ver.

— É o garoto das férias?

— Simmm!

Suas covinhas surgem e ela balança o celular nas mãos, toda feliz. Faço uma careta minúscula quando Pilar inicia seu monólogo sobre Igor. Não presto atenção porque procuro Luciano pelo pátio. Nenhum sinal dele. Há tanta cabeças espalhadas que nem consigo ver direito.

Pilar segue tagarelando sem se dar conta da minha agonia. Nossa vez na cantina chega e ela pede nossos lanches, debruçada na bancada de mármore. Acho que vou comer alguma coisa só para aplacar meu nervosismo.

— Um pacote de amendoins — peço sem pensar. — E uma Sprite também — acrescento.

As latas de refrigerantes chegam antes. Tiro o lacre com o som do gás chiando entre nós e mergulho um canudo de papel. Nossa! Está tão gelada, do jeito que gosto, e me faz lacrimejar. Quando me viro com o canudo entre os lábios quase me choco com Luciano atrás de mim. Arfo, os olhos crescendo no rosto enquanto seguro a latinha como meu bote salva-vidas.

Ele está aqui. A um palmo de mim e com as mãos nos bolsos do jeans.

— Oi, Chér.

Seus olhos estão estreitos, em pura intimidação.

Sugo o refrigerante com desespero e tudo acontece rápido demais. O líquido entra pelo lugar errado e começo a me afogar com a Sprite. Meu nariz está expulsando o refrigerante a qualquer custo enquanto eu tusso e cuspo. O rosto inteiro arde, tenho lágrimas nos olhos e não consigo parar de tossir como um cachorro louco.

Luciano dá batidinhas de leve nas minhas costas, e isso só aumenta meu desespero. Soco o peito para tentar me acalmar e então percebo que a blusa do Luciano tem círculos úmidos do refrigerante que cuspi nele. *Ai, meu Deus do céu!* Quero me socar, mas só depois que parar de tossir e dar esse show na cantina. Está todo mundo me olhando! Que mico.

Luciano tira a latinha da minha mão e a coloca no mármore. O frenesi do afogamento vai passando. Pilar me encara abismada. Digo que está tudo bem, apesar de sentir o topo do nariz arder. Ela pega seu lanche e paga o meu também enquanto Luciano se inclina para pegar uns guardanapos e me entregar. Seco a boca e o queixo em silêncio, agradecida, mas então ele abaixa a cabeça na altura da minha, perto dos meus cachos, e sussurra:

— É bom você ficar viva porque ainda temos que conversar, *namorada*.

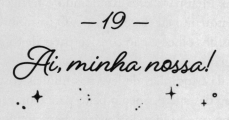

— 19 —
Ai, minha nossa!

Meu pigarro acaba saindo mais alto do que gostaria.

— Quer que eu pegue água? — Luciano oferece.

— Estou b-bem.

Aliso a garganta.

— Mesmo?

Movimento a cabeça num sim frenético, espiando Luciano com cuidado. Ele repuxa a blusa para tirar o excesso do refrigerante, que molhou o tecido cinza em vários pontos. Luciano usa os guardanapos que trouxe da cantina para esfregar o uniforme, mas sei que os círculos úmidos vão permanecer ali por um bom tempo. Dei um banho no garoto — com refrigerante saindo do meu nariz! — e me sinto péssima.

— Desculpa.

Ouço minha própria voz envergonhada. Faço um estudo minucioso dos meus tênis enquanto mordisco o canudo de papel tão babado que nem consigo mais sugar a Sprite. Queria o amendoim para mastigar, mas Pilar levou com ela quando avisei que iria conversar um assunto com Luciano. Recebi um olhar curioso, e eu avisei que explicaria depois. Assim, ela foi se sentar com um grupo da sala e eu vim com Luciano para a área da papelaria, onde é mais vazio.

Se vamos falar do namoro falso não podemos ter plateia, ou alguém pode ouvir e espalhar a história pelo colégio. Já estive na página de fofocas da escola uma vez e não quero passar por aquilo de novo. Nem ferrando!

— Como foram as férias?

Quebro o silêncio porque incomoda demais.

Luciano não fala nada enquanto solta o cabelo, que cai pelo pescoço, e em seguida o prende num coque firme atrás da nuca. Seu olhar sobre mim é tão atento que meu rosto pinica. Mordo o canudo segurando a latinha com força para tentar aplacar a ansiedade.

Basta dizer, Chér. Comece pelo pedido de desculpas.

Tenho que enfrentar isso, mas as palavras parecem cimento na minha língua.

— Quer se sentar ali? — indico com o polegar o banco próximo e desocupado.

— Pode ser.

Nos sentamos calados. Luciano apoia os cotovelos no joelho, inclinado para a frente, ainda analisando a camisa úmida. A culpa me golpeia com mais força.

— Foi mal pela camisa, Luciano.

— Vai secar — ele resmunga. — Esse é o menor dos meus problemas.

E vira a cabeça estreitando os olhos na minha direção. Maltrato o meu lábio inferior desviando o olhar para a parede descascada do outro lado do corredor. Ser alvo da atenção de Luciano faz meu estômago borbulhar. Seguro as pernas para impedir que comecem a sacudir.

— As férias... — Luciano dá uma pausa. — Foram boas. — Ele se recosta no banco. — Tanto o retiro quanto os dias na casa dos meus avós em São Paulo. E as suas?

Arrisco uma olhadela para ele. E lá está a sobrancelha arqueada de modo sugestivo.

— É-é, s-sim — gaguejo. — Foram.

Estou começando a suar.

— Te contei que me arranjaram uma namorada? — ele fala de modo casual, me fitando de lado. — Descobri faz pouco tempo.

— Tá! — Esfrego uma mão na coxa. — Que pressão! Assim eu vou ter um troço.

— E eu não tive? Você tem noção da maluquice em que me enfiou?

— Talvez eu tenha... — Chuto as pedrinhas do chão. — Tenho sim.

É claro que tenho, e me arrependo demais.

— Chér, que história foi essa?

Luciano gira todo o corpo para mim. Há uma fagulha de aflição em seus olhos castanhos.

— Eu não pensei na hora! Desculpa. Eu queria me livrar do garoto e não sabia que ele era seu primo. Aí eu disse que tinha namorado só pra ele sair do meu pé, porque ele era insuportável. E mesmo quando falei que tinha namorado ele ficou insistindo. Peguei uma foto sua pra mostrar que era de verdade e eu não sabia que ele era seu primo. Juro que não sabia! Me desculpa, Luciano, por favor.

Fico sem fôlego.

— Não entendi nada, Chér.

Luciano levanta uma palma e com a outra esfrega a testa num claro sinal de confusão.

— Fala devagar, me explica direito.

Puxo o ar para explicar com calma.

— Certo. Eu fui a uma sorveteria com minhas amigas na viagem e lá...

Quando acabo de contar com todos os detalhes necessários, e vergonhosos, fico com sede e com muita, muita vontade de sumir. Como só tenho controle sobre uma coisa, tiro o canudo e bebo o resto da Sprite no gargalo mesmo.

— Resumindo — Luciano molha os lábios. — Você me usou para fugir do meu primo?

Foi mais ou menos isso.

Encurvo os ombros, com a culpa crescendo, e sem olhar para ele murmuro:

— Sim, e eu sinto muito, de verdade. Na hora que ele falou que era seu primo, eu percebi a burrada. Queria falar com você, só que não consegui.

Luciano libera um suspiro longo e coça o queixo.

— Tinha que ter me falado, Chér.

— Eu sei, foi mal. — Torço os lábios para baixo. — Me desculpa mesmo, Luciano.

— O Rafael colocou sua foto no grupo da família. Tem noção?

Meu queixo despenca assim como meu coração caindo em direção ao pé.

— Ele enviou o link do seu Instagram — Luciano conta para meu horror completo. — Demorei para ver as mensagens porque o grupo vive no silencioso, mas então minha mãe veio me perguntar que história era aquela de namorada. Fiquei pilhado e ela curiosa me fazendo todo tipo de perguntas sobre você. Toda a minha família acha que estamos namorando, Chér. E sabe a parte mais maluca?

Faço que não de maneira robótica, ainda tentando assimilar o fato de que o meu perfil do Instagram foi parar no grupo da família do Luciano.

— Eu falei que era um engano, que não tenho namorada, mas ninguém acredita em mim. Meu pai está animado com um namoro que não existe e minha mãe quer te conhecer. O grupo do WhatsApp virou uma doideira. Todo mundo querendo saber por que não contei de você.

Não penso. Não respiro. Não pisco. Só existo.

O refrigerante espatifa no chão.

Ai, minha nossa! Ai, minha nossa!

Luciano se agacha para pegar a latinha e atirá-la na lixeira enquanto meu cérebro entra num transe de "ai, minha nossa!" ecoando cada vez mais alto na minha cabeça fervilhante.

— Chér?

Ai, minha nossa!

— Chér? Volta.

Luciano estala os dedos perto do meu nariz.

— Ai, minha nossa! — exclamo quando recupero a voz, pressionando as palmas contra a boca.

— Vamos acrescentar respingos na calça jeans à sua lista.

Seu tom é descontraído, e eu continuo pirando por dentro.

— Sua família acha que estamos namorando, isso é péssimo.

Enfio os dedos nos meus cachos bagunçando os fios.

— Tá tudo bem, Chér.

É ele quem está tentando me acalmar quando deveria ser o contrário?

— Não está nada bem, Luciano.

— É. — Ele sacode a cabeça. — Não está, mas vai ficar. Respira.

— Eu estou respirando.

— Não parece.

Puxo o ar pelo nariz com vontade e o expulso de forma audível.

A coisa ficou maior e pior do que eu imaginava. Como eu resolvo isso agora?

— Ai, Luciano, me perdoa. Eu sinto muito mesmo — digo com sinceridade — Não pensei nas consequências, em nada, quando coloquei você nisso. — Retorço meus dedos úmidos. — Me desculpa.

Imploro suplicando com o olhar. Luciano esfrega o rosto balançando a cabeça com suavidade sem dizer nada de volta.

— Eu usei sua foto porque você tinha acabado de falar comigo e o garoto, que eu não fazia ideia que era seu primo, ficou me pressionando, ele era chato e eu só queria me livrar dele, então falei que tinha namorado, mostrei sua foto... foi tudo tão... — Puxo a gola da blusa. Estou quente. — Impensado. Estúpido. Fui uma idiota.

— Olha, Chér, eu não concordo com o que você fez, mas entendo.

Seu tom compressivo me faz fitá-lo.

— O Rafael é muito sem noção. Na verdade, ele costuma ser bem babaca. E eu entendo você ter procurado uma forma de se livrar dele. Ainda que eu não concorde com o que você fez.

E me aponta um dedo sem parecer bravo ou chateado como eu esperava e merecia.

— Não devia ter mentido, mas eu compreendo. — Ele alisa a testa. — Tinha que ter me contado na hora, cara, assim eu saberia como lidar com a situação. Podia ter explicado a verdade para o Rafael e o namoro não teria sido anunciado no grupo da família.

Quando contei a mentira pensei apenas em mim. Para ser sincera, nem me passou pela cabeça que eu pudesse prejudicar o

Luciano. Apenas o usei para escapar como um colete salva-vidas. Minha mentira colocou Luciano em uma posição difícil, e eu lamento tanto, tanto.

— Desculpe ter te arrastado pra isso. Não pensei em como te afetaria. Me perdoa.

Luciano franze o cenho dando um suspiro cansado. Fico com dó.

Atirei meu amigo em uma furada catastrófica. Tenho que corrigir meu erro. Devo falar com a família dele, é o certo.

— Posso falar com seus pais... e me desculpar.

Um nó atravessa minha garganta. Nem conheço os pais do Luciano, embora tenha visto a mãe dele e o irmão em alguns dos cultos em nossa igreja. Se nunca troquei uma frase com a mãe dele, como é que vou me aproximar e esclarecer o lance do namoro? O pensamento me apavora, mas o que posso fazer? Deixar meu amigo lidar sozinho com o problemão que eu criei?

— Vou me explicar pra sua mãe — repito — E pedir desculpas.

— Vai falar com meus avós? Tios? E primos também? — Luciano sugere, subindo as sobrancelhas.

Soluço de olhos arregalados.

— Ai, Luciano — gemo enterrando o rosto nas mãos.

Estou constrangida demais para encará-lo.

O som estridente do sinal explode no ar me salvando de continuar essa conversa.

— É melhor eu resolver, Chér.

— Coloca a culpa em mim, não economiza. Eu mereço.

— Te aviso quando resolver isso. Vem, vamos subir.

Sua voz é suave.

Afasto os dedos e levanto o queixo para vê-lo de pé, com as mãos nos bolsos da calça jeans, me esperando. Devo tê-lo chateado com essa história de namoro falso, mas Luciano não diz. Também não brigou comigo, nem parece irritado. Na verdade, seu olhar é de preocupação. Ele aparenta calma, mas sei que no fundo deve estar frustrado comigo, e não seria para menos. Eu o coloquei numa enrascada que ainda por cima envolveu sua família.

Será que depois de eu ter pisado na bola ele vai continuar meu amigo? Gosto muito do Luciano, não quero perder sua amizade. Quando subo para a minha sala e ele segue para a dele, é só nisso que consigo pensar.

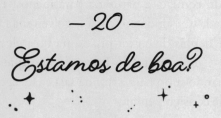

— 20 —
Estamos de boa?

É quinta-feira, início de noite, e estou de barriga para baixo no tapete do meu quarto queimando neurônios numa questão de geometria. Passei a tarde inteira resolvendo exercícios de matemática. Minha apostila está toda rabiscada com contas que não batem, e meu lápis, mordido na parte da borracha. Outros livros estão abertos ao meu redor, antigas folhas de exercícios e explicações anotadas de Luciano e de Dinho sobre essa matéria. A tela do tablet está aberta no WhatsApp enquanto me pergunto se mandar uma mensagem para Luciano usando matemática como desculpa é uma boa ideia.

É a única que surge, porque estou sem graça com ele e não sei como perguntar se está chateado comigo e se conseguiu esclarecer nosso namoro fake para sua família. Quanto mais reflito sobre essa história, mais absurda e vergonhosa parece. Tenho andado dividida entre alívio e desânimo por Luciano não se sentar conosco nos intervalos.

Quer dizer, Bruna tem sentado com Dinho, Pilar e eu ficamos juntas. Hoje Bruna veio ficar com a gente no refeitório porque Dinho foi jogar futebol com os meninos da sua turma. Luciano não jogou. Soube pelo Dinho que ele estava lendo na biblioteca.

Queria ter ido falar com ele, estava perto, mas a vergonha aplacou qualquer indício de coragem que eu pudesse ter.

Sinto falta de conversar com Luciano e das nossas idas juntos para casa após a escola. Descobri pelo Dinho que Luciano começou a trabalhar à tarde na loja do pai, como tinha comentado que faria. Por causa da confusão do namoro fake, estou constrangida demais para falar sobre qualquer coisa com ele, mas queria saber sobre essa nova fase de sua vida.

Quero puxar assunto, mas não sei por onde começar. Matemática parece uma boa desculpa. E é menos embaraçoso por trás da tela. Será que pedir ajuda no exercício é muito abuso?

Ah, é. Com certeza é.

Minha mente acusa.

Depois de usá-lo como namorado de mentirinha, posso dar a entender que quero usá-lo como professor particular. Bom, ele me ajudava antes das férias. Inclusive separei o presente que trouxe de Búzios como sinal da minha gratidão. Agora nem sei como lhe dar a pulseira sem parecer que estou tentando comprá-lo após o que rolou. É, nada a ver. *Timing* péssimo.

Aperto a borracha do lápis contra a testa com tanta força que quase furo um terceiro olho. Tá. Nada de usar matemática como desculpa. Então, do que posso falar? Ou é melhor não falar e deixar mais dias passarem e esperar Luciano falar comigo? E se eu só perguntar se ele vai na reunião de sábado que vem? Muito forçado, né?

Hum... acho que vou começar pelo que importa. É o ideal.

Clico na foto de Luciano no app e digito de uma vez:

Chér: Oi, Luciano. Tudo bem?
Chér: Como ficaram as coisas na sua família?

Ah! Luciano está on-line e começa a digitar. Quase trituro o lápis enquanto espero.

Luciano: Oi, ex-namorada.

Engasgo com a saliva porque não estava esperando esse tipo de brincadeira.

Ele está levando numa boa? Significa que não está chateado comigo?

Bom, se é assim preciso ter certeza.

Chér: Ainda está com raiva de mim? 🙈

Pego o tablet e saio do chão, me atirando de costas na cama bagunçada. Luciano digita:

Luciano: Não fiquei com raiva de você, Chér. Chocado, confuso e ansioso, isso sim. Meio desesperado? Talvez, rs. É a primeira vez que alguém diz que está me namorando. Não estava preparado.
Chér: Pensei que não fosse mais querer falar comigo 💔
Luciano: Como não? Você ainda tem que me compensar por esse aperto.

Digito depressa.

Chér: Juro que vou te compensar. Basta dizer. Qualquer coisa. É sério!
Luciano: Vou pensar a respeito.

Ele envia uma figurinha pensativa. É engraçada, e isso começa a derreter a tensão que adquiri nos dias anteriores. Luciano ainda é o mesmo comigo. Ai, isso é tão bom.

Chér: Então... você me perdoa por ter te usado como namorado? 😬
Luciano: Tá desculpada, Chér.
Luciano: Só me avisa da próxima vez, tá? 😏
Chér: Não vai ter próxima vez 😱 Juro juradinho.
Luciano: Vou confiar.

Chér: Desculpa ter feito aquilo. De verdade.
Luciano: Tá de boa, Chér.

Deus sabe que eu merecia a ira do Luciano, e não misericórdia. Mas estou tão grata por ela.

Chér: Como ficou o rolo na sua família?

Mastigo a unha do mindinho.

Luciano: Conversei com o Rafa no privado e expliquei o que você tinha feito.
Chér: E ele?
Luciano: Riu. Nem ligou.
Luciano: Para o meu pai e para a família eu falei que Rafael se enganou, que você é apenas minha amiga, mas para minha mãe tive que contar o que você fez. Ela não me deixava em paz.
Luciano: O pessoal vai esquecer, Chér. Relaxa.

Eu não iria esquecer tão cedo. Ou quem sabe nunca?

Luciano: Só minha mãe que tá achando que você tem uma paixão secreta por mim.

Fico boquiaberta com o calor tomando conta do meu rosto. Escrevo rápido na tela:

Chér: Eu não tenho uma paixão secreta por você!
Luciano: Tem certeza? Seria uma boa hora de revelar.

Minha boca está tão aberta que repuxa no cantinho dos lábios. Prestes a escrever sobre a paixão secreta que eu não tenho, Luciano digita:

Luciano: É brincadeira, Chér. Rsrs
Chér: 😒

Luciano: Disse pra minha mãe que você é minha amiga. Apenas isso.

Como é que eu vou encarar a mãe dele na igreja depois do lance do namoro, e agora com ela pensando que tenho uma paixão secreta por seu filho? Ai, ai!

Fico no chat por longos minutos com Luciano. Falamos sobre sua nova fase de trabalhador meio assalariado, sua exaustão, a semana de adaptação difícil, as provas iminentes no colégio, as aulas de reforço — que infelizmente ele não poderá mais dar —, enfim, coisas aleatórias. Quando apago a tela do tablet, me sinto aliviada.

Saber que Luciano não está chateado comigo, que me desculpou e que somos os mesmos dissipa toda a minha tensão. Talvez, num futuro bem distante, possamos rir de toda essa situação maluca em que nos coloquei. Posso sonhar, não posso? Moldo um sorriso bobo e retorno ao tapete para tentar queimar os neurônios restantes com matemática.

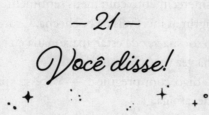

— 21 —
Você disse!

— Chér, você ouviu o que eu falei?

Será que essa legenda combina com a foto? Hum... acho que meu olho esquerdo ficou menor que o direito. Deve ser o ângulo. Analiso a foto que tirei antes de sair de casa. Ah, melhor não postar. Poxa, mas esse fundo dos galhos avermelhados e verdes da árvore é tão bonito... Ah, vou postar.

Pilar enfia um dedo no meu ombro sob o uniforme. Apenas aceno robótica e espanto sua mão.

— O que eu disse então?

— Tá — murmuro dando zoom na foto.

— Chér!

Pilar repuxa a manga da minha camisa sem parar e me desequilibra no banco.

— Caramba, Pilar! — Aperto o celular contra o peito. — Podia ter caído.

— Você nem está me ouvindo. — Ela torce os lábios cheios de gloss.

— Claro que estou. — Volto a editar meu post. — Mensagens com o Igor, troca de fotos, áudios, conversas no Instagram, você acha que tá se apaixonando... e repete tudo de novo.

Pilar abre a boca num "ah" ultrajado. Sua mão viaja ao peito de forma teatral.

— Que desmerecimento com meus sentimentos.

E enxuga lágrimas invisíveis na bochecha. Grunho pelo nariz.

— Quando foi sua vez de estar apaixonada eu estava aqui pra você e na minha vez você faz pouco caso.

— Pilar — digo com preguiça. — Você se apaixonar não é muito novidade, amiga.

Ela empurra o meu ombro.

— Será que dá pra parar de balançar meu braço?

Atiro um olhar feio segurando o celular com cuidado entre as palmas.

— Será que minha amiga pode me dar uma dose de atenção?

Pilar faz um biquinho exigente, que a faz parecer uma menininha mimada.

Solto o ar pelo nariz numa expressão de "ai, saco!". Finjo um sorriso e abro bem os olhos.

— Pronto. — Bato os cílios para enfatizar. — Pode falar, amiga.

Pilar dá um riso fazendo careta enfezada.

— Assim não tem graça.

— Ah, Pilar. Me deixe terminar isso aqui que já te escuto.

Seus olhos giram para cima, e ela bufa. Aproveito os minutos antes do início da opressão matinal, também conhecida como aula, a fim de terminar de editar minha foto.

Um vento gelado circula pelo pátio e me obriga a puxar o zíper do casaco até o pescoço. O clima mudou bastante, e parece que uma frente fria chegará ao Rio nos próximos dias. Pelo visto, o inverno vai, enfim, marcar presença na própria estação. Gosto do friozinho e de dias chuvosos, só é ruim quando tenho que caminhar para ir e vir do colégio. Viro uma calamidade ambulante.

Ainda bem que meu pai tem me trazido de carro, mas sempre retorno a pé. Quem sabe agora com meu novo celular — pausa para saborear a vitória! — posso chamar um Uber. Então, a chuva pode cair o quanto quiser.

Dedico um sorriso largo a ninguém em especial e dou dois beijinhos na tela do meu celular. Meu pai me fez a filha mais feliz do mundo ontem ao me dar um novo aparelho. Juro que não imaginava que aquela sacola bonita era minha. Achei que ele fosse me torturar por um pouco mais de tempo. No entanto, papai me surpreendeu com o presente e fez questão de afirmar que era dele e de minha mãe — e com uma ênfase enorme no fato de que o aparelho era necessário no meu dia a dia.

Foi um choque total ter ouvido aquilo do meu pai, a pessoa com mais ranço de tecnologia que conheço. Nem ousei abrir a boca para falar nada. Permiti que ele falasse sobre o uso responsável do celular com direito a frases longas e repetitivas enquanto eu só mirava aquela sacola como quem almeja o prêmio ao final da corrida. Quando me entregou, pulei sem parar e fui tecendo um rastro de gratidão em seu rosto com meus beijos eufóricos. Depois, me tranquei no quarto para ter privacidade e baixar meus apps. Estou tão empolgada que nem mesmo as três aulas seguidas de física podem ofuscar essa alegria.

De volta à edição, adiciono luz e temperatura na selfie. Mostro para Pilar, que aprova. Fico com vontade de postar, só que é cedo demais. Talvez mais tarde. Não preciso ter pressa, meu celular novo não vai a lugar nenhum, né, querido? Ai, como essa sensação é boa.

— Bruna está com ar de que vai matar alguém.

Pilar encosta seu ombro no meu e aponta com o queixo para Bruna, que vem apressada pelo pátio. A alça da mochila pendurada num ombro, os fios loiros desgrenhados, lábios espremidos e um olhar assassino. Não sei o motivo da fúria da minha amiga, mas estou com pena da pessoa. Quando se aproxima, esbaforida, atira a mochila no colo de Pilar.

— Que ódio daquele Uber moto — dispara, as narinas se dilatando.

As bochechas rosadas têm rastros de suor, e Bruna penteia o cabelo de qualquer jeito.

— Por que você veio de Uber? — Pilar franze o nariz.

— Minha mãe foi levar os meninos e meu pai ia me trazer, mas entrou em uma reunião de emergência. — Seus olhos faíscam. — Nenhum carro de aplicativo estava me aceitando, aí pedi um Uber moto. O homem pegou o caminho errado — ela conta entre respiradas — e eu já estava com medo do cara porque nunca andei de moto, aí o infeliz cismou com a porcaria do atalho e deu uma volta absurda. — Ela joga as mãos para o alto, frustrada.

— Não sei se você é corajosa ou maluca por andar de Uber moto — comenta Pilar.

— Necessidade, Pilar. Era isso ou perder o dia de aula porque meu pai ligou o botão do dane-se pra mim e se trancou naquele maldito escritório.

Dá para sentir a raiva saindo pelos poros da Bruna.

— Podia ter faltado, amiga — fala Pilar como se fosse simples.

— E perder três aulas de física? — Bruna ergue os dedos. — Nem pensar!

— Eu teria faltado

— Não sou você, né, Pilar?

Bruna atira um olhar quente para Pilar. Ela só falta ao colégio em casos extremos.

— Aqui, amiga — ofereço minha garrafa de água para Bruna.

— Valeu. Esqueci a minha na pressa.

Sua garganta sobe e desce com as goladas generosas. Bruna bebe tudo e devolve a garrafa vazia, que coloco na lateral da mochila enquanto a observo travar uma batalha com o cabelo que não quer ficar preso no coque. Bruna xinga, retorcendo os fios loiros com um rosnado. Tento ajudar e empresto minha presilha, que Bruna aceita e consegue domar o cabelo tão ou mais revoltado que ela. Seus olhos faíscam quando se vira para mim.

— Sabia que sua mãe ligou para a minha ontem?

Sou pega de surpresa porque eu não sabia.

Minha mãe fez a temida ligação e nem me contou? Devia ter me deixado avisada.

— Ahn... — gaguejo — Ela ligou?

— Ligou. — Bruna tem um bico aborrecido. — Acredita nisso? Ela repreendeu minha mãe por ter nos deixado ir sozinhas ao show. Falou pra caramba. Se achou no direito de dar lição de moral nela, disse que foi errado ela ter mentido e tal. Nossa... sua mãe alugou a minha. Completamente desnecessária. Ela foi ridícula.

Escuto tensa e sei que a situação é chata demais, mas chamar minha mãe de ridícula me incomoda.

— Bruna, eu sei que é superchato isso, eu entendo, mas não chama minha mãe de ridícula, tá? Não é legal.

— Não chamei sua mãe de ridícula — ela rebate. — Disse que a situação foi ridícula.

— Chamou sim.

— Não chamei.

Seu bico se acentua conforme ela cruza os braços. Eu endureço a expressão.

— Bruna, você chamou minha mãe de ridícula, sim.

Bruna exala alto pelos dentes e joga os olhos para o céu como se clamasse por paciência.

— Olha, Chér, eu não chamei e pronto. Você que entendeu errado.

— Você disse "ela foi ridícula" e se referia a minha mãe.

É minha vez de ficar de bico. Poxa! Ela falou mesmo.

— Me referia à situação! — Bruna sacode as mãos.

Pilar pede calma intercalando seu olhar apreensivo entre nós duas.

— Eu estou calma. — Me defendo. — Só não admito que você fale assim da minha mãe.

— Eu não falei! — Bruna solta um palavrão. — Dá pra entender?

— Você disse. Só pede desculpas, dá pra ser?

Abraço os braços, frustrada. Bruna sopra um riso cáustico e avança sobre o colo de Pilar para agarrar sua mochila.

— Não vou pedir porque eu não falei. Você que ouviu errado. Está fazendo drama igual a sua mãe, Chér — atira ofensiva.

Fico quente e me levanto para encará-la.

— Você está falando sério?

— Já deu pra mim. Essa manhã está insuportável.

Ela rosna ameaçando sair, mas seguro uma alça caída da mochila.

— Bruna, o que você falou não foi legal, poxa. É tão difícil assim reconhecer?

— Sua mãe é que não foi legal.

Ela repuxa a alça com brusquidão, que arde em meus dedos ao escapar.

— Minha mãe levou você pra nossa viagem de graça, tratou você bem, cuidou de você quando passou mal e sua mãe vem cheia de acusações contra a minha?

Me sinto ofendida com ela jogando as coisas na minha cara como se fosse um favor.

— Bruna, eu sou grata por tudo o que sua mãe fez e por ter me levado pra viagem, mas meus pais ajudaram, tá? Não fui de graça como você está jogando na minha cara.

Não mesmo. Minha mãe me contou que fez questão de dar dinheiro para meus custos.

— Que seja! — Bruna trava o maxilar. — Você acha certo o que sua mãe fez?

— Não, mas...

— Ela até me acusou de não ter te ajudado no show — ela me corta.

— Bruna, você não se importou porque estava bêbada — acuso numa torrente sem poder segurar as palavras.

Bruna aperta a mochila com força, seu rosto se transformando em uma profunda carranca.

— Eu não estava bêbada, caramba! E eu fui com você à farmácia! Você perdeu o celular e tivemos que voltar. E agora a culpa é minha?

Uma quentura vai se alastrando das minhas orelhas até as bochechas.

— Você bebeu muito, amiga, ficou alterada, sim.

— Quantas vezes vou ter que dizer que não estava bêbada?! — ela berra.

— Ei, gente, calma.

Pilar fica de pé tentando apaziguar nossos ânimos aflorados.

— Por acaso você lembra o que aconteceu? — atiro incapaz de me conter. — Acho que não, porque bebeu demais e não deu a mínima quando eu te falei que estava passando mal. Pedi pra ir embora e você bateu o pé pra ficar, Bruna. Poxa, eu estava mal de verdade.

Bruna me encara, o maxilar duro, os olhos faiscando de raiva. Não vacilo e devolvo o mesmo olhar. Odeio brigar, mas estou fervilhando e com um monte de coisas entaladas na garganta. Não foi só no show, teve o dia seguinte e os outros. Nem uma mensagem para saber se eu tinha melhorado. Quando nos sentamos juntas no intervalo ela nem perguntou nada. Sou eu quem tem o direito de ficar chateada aqui, e ela ainda vem chamar minha mãe de ridícula? É ofensivo. Não gostei mesmo.

— Quer dizer que você ficou bravinha porque eu bebi e daí foi falar com a mamãe?

Bruna arqueia a sobrancelha com queixo altivo.

— Fiquei chateada sim, foi errado, mas não falei disso com minha mãe.

— Coisa de criança, Chér — ela me interrompe, seca. — Sério? Seu olhar é puro deboche.

— Não foi assim, Bruna.

— Estou de saco cheio desse papo. Vou pra minha turma.

Bruna me ignora ao me dar as costas e sai pisando duro.

Quero gritar seu nome, mas me contenho. O pátio já está lotado, e nem percebi quando o sinal tocou. Não vou protagonizar uma cena gritando o nome da minha amiga pela escola. Parada, com as unhas gravando as palmas, eu a observo caminhar enfurecida para a rampa até desaparecer de vista. Nem tenho tempo de desabafar com Pilar porque o inspetor se aproxima e nos enxota para nossas salas. Contrariada, subo com outros alunos barulhentos. Noto minha boca seca e pego a garrafa de água. Vazia. Ah, que ótimo! Afundo na carteira e espero as horas passarem. É o tudo o que me resta, além de três aulas odiosas de física.

— 22 —
Ainda estamos assim

Fico irritada pelo resto do dia. No intervalo, Bruna foi ficar com Dinho e eu me sentei com Pilar, repassando toda a briga com a Bruna. Pilar confirmou que Bruna tinha chamado minha mãe de ridícula. Eu não ouvi errado. E, além disso, ela não consegue ver que suas atitudes na noite do show não foram legais. Não posso dizer o quanto isso me deixou chateada? Droga, eu fiquei mesmo. Bruna não levou a sério e fez piada, me chamando de criança. Aposto que se eu cuspir o quanto estou aborrecida por não ter recebido uma mensagem enquanto estive doente, é capaz de Bruna rir na minha cara me dizendo o quanto sou infantil.

É tão infantil assim esperar que uma amiga se importe quando você está mal?

— Você não vai sair do quarto?

Minha mãe aparece na soleira em saia longa e blusa de alças.

— Vou.

É que estou magoada, remoendo a briga com a Bruna.

Nem tomei banho porque desde que cheguei do colégio estou largada na cama comendo porcarias e assistindo doramas. É a minha maneira favorita de afogar as mágoas. Por mim eu ficaria aqui, mas mamãe me pede para ajudá-la com a janta. Desligo a tevê e enfio os pés nas pantufas de coelhos. São antigas e um dos coelhos nem tem mais um olho, mas as orelhas continuam fofas. Resolvi usar porque o piso aqui em casa fica supergelado quando faz frio.

Na cozinha, minha mãe amarra o cabelo num coque apertado se movendo em busca das panelas. Ela tomou banho, seu perfume está pelo ar, só que ainda sinto o cheiro do consultório. Deve ser porque o jaleco dela está largado no cesto de roupas brancas ali do lado do tanque. Apesar de ser rodeada por ser esse cheiro a vida toda, não gosto dele.

Encosto o quadril na pia e pergunto:

— O que quer eu faça, mãe?

— Corta os legumes e faz a salada, por favor, filha?

Aceno e, com as tarefas divididas, nos concentramos em cozinhar. Mamãe tempera o frango enquanto eu fatio rodelas de batata doce e abobrinha.

— Foi tudo bem na escola hoje? — ela pergunta, as mãos sujas de temperos.

Penso em Bruna. Prefiro não comentar o que houve. Queria que mamãe não tivesse dito nada para tia Danda, mas, para ser sincera, nem estou chateada por isso. A culpa não é dela pela discussão com a Bruna, porém acho melhor guardar a briga para mim. Seria outra coisa para chatear minha mãe, e não quero acumular problemas entre nós.

— Foi, sim. Muitas matérias novas e exercícios.

Mamãe apenas concorda com a cabeça.

Os minutos passam e o único som entre nós é da chuva que cai lá fora martelando contra o parapeito da janela. O silêncio de mamãe incomoda, pois não é calada assim. Adora conversar quando fazemos comida juntas, e eu gosto de ouvir sobre seu dia de trabalho e coisas aleatórias.

Ao longo da semana, ela falou o básico e sei que é porque ainda está aborrecida pelo que rolou nas férias. Não gosto de saber que ela está desapontada comigo. Ainda mais quando penso no quanto ela se empenhou para ficarmos próximas desde o episódio com Zack. Sou invadida pelas memórias, os conselhos que recebi dela, o apoio, e pela cena da oração que presenciei antes de viajar. Meu coração reduz feito ameixa seca no peito. Dá uma vontade enorme de dizer o quanto a amo e lamento tê-la entristecido. Cada vez mais tenho compreensão do erro que foi ter mentido para ela. Estou mesmo arrependida, e quero que ela saiba disso.

— Mãe... — murmuro, de súbito.

— Uhn?

Ela corta cebolas e eu troco o peso nos pés tentando encontrar as palavras certas.

— Eu...

— Queridas, cheguei!

A voz animada do meu pai ecoa pela casa. Meu momento se perde assim que ele surge na cozinha com a camisa social grudada no peito. Mamãe fica preocupada por vê-lo todo molhado. Meu pai brinca dizendo que faz tempo desde seu último banho de chuva. Logo eles estão imersos num diálogo sobre a chuvarada enquanto eu expiro baixinho torcendo para, muito em breve, conseguir conversar com minha mãe.

* * *

Na semana seguinte, o clima esfria bastante. Continuo indo para o colégio de carona com papai, pois os dias têm sido chuvosos. A vontade é de ficar em casa embolada nas cobertas e assistir aos filmes invernais que adoro — *Crepúsculo* e *Crônicas de Nárnia* incluídos — porém, as provas começam na próxima segunda-feira e não há a menor chance de eu faltar ao colégio e perder revisões importantes, além dos conteúdos novos, porque meus professores não sabem o que é ter empatia e parece que nunca estiveram no ensino médio.

Retornei às aulas de reforço com Dinho e uma galera na biblioteca. Luciano tem feito falta. Com ele aprendo melhor. Dinho é ótimo, só que não consigo entender direito suas explicações, são muito técnicas. Tanto que pedi suporte ao Luciano por mensagens na nova matéria de física e desde então ele tem me ajudado pelo WhatsApp, e estou conseguindo aprender. Luciano é ótimo, de verdade. Mais cedo, eu entreguei, finalmente, para ele a pulseira que trouxe de Búzios.

Luciano ficou sem graça, mas agradeceu. Lembrei que antes das férias eu tinha dito que traria algo como agradecimento. Luciano merece por sempre ser tão paciente comigo e me ajudar. Prometi comprar outro presente para ele, um que pague as aulas extras no WhatsApp — tadinho, mal chega do trabalho e ainda tem que me aturar.

Na aula de química, estou rolando o feed do Instagram pensando em presentes de nerd dos quais Luciano pode gostar. Apago o visor quando o professor nos chama para a correção dos exercícios no quadro. Ele escolhe três alunos, Zack incluído, e não consigo evitar aquela revirada de olhos ao vê-lo fazer charme para uma das garotas da primeira fileira enquanto responde à questão. Anoto as correções no caderno até o sinal do intervalo nos libertar da tabela periódica.

Ao sair da sala, acabo esbarrando em Zack. Me afasto com nojinho e ele torce o nariz com arrogância. Nunca mais nos falamos. De vez em quando, ao cruzarmos nossos olhares em classe, Zack me encara com aquele típico desdém, que eu ignoro. Acontece que nem ligo mais para nada sobre Zack. Tudo nele é tão desinteressante que nem me atinge. Infelizmente, sei que não vou esquecer o que vivi com aquele imbecil. Lembrar é um incomodo, claro, traz memórias ruins, só que não dói como antes. O troll é uma página arrancada da minha vida. Graças a Deus!

— Você vai à reunião no sábado?

Luciano me pergunta assim que me encontra no corredor barulhento. Meu amigo traz uma bola laranja de basquete debaixo do braço e parece que vai jogar com os colegas. Digo a Luciano que vou sim ao encontro de jovens do sábado. Estou muito animada e com saudades de todos.

— Te vejo depois.

— No WhatsApp? — arrisco unindo as sobrancelhas e dando um sorriso amarelo.

Luciano dá um meio sorriso e faz que sim, se afastando de costas e seguindo para a quadra.

Ando para as escadas da biblioteca, onde marquei com Pilar. Bruna tem estado com Dinho durante esses dias, e aposto que nossa briga contribuiu para ela se manter longe. Não é a primeira vez que Bruna e eu brigamos. Já nos estranhamos aqui e ali porque temos nossas diferenças. Ela é assim, esquentadinha, grosseira às vezes, não gosta de ser contrariada e tem uma dificuldade absurda de pedir desculpas, de reconhecer que vacilou. Tanto que até agora nem um "foi mal" ela me disse em relação ao que rolou sobre minha mãe. Talvez nem diga.

Nas outras vezes, pelo bem da amizade, fui eu a pessoa a abaixar a cabeça, mesmo certa, e se arrastar para fazer as pazes. Só que desta vez não estou disposta a isso. Com tudo o que rolou nas férias e nossa briga, é inevitável não pensar no que minha mãe falou sobre a Bruna. E quando permito minha mente vagar por outras lembranças com ela, percebo que há atitudes ruins que vivem se repetindo. Mas eu aprendi a amar Bruna com seu jeito difícil, e nós temos bons momentos também. São anos de amizade. Não acho que eu possa definir a Bruna como uma amiga ruim. Seria injusto.

Quanto mais penso nisso, mais conflituosos meus pensamentos se tornam. Apesar de estar magoada com ela, eu gosto muito da Bruna e quero manter nossa amizade. Espero que ela sinta o mesmo e perceba que vacilou. Sei que vou perdoá-la e aí vou ficar bem de novo. É o que eu desejo, de verdade.

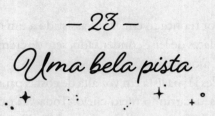

— 23 —
Uma bela pista

Por esses dias, orar e me concentrar na leitura bíblica tem sido difícil. Antes das férias meu devocional fluiu bem. Separava minutos antes de ir para o colégio, e isso me enchia de ânimo. Agora, pestanejo, bocejo e meu cérebro embola. Até cochilei com a bochecha na Bíblia aberta. Não consigo focar ou compreender o que tenho lido. As orações estão robóticas, saem entrecortadas, confusas. Parece que desaprendi a fazer frases coerentes.

    Sinto como se não conseguisse mais me conectar com Deus, como se ele estivesse distante. Daí lembro de todas as burradas que fiz nas férias e me sinto culpada e envergonhada. Aposto que o Senhor está chateado comigo. Fiz uma oração e pedi perdão, mas o peso esquisito ainda aperta meu coração. Toda vez que oro eu... não sinto nada. E eu quero muito sentir a presença de Deus como antes. Suspiro em desalento com a Bíblia aberta sobre o colo. Faz algumas horas que voltei do colégio e estou aqui tentando fazer o devocional. Os minutos passam e minha mente corre para todos os lados, menos na direção da Palavra. Quando meu celular toca e vó Lourdes me pede para ir ao mercado com ela, me dou por vencida. Amanhã tento de novo.

* * *

O mercado parece uma selva. Como pude deixar vovó me arrastar para cá?

Era melhor ter ficado em casa e assistido a um dorama.

— ... três latas de leite condensado, sete de creme de leite, molho madeira, mostarda...

Vó Lourdes lê sua lista em voz alta de costas para mim enquanto empurro seu carrinho meio cheio. Toda vez que ela me pede para acompanhá-la ao mercado com a frase "vai ser rapidinho", nunca é. Sempre passamos umas duas horas perambulando pelos corredores. Só vim mesmo porque precisava sair do quarto e respirar outros ares, mas me arrependi no instante em que chegamos. O mercado está abarrotado de gente, e a esta hora da tarde.

Minha cara devia ser o sinônimo do arrependimento misturado ao desespero porque vovó disse "o bom daqui é que os atendentes do caixa são rápidos" e sorriu para me tranquilizar. Lá se vai uma tarde de descanso e estudos. É bem provável que só sairemos daqui ao anoitecer.

— Vó, o que acha de dividir a lista comigo? — ofereço para ver se vamos mais rápido.

Vovó anda pelo supermercado como quem passeia pelo shopping, admirando as vitrines.

— Pode ser — ela encara a lista com tanta calma que me agita.

— Me dá aqui — peço as folhas. Sim, *folhas*. — Faço os produtos de limpeza, coisas de higiene e grãos, tá? — Ela está analisando o preço das maioneses. — Vó?

— Tá, tá — gesticula lendo o rótulo.

Com pressa, tiro uma foto da lista. Entrego o carrinho para vovó e vou em busca de outro.

No corredor dos produtos de limpeza, confirmo que foi mesmo uma péssima ideia ter vindo para cá. O locutor acaba de anunciar uma promoção relâmpago de sabão em pó e, pasmem, é da marca que vovó colocou na lista. Me enganei, vou sair daqui pisoteada. Tento voltar pelo caminho, mas o carrinho está num engarrafamento. Sem saída, entro na luta pelo sabão em pó, me enfiando entre várias senhorinhas alvoroçadas. Uma arranja briga com a outra porque está levando cinco frascos de sabão nos braços e não sei como ela consegue ser tão mirrada assim. Abismada, acompanho enquanto ela despeja tudo em seu carrinho e retorna para buscar mais.

Uma passa por meu ombro. Ai. Que violência por causa de um sabão.

Coloco três no meu carrinho, como anotado por vovó na lista, e sigo para o fim do corredor em busca dos desinfetantes. Imagina a minha surpresa quando retorno ao carrinho e vejo que dois dos sabões sumiram. *Puft!* Desapareceram. Alguém acaba de roubar meu sabão líquido. Como isso é possível? Giro o pescoço à procura do meliante e noto um senhorzinho virando apressado no corredor e segurando dois galões, que eu tenho certeza de que são meus pela forma suspeita como ele me olha pelo ombro.

Não acredito que acabo de ser furtada por um idoso malandrinho.

Que absurdo! Não me importa se ele é mais velho. Não é uma questão de prioridade, não. Era só ter ido lutar pelo sabão na prateleira. Eu fiz o trabalho difícil e agora ele quer a parte fácil? Estapeio as coxas, louca de vontade de correr até aquele senhor e brigar com ele. Porém me contenho e, soltando fumaça pelo nariz, retorno à prateleira do sabão para entrar outra vez na briga com as idosas. No final das compras, estou exausta, irritada e fedendo a produto de limpeza.

Que tarde estressante. Preciso de um banho demorado e de um lanche gostoso.

— Você veio calada durante todo o caminho. Está bem?

Vovó toca minha face com seus dedos mornos e destrava o carro.

Acabamos de estacionar na garagem do prédio.

— É que parece que fui esmagada hoje.

Ela ri.

— Da próxima vez, a senhora pode convidar minha mãe, tá? — brinco.

— Pensei que estaria vazio, meu bem.

Vovó dá uma batidinha na minha coxa.

— Vamos subir as compras e tomar um café reforçado, sim?

Fazemos várias viagens até o apartamento de vovó para levar as sacolas. É somente em momentos assim que ela reclama de o prédio ser antigo e não ter elevador. Concordo. Meus braços finos e as coxas não aguentam mais. Estou fraca e sem forças ao colocar a última sacola no piso do hall. Arranco os tênis e me jogo no sofá macio de vovó.

Enquanto tento fazer minha alma voltar ao corpo, vovó guarda as compras com uma disposição impressionante e invejável. Ela tem mais vigor que eu aos quinze anos. Uma vida de pilates e academia tem sua recompensa, afinal. Preciso dar um jeito na minha vida sedentária. Se me sinto assim aos quinze, imagina aos cinquenta?

— Tem chá de cranberry na geladeira. Toma um pouco.

Amo esse chá gelado que vovó faz. É uma delícia.

— Já pego assim que eu ressuscitar.

Sua risada enche a sala, e eu acomodo uma almofada sob a cabeça.

— Sua mãe me mandou mensagem. Disse que está chegando mais cedo. Vai tomar café conosco. Amo ter vocês duas aqui para uma tarde comigo. — Vovó sorri contente. — Vou pôr água para esquentar. Arruma a mesa, por favor?

— Tá — respondo amuada.

Um sono repentino quer me dominar e bocejo alto.

— A mesa, meu bem — vovó me lembra.

Saio do sofá com as pernas meio bambas. Pego a toalha na gaveta e, prestes a cobrir a mesa, reparo no jarro transparente de vovó que contém flores de verdade. São brancas e de cor rosa, frescas e bonitas. Vovó não tem o hábito de comprar buquê de flores. Ah!

São dele. Aposto que sim. E aquilo é um... ah, é sim. Tem um cartão debaixo do jarro.

É uma pista! Preciso ler.

Jogo os olhos para a cozinha e pela bancada noto vovó arrumando os armários. Como quem não quer nada, vou esticando a toalha e toco no cartão, morrendo de curiosidade. Mas travo. Ler seria invasão de privacidade? Bom, sim. Se fosse comigo eu gostaria? Não, porém dadas as circunstâncias — minha avó pode ter um namorado! — vou me permitir dar uma lida. Então, pego o cartão. A letra é um garrancho e estou forçando as vistas para ler:

Minha querida Lourdes,
Desejo que sua semana seja de paz e muitas bênçãos.
    Lírios me lembram você, sabe disso.
Cuide-se. Anseio por vê-la.
José.

O nome dele é José! Ai, minha nossa. É José!

Vasculho as memórias em busca de algum amigo de vovó que se chama José e não encontro nada. O "quem é José?!" fica preso na minha garganta ao revirar o cartão.

— Pode usar essa toalha, meu bem. Deixa que eu tiro o jarro.

Ouço os passos da vovó. Meu coração dispara e largo o cartão como se queimasse.

— Ah, caiu da mesa — invento.

A vovó é rápida e se agacha para pegar o cartão no piso. Espero que comente algo, mas ela não fala. Age como se o papel não fosse nada demais. Não me seguro e comento:

— Flores bonitas, vó.

— São mesmo — ela sorri, depositando o jarro no aparador.

— Ganhei de presente.

— De quem? De algum admirador? — arrisco uma brincadeira.

Silêncio. Ela fica em *si-lên-cio*.

— Alexa, abrir meu Spotify.

Não acredito! Vovó saiu com essa? Desconversou com a Alexa?

Sacudo a toalha com os pensamentos fervilhando. Vovó se afasta falando de outra coisa.

Quero insistir no "de quem?" que ela fez questão de omitir, mas mamãe abre a porta do apartamento e um louvor animado sai da Alexa.

Se isso não é confissão de que tem algo a esconder, não sei mais o que pode ser. Devo encarar como a confirmação das minhas suspeitas? Ela tem mesmo um namorado? O José?

Mas quem raios é José?!

— 24 —
Eu precisava estar aqui

— Olha quem está conosco hoje. Quanto tempo não te vejo, Chér.

O sorriso tão caloroso que Cris me dá faz o meu se abrir um tanto tímido. Sou surpreendida por ela vir me dar um abraço apertado daquele que damos em alguém de quem gostamos e sentimos falta. Seus cabelos cor de ferrugem roçam meu nariz, e sinto o cheiro bom de seu xampu. Cris se afasta com um sorriso gentil e me segura pelas mãos de forma carinhosa.

— Senti sua falta na turma.

É bom ouvir que ela me considera parte da turma, porque eu sinto que sou, mesmo que não tenha tornado isso oficial, ainda.

— Como você está? E sua família?

— Tudo bem.

— Aproveitou as férias? — Seu olhar cintila.

— Aham.

Forço uma empolgação, pois não dá para dizer "foi meio a meio".

— No próximo retiro eu espero você, viu? Não vai ter escapatória.

Aceno com um sorriso verdadeiro. Já sonho com esse retiro.

— Oi, Chér. É bom ter você com a gente.

O pastor da juventude se aproxima de nós e me estende a mão. Seu sorriso é bem mais discreto que o da esposa, embora seus olhos demonstrem que está contente em me ver. Gosto dos líderes, os dois são acolhedores e animados, como foram todas as vezes que me receberam nas reuniões. Conversamos por alguns minutinhos até Cris ser chamada para conferir se a galera arrumou a mesa do lanche e o pastor se inclinar para receber outro jovem.

— Façam aquela roda — Cris pede debruçada sobre a mesa farta.

Encaixo os polegares nos bolsos laterais da calça vendo cadeiras serem arrastadas para formar o círculo. Decido ajudar em vez de ficar parada enquanto a galera conversa com seus grupinhos. Estudo o templo kids, uma réplica menor do principal. Já estive aqui em outra reunião dos jovens, e acho uma graça o espaço. A sala é aconchegante, mais colorida e convidativa para crianças. Os estofados das cadeiras são em tons pastéis, há vários quadros nas paredes com versículos, livros da Bíblia, mural de oração e outras coisas atrativas. É bonita é bem diferente da igreja dos meus pais.

— Gente, tem que pegar mais cadeiras da pilha — alguém diz quando mais jovens chegam. — Pensei que não fosse vir tanta gente por causa da chuva.

É, eu pensei o mesmo. Está chovendo sem parar.

O friozinho me fez ficar nas cobertas o dia todo vendo filmes e fuçando o Facebook da vovó. Desde ontem tenho tentado desvendar quem é o tal José. Tive que criar uma conta do Facebook, dá pra acreditar? Entrei na rede social da terceira idade apenas para bancar a detetive. Sabe quantos Josés minha avó tem de amigos no Facebook? Dezenas e dezenas.

Quase virei a noite à procura do José correto. Tentei excluir os que eram casados ou que tinham fotos de casal, e também os novinhos demais. É um trabalho de formiga e já estou ficando cansada. É mais fácil encurralar vovó e tirar satisfações sobre o tal José. Tenho pensado seriamente nisso.

Compartilhei a descoberta com minhas amigas no grupo. Bruna nem respondeu e troquei mensagens com Pilar, mas ela teve que sair e não pude surtar direito sobre a situação. Então, mandei mensagens para Luciano, já que ele acompanhou de perto a saga da descoberta de um suposto namorado.

Meu amigo e eu conversamos por um tempo. Dividi as neuras com ele, que riu, é claro, e até se prontificou a procurar por antecedentes criminais do José se eu conseguisse um sobrenome e um CPF. Preciso de provas concretas, pois tudo o que tenho são cenas que eu vi na loja, um retrato falado — aquele desenho horrível —, um cartão, do qual vovó pode muito bem ter se desfeito, e as suspeitas.

Quanto mais vou ter que esperar pela boa vontade da vovó em contar sobre José? Venho tentando seguir o conselho de Luciano e dar espaço para ela, porém tem sido um golpe saber que ela está vivendo um romance e não compartilhou a novidade conosco, sua família.

Por mais que eu fique meio louca com tudo isso, no fundo sei que deve ser sério. Vovó não viveria uma aventura. Ela é temente a Deus, convicta de seus princípios. Jamais se envolveria com um homem só por curtição. Se está com alguém de verdade, significa que é sério. Ela se apaixonou, eles se gostam, eles querem ter uma vida juntos, casar... Ai, não.

É demais para mim. Não aguento essas imagens mentais da minha avó como noiva.

Tenho que parar de pensar nisso e me concentrar na reunião de hoje.

Espanto os questionamentos e ajudo a colocar mais cadeiras no círculo.

Quase meia hora depois, Cris avisa que vamos começar a reunião.

— O que aconteceu com vocês?

A exclamação da líder me faz virar.

Léo, Luciano e Breno entram na sala molhados da cabeça aos pés. Nossa!

— Uhuh! É quatro a um!

Léo vibra dando um beijo rápido na bochecha da líder.

— Vocês estavam no jogo? — ela pergunta abismada.

É, estavam. Luciano me contou que iria ao Maracanã quando perguntei se queria uma carona para a igreja. Meu pai me trouxe com Talita e Thabata por causa da chuva.

Os meninos estão ensopados, as camisas do Fluminense grudadas no peito. Luciano e Léo usam bonés virado para trás com o escudo do time, e o Breno traz uma faixa longa verde e grená ao redor do pescoço. Meu pai adoraria a faixa, é linda.

— Tem coisa melhor que ver um jogo na chuva, tia Cris? A vibe da torcida é contagiante! — Léo dá pulinhos. — Todo mundo molhado, cantando, gritando a cada gol. Sensacional! E foi um jogaço. — Ele ergue o punho em sinal de vitória — Massacramos!

Cris balança a cabeça em desaprovação com um sorriso leve.

— Foram sozinhos?

— Não, com o pai do Luciano e outros amigos — Breno responde.

— Podem pegar um resfriado assim — ela comenta.

— Pega nada, tia — Léo rouba um salgado da mesa. — Hmmm, isso tá gostoso. Que fome. Aquele cachorro-quente não encheu.

— Cara, você comeu uns quatro.

Luciano ri tirando o boné, o que faz os fios espetados caírem ao redor do rosto.

— Vocês não podem ficar molhados desse jeito, não faz bem.

Tia Cris fica com o semblante preocupado, chama umas garotas para irem com ela buscar toalhas. Léo e Breno avançam sobre a mesa assim que a líder sai. Leila banca a sargento avisando que a comida não está liberada. Léo faz gracinha indo dar um abraço na Leila, que o chuta na canela. Ele pula mancando e rindo. Fabrício, para horror de Leila, cata um pedaço de sanduíche e atira na boca. Leila dá tapas no braço do namorado e tenta conter os três garotos famintos.

— Ei.

Seguro o risinho quando Luciano se aproxima e afunda numa das cadeiras do fundo.

— Belo banho — comento com humor.

Luciano sorri tirando os tênis úmidos e as meias e os coloca debaixo da cadeira.

— Alma lavada.

Enfio as mãos no bolso do moletom com um riso discreto. Falamos sobre o jogo. Assisti boa parte dele com papai em casa. Quer dizer, ele nervoso e eu comendo os aperitivos que minha mãe havia preparado.

Nossa breve conversa é encerrada porque tia Cris aparece com as toalhas e entrega para os meninos. A líder avisa que vamos orar para que possamos ter nosso momento de comunhão. Talita vem até mim e me leva para a roda, cochichando que vou ficar do seu lado. Aceno com um sorrisão. E, entre Talita e Gabi, curvo a cabeça para orar.

— 25 —
Apenas se aproxime

— ... saímos do retiro incendiados, e isso é maravilhoso. Por nós, ficaríamos para sempre lá, aproveitando cada momento em comunhão com o Senhor e com os irmãos. Porém, voltamos para casa, para os dias corridos, os problemas, as responsabilidades, a escola, a vida cotidiana. E a chama que se acendeu naqueles períodos intensos com o Senhor parece que vai se apagando conforme a rotina nos esmaga.

Cris segue pregando com a Bíblia nas mãos. Muitas cabeças se movem num "sim" concordando com ela. Apesar de não ter ido ao retiro, me identifico com o que ela fala.

— Retiros, congressos, acampamentos, tudo isso tem sua importância. São momentos em que nos separamos para nos focar no Senhor, ter experiências incríveis e marcantes em unidade. Sei que nós tivemos várias. E eu oro para que isso de fato marque o coração de vocês.

Seu sorriso desponta.

— Aquela oração da tia Kátia, foi fogo puro.

Léo estala os dedos como se fosse um chicote, e o pessoal ri comentando com entusiasmo sobre outros momentos no retiro. Sinto uma pontada de inveja, pois queria ter vivido o que eles viveram.

— Vamos continuar, olhem para cá — Cris acena, e o pessoal para de falar. — Que vocês não se esqueçam daqueles momentos, mas não são esses os períodos que definem nossa jornada com o Senhor. O que define são as escolhas diárias que fazemos para crescer num relacionamento com ele.

Ajeito a Bíblia no colo e cruzo as pernas para trás, atenta a cada palavra.

— Deus não quer se dar a nós em um momento a cada seis meses, um ano. Muitos ficam esperando o próximo retiro, o próximo congresso, para poder "sentir Deus" — Cris faz aspas. — O Senhor deseja estar conosco todos os dias, em manhãs comuns, em tardes ordinárias, e ele está, galera. O Pai nos convida para um relacionamento íntimo, uma amizade profunda, um caminhar eterno. O Senhor não quer um dia seu, ou cinco dias. Ele quer todos os seus dias, a vida inteira. Uma semana de ardor é bom, mas uma vida inteira na presença é tudo.

— Amém.

— Ô glória.

— Precisamos buscar essa presença de todo o coração. — Cris retoma. — O próprio Deus diz em sua Palavra que o encontraremos quando buscarmos de todo o coração. Abrimos e lemos o versículo, não foi?

Até grifei na minha Bíblia para poder ler de novo e anotar no post-it.

Cris volta a dizer:

— É uma busca intencional, feita de propósito. Não dá pra ficar esperando ter vontade de orar e ler a Bíblia, passar um tempo com Deus. Não podemos construir nosso relacionamento com ele com base em nossa própria vontade. Do contrário, vamos viver reféns dela. — Cris está gesticulando com a Bíblia. — O Senhor não é um sentimento, um arrepio, uma emoção. Ele é o seu Pai. Ele é Deus. Ele é real. Não deixe que seu relacionamento com ele se baseie em como você se sente ou não sente.

Encaro Cris com tamanha intensidade que nem pisco. É como se aquelas palavras fossem direcionadas especialmente para mim. Elas vão penetrando meu coração conforme as escuto.

— Se andarmos sem intencionalidade, não cresceremos no Senhor. Esfriaremos ou pararemos no caminho, quando devemos continuar a nossa busca pela presença. Pensamos que é o Senhor que se mantém longe, quando nós é que estamos distantes.

Estou tão tocada que meus olhos se enchem de água, mas arrasto a mão no nariz para disfarçar o embaraço.

— Quando nos sentimos distantes e vazios, é aí que nossa busca tem que ser mais intencional. Devemos buscar até ficarmos cheios dele. Entendem? E vocês o encontrarão quando o buscarem de todo o coração, porque o Senhor quer ser encontrado por vocês. Todos os dias.

— É sobre isso — alguém fala.

— Amém.

Uma lágrima solitária escorre pelo cantinho do meu olho, e eu a capturo com o dedo.

— Na correria do dia a dia, acabamos nos distraindo e ignorando o anseio da nossa alma pela presença, um anseio que só o Senhor pode satisfazer. Mas nos distraímos, damos lugar às paixões, nos preocupamos com os problemas, as ansiedades da vida... Deixamos o tempo com Deus para depois. Para alguns, um depois que não chega. Não podemos perder o que é eterno permitindo que nossos olhos se foquem no que é passageiro.

— Fala, Deus — Léo brinca.

— E Deus tem falado — aponta tia Cris, fechando a Bíblia. — Mas será que estamos ouvindo de fato? Ou temos andado no automático, agitados pelos dias e baseados em nossa própria sabedoria? Quando tiramos os olhos do Senhor, perdemos o norte, a direção. Tudo desanda e nos perguntamos como é que as coisas ficaram tão complicadas.

— Ai, essa doeu — Vitinho murmura.

Minha mente acusa, com tudo o que vivi nas últimas semanas. Para acentuar aquela sensação, um par de olhos conhecidos ergue uma sobrancelha para mim. Luciano está me fitando como quem diz "está ouvindo?", um sorriso minúsculo se esticando no canto da boca. Aperto os lábios, constrangida, dando aquele riso amarelo pelo nariz.

— Tudo desanda quando não fazemos do Senhor nossa prioridade. Precisamos estar em comunhão com o Espírito, aprender a ouvi-lo, seguir sua direção, obedecer a sua Palavra. Sair do raso e aprofundar as raízes. É tempo de amadurecer. O que o Senhor deseja de nós é uma vida de intimidade, obediência e profundidade.

Cris segue pregando e eu faço orações mentais, pedindo que Deus me ajude a crescer na amizade com ele, que me tire as distrações e qualquer coisa que me afaste de sua presença. Que me ajude a buscá-lo de todo o coração.

— Ainda há muito para conversarmos, mas combinamos de não fazer uma reunião longa, então vou parar por aqui para orarmos. Queria que vocês orassem em dupla.

Por um segundo fico gelada. Morro de vergonha de orar em voz alta, ainda mais com outra pessoa. Sem contar que não tenho orado direito ultimamente, então estou meio enferrujada. Vou falar nada com nada. Ai, Senhor, me ajuda.

— Vou orar com você, Chér.

Minha apreensão se dissipa quase pela metade ao sentir os dedos de Talita se entrelaçando nos meus. Damos as mãos, ela abaixa a cabeça e já começa a orar. Bem assim, natural, sem constrangimentos. Olho para as outras duplas e percebo que cada um ora baixinho. Acho que posso fazer isso. Então fecho os olhos e oro pela vida da Talita ouvindo enquanto ela diz cada coisa bonita sobre mim de maneira tão fervorosa que silencia a minha oração.

No final, não posso segurar o quanto estou emocionada e sinto algumas gotas escorrerem pelo nariz. Fungo com diversas sensações me atravessando. Vergonha, culpa, tristeza, saudade, até o peito arder de um jeito tão bom, tão doce e único que sei que vem da presença de Deus. Como eu senti falta dessa sensação cálida aqui dentro.

— Obrigada pela oração, estava precisando — digo a Talita quando terminamos.

Seu sorriso bonito surge e ela me puxa para um abraço, que retribuo, sorrindo de volta.

Talita é uma garota fácil de gostar, com seu jeito simpático e gentil. Ela tem sido muito atenciosa e legal desde que nos conhecemos. Gosto muito de Talita e a considero uma amiga, de verdade, e sei que ela sente o mesmo.

— Sua amizade é especial, Talita — falo para ela.

— Vou ficar emotiva — ela ri.

— Eu já estou.

Sorrimos e Talita mantém um braço ao redor dos meus ombros.

Após a oração final, somos liberados para comer as sobras do lanche e permaneço com Talita e Gabi conversando até minha mãe vir nos buscar. De quebra, damos uma carona para Luciano e Breno — ele mora depois do meu prédio, mas minha mãe faz questão de ir até a casa dele. Isso faz eu achar minha mãe superlegal. Quando estacionamos na garagem do prédio, noto que parou de chover. Mamãe conversa com Thabata sobre algo que não escuto direito, e Talita segue com seu braço encaixado ao meu.

— Já conversou com seus pais sobre vir para nossa igreja de vez? — sussurra ela.

— Ainda não, mas vou.

— Fala logo hoje — Talita encosta no meu ombro com risinho.

— Não sei... — penso. — Preciso me preparar.

— Você está pronta desde aquela vez que nós conversamos, Chér.

— Tenho medo da reação do meu pai.

— Vai com medo mesmo. Se Deus te direcionou para nossa igreja, ele garante.

Sei que Talita tem razão e quero contar da minha decisão para meus pais. Só que tenho esse medinho de eles não aprovarem minha mudança.

— Me ajuda em oração, Talita — faço um beicinho.

— Tenho orado por você desde que te conheci, Chér. Pode contar comigo.

Isso soa fofo.

— Obrigada.

No topo das escadas do meu andar, mamãe entra em casa e me despeço das meninas. Thabata é contida em seu aceno, já virando as costas e subindo os degraus rumo à cobertura enquanto Talita me dá um abraço forte.

— *Fighting*, garota.

Ela ergue o punho como quem diz "boa sorte" daquele jeito que fazem nos doramas.

— Você é dorameira também?

Seus olhos se iluminam.

— Você é?

— Aham. — Sorrio.

Uno os dedos e dedico um coração a ela.

— Para selar essa amizade...

Ela aponta um dedo jogando a trança para trás das costas e afunila os olhos.

— Lee Su-Ho ou Han Seo-Jun?

Suas sobrancelhas estão arqueadas de um jeito intimidador.

— Lee Su-Ho. Sempre foi o Su-Ho — afirmo, séria.

— Ahh!

Talita dá um gritinho e me abraça de novo. Começo a rir alto também.

— Amigas para sempre!

Talita se afasta empolgada com um sorriso gigante. Digo "tchau" e ela sobe pelas escadas.

Ainda com ar divertido, encaro a porta semiaberta. Talita tem razão, tenho que enfrentar a conversa com meus pais de uma vez. Não posso adiar mais. Então, endireito os ombros para entrar em casa com a pouca coragem que tenho.

— 26 —
É importante pra mim

Meus pais estão sentados no sofá, os dois me encarando com atenção.

Acabei de orar rapidinho no quarto e pedi para conversar com eles. Agora repenso a ideia, retorcendo as mãos um tanto úmidas enquanto eles parecem esperar que eu diga algo. Claro que sim, pois eu disse que tinha uma coisa para contar e pedir. Talita me encorajou ainda há pouco, mas acho que a fagulha de bravura está escorrendo feito o suor em minha nuca.

— O que gostaria de falar com a gente, filha? — minha mãe pergunta.

— É que... — Raspo os dentes no lábio. — Quero compartilhar uma coisa e pedir permissão para vocês.

— É tão complicado assim a ponto de te deixar nervosa? Papai brinca com as sobrancelhas grossas.

— Um pouco — murmuro encarando o tapete.

— Basta dizer — mamãe incentiva se aninhando no peito do meu pai.

— Tá. Podem manter a mente aberta? — imploro com o olhar. — É que isso é muito importante pra mim. É sério e eu quero muito, de verdade.

O rosto do meu pai vira uma carranca e ele me atira um olhar feio.

— Namorar está fora de cogitação. Pode esquecer qualquer ideia sobre namorar. Você é muito nova e eu não vou permitir.

— Pai, fica frio, não é nada disso. — Torço o nariz — Eu nem gosto de ninguém. E já falei que não vou namorar tão cedo. Por que você é tão neurótico com isso? Caramba!

Chacoalho as mãos soltando um suspiro frustrado.

Papai apenas dá de ombros, a carranca se desfazendo. Minha mãe sopra um riso fraco alisando a barriga do meu pai como que para transmitir tranquilidade. Fala sério! Ele vai subir aos céus no dia em que eu aparecer com alguém, bem depois dos meus dezoito anos, é claro.

— Nunca é demais reforçar a regra.

Meus olhos estão girando em protesto.

— Tá, tá. Posso falar?

Papai gesticula como se me permitisse.

— Ok. É o seguinte. — Mudo o peso nos pés. — Vocês sabem que eu tenho ido aos encontros dos jovens na igreja dos meus amigos desde antes das férias, e eu gosto demais de estar com a galera. Lá na nossa igreja não há jovens, quer dizer, alguns são adultos, casados, enfim. Nunca me enturmei desde que saí do kids. E na igreja em que estou indo o grupo de jovens é bem grande, dividido por idade e tal, como vocês já sabem. Os líderes do nosso grupo são muito maneiros e eu aprendo muito com eles. Mamãe já conheceu a tia Cris.

Olho para ela, que move a cabeça num sim.

— Então, antes da viagem, eu estava pensando em trocar de igreja.

Ufa. Consegui dizer. Espero uns segundos para ver a reação dos dois antes de continuar. Papai coça a barba no queixo como se ponderasse minhas palavras, enquanto mamãe tem o rosto suave e olhar compreensivo. Estalo os polegares esperando que digam algo.

— Pode continuar — papai encoraja.

— Tá. — Sugo uma respiração para dizer: — Sei que é uma mudança muito séria, e eu preciso da permissão de vocês. Eu realmente me sinto muito bem na nova igreja. Já me enturmei e tenho amigos. E não é só por isso, pela galera. Eu estou aprendendo muito sobre o Senhor com eles. Me sinto mais encorajada na fé e tal. É diferente de como me sinto na nossa igreja.

— De fato, é uma mudança séria — papai fala. — E você é menor de idade.

— Eu sei. Por isso estou pedindo permissão. Quero muito ser membro de lá.

— Não me agrada muito a ideia de você congregar em um lugar e nós em outro, boneca.

— Pai.

Ai, ele não vai deixar. Eu sabia. Já quero chorar. Sinto os olhos rasos.

— Por favor, pai. Será que você pode pensar um pouco antes de me dizer não?

— Não estou dizendo não, boneca.

Papai tenta um sorriso breve, como que para me tranquilizar. Não surte efeito.

— Filha, eu sei o quanto você está envolvida nessa igreja, e eu percebo que tem crescido — é minha mãe quem fala. — Confesso que eu amo ver você se aproximando mais do Senhor e querendo estar mais perto de pessoas que te aproximam dele. Em nossa igreja, infelizmente, não há jovens, e eu entendo o quanto é difícil para você não ter seu grupo.

— É — concordo, grata por ela me dar apoio. — Desculpa dizer isso para vocês porque sei o quanto amam a nossa igreja, mas eu não me encaixo mais lá. Funciona pra vocês, pra vovó, mas não pra mim. Só tem velho na nossa igreja, com todo o respeito. — Levanto as palmas. — Cresci lá e amo todo mundo, mas eu tenho quinze anos, gente, e não tá rolando afinidade. As pregações me dão sono, e eu não consigo aprender. Lá na outra igreja eu finalmente consigo entender as mensagens, sabe. Não sinto sono nem quero ficar no celular.

— O que é um grande avanço — mamãe brinca. — A voz do pastor Jonas dá sono mesmo. Nem sei quantas vezes eu pesquei no meio de um sermão. — Ela ri contida.

— Marcela!

— Vida, eu estou sendo sincera.

— Quem nunca dormiu em uma pregação que atire a primeira Bíblia — gracejo.

Nós três estamos rindo.

— Filha, quero que você esteja em um lugar onde seja alimentada, em que tenha amigos do Senhor e cresça. — Mamãe se vira para meu pai. — Não acha que esse lugar está sendo bênção para ela, Luís?

Agora quero chorar com o apoio da minha mãe. Depois do que rolou nas férias, não imaginei que ela pudesse ficar do meu lado. Mas é tão bom ter seu apoio.

— Sim, eu tenho visto — papai responde, ainda com os dedos na barba. — Mas é uma mudança radical. Uma coisa é visitar, outra é congregar. Tenho que visitar a igreja, conhecer como eles caminham e refletir um pouco antes de dar meu aval. Sei que em nossa igreja você não se enturma e que isso te prejudica. Então, vou pensar com muito carinho, está bem?

Aceno frenética. Isso é melhor que um não.

— Já conheci a líder do jovens e gostei muito dela. Os amigos da Rochelle também são muito bacanas — mamãe comenta. — Dei carona para alguns hoje, são muito simpáticos.

Ela abre um sorriso terno que eu retribuo com gratidão estampada nos olhos.

— Vamos marcar um dia para ir num culto de domingo. O que acha, Luís?

— Sim, devemos. Quero conhecer os pastores e os líderes. Aí veremos.

— Obrigada, mesmo — digo aos dois.

Mamãe me dá uma piscadela cúmplice e papai, um meio sorriso.

Estalo um beijo neles e permito que conversem sem a minha presença.

Sigo para o quarto. Podia ter sido um não de cara. Com um talvez, ainda fico nervosa, mas posso lidar. Vai ser bom orar por isso, e é o que faço ao me ajoelhar na beirada da cama. Após uma oração longa, pois eu estava com saudades de orar e falar com o Senhor sem amarras, teclo mensagens para Talita e conto como foi a conversa. Minha amiga fica animada e seu otimismo me contagia. Ficamos conversando um tempão até eu pegar no sono.

— 27 —
Torta de climão

— Como ficou a divisão na sua sala da feira cultural?

Pilar morde seu cookie com farelos caindo pelo queixo e no uniforme.

— Fiquei com Camile, Gilberto, Lara e Mirela — respondo sugando pelo canudo o restante do chocolate quente, agora morno. A cantina finalmente trouxe esse queridinho de volta. Com certeza o tempo frio foi um ótimo incentivo. Estamos num dos bancos compridos na área coberta da cantina. Está chuviscando, o que fez metade dos alunos se abrigarem aqui e a outra se espalhar pela biblioteca e os corredores.

Abro o copo vazio para raspar com o canudo o chantili das bordas.

— E você? — encaro Pilar.

— No meu grupo está a Lorena, Maria Luiza, Sofia e a Bruna. A nossa Bruna.

— Está moleza o seu grupo, amiga. Conhece todo mundo.

— Não sou próxima da Lorena nem da Malu.

Pilar lambe os resquícios das gotas de chocolate dos dedos.

— Não sou próxima de ninguém da minha sala — lamento com beicinho.

Pilar tosse fazendo uma cara de pena. Suas bochechas têm manchas vermelhas por causa do ar frio e do resfriado que adquiriu desde que o tempo mudou drasticamente de friozinho para inverno pesado. Hoje pela manhã o site do clima marcou dezesseis graus. Atualizei o app para ver se era aquilo mesmo. Mínima de quinze graus e máxima de dezenove para o dia. Para nós cariocas, isso é inverno rigoroso, motivo de fazer ressurgir os casacos esquecidos no fundo do armário e culpa da nossa letargia para sair de casa. Ir cedo para escola tem sido um esforço hercúleo.

— Mal começamos a semana de prova e já temos que pensar na feira cultural.

Pilar dá um suspiro melancólico, tombando a cabeça no meu ombro.

— É — concordo. — Sabe como fica nosso calendário nestes últimos bimestres.

— Enlouquecedor.

A coordenação liberou o aviso sobre a feira cultural, já com os grupos determinados, que acontecerá no final de outubro. Esse é o segundo trabalho em grupo do ano. A feira cultural é um evento no colégio, uma tradição. Requer muita pesquisa, dedicação, tempo em grupo, trabalhos com maquetes, cartazes e mais uma porção de coisas que só nos sugam as energias. É uma loucura, porque ainda temos que conciliar com as provas, mas vale dois pontos na média. É por esse motivo que ninguém fica de fora da feira cultural e se joga de cabeça para entregar um trabalho excelente.

Nos anos anteriores, minhas amigas e eu fizemos parte do mesmo grupo, pois éramos da mesma sala. Desta vez, vou ter que fazer com colegas com quem nem tenho intimidade. É um tanto chato, isso. Com minhas amigas sempre era divertido. Usávamos o trabalho como desculpa para ficar na casa uma das outras brincando e nos divertindo por horas. Depois batia o desespero para entregar nossa parte e não prejudicar o restante do pessoal. Dava certo, toda vez.

Sorrio com a recordação.

— Por que está sorrindo? — Pilar pergunta.

— Lembrei de quando a gente fazia o trabalho da feira juntas e era legal.

— A gente não fazia o trabalho, né, Chér — Pilar sorri, seu olhar distante como se recordasse também. — Lembra daquela vez em que cismei de brincar de cabeleireira e você e a Bruna colocaram miçangas nos fios do meu cabelo?

Pilar tem a boca meio aberta com ar de riso. Estou rindo.

— Sua mãe quase pirou quando nos viu. Achou que teria que cortar todo seu cabelo.

— Tive uma crise de choro, ainda lembro disso.

— Aham — concordo. — Você vomitou de tanto chorar porque dizia que não queria ficar careca, porque não tinha nada de fashion em ser careca.

Pilar coloca a mão na boca para abafar um risinho.

— Foi na minha fase Barbie — ela se defende com um bico.

— Você ainda está na fase Barbie — implico.

Ela me dá a língua, mas ri.

— Você só usava rosa, glitter e purpurina. Proibiu todo mundo de ir de rosa no seu aniversário porque queria ser a única a usar a cor.

— Mesmo assim a Dani Veiga foi de rosa — Pilar dá uma bufada.

É impossível não me lembrar desse aniversário da Pilar.

— Ainda vejo ela entrando toda pomposa com aquele vestido brilhoso, a coroa na cabeça... — Pilar contrai o rosto. — Que sem vergonha. Minha mãe teve que me acalmar no banheiro dizendo que não existia só um tipo de Barbie. Balela. A Dani gostava de me imitar porque sabia que isso me irritava.

— Era mesmo. Ela te copiava em tudo. Muito doido.

— Sempre fui um exemplo de bom gosto, vamos combinar — Pilar se gaba, empurrando o cabelo para trás do ombro. — Mas o jeito que a Dani me copiava era doentio. Fiquei aliviada quando ela se mudou da escola.

— A sala inteira ficou contente, Pilar.

— Ninguém gostava dela.

— Ela arranjava problema com todo mundo.

— Aham.

Concordo com a cabeça e seguimos falando de outros momentos legais que tivemos.

Nisso, Bruna se aproxima com as mãos dentro dos bolsos do moletom. Os cabelos sedosos caem sobre um dos ombros exibindo as luzes novas que fez, soube pela Pilar. Ficaram muito bonitas. Bruna fica radiante quando retoca as luzes.

— Pilar, vamos ao banheiro comigo?

Ela fixa sua atenção no rosto de Pilar e me ignora como tem feito há dias.

É, ainda estamos brigadas.

— Fui quando desci — Pilar se desculpa e me indica com o queixo. — Vai com a Chér.

— Não quero — falo.

— Não te perguntei — ela devolve, ácida.

Aperto o maxilar e pego meu celular entre as coxas. Desbloqueio a tela.

— Ai, gente. Chatice isso, hein.

Pilar se irrita. Ela tem se esforçado bastante para ser a Suíça nesses últimos dias.

— Resolvam logo essa briga porque essa torta de climão não dá mais.

— Não tem climão nenhum, Pilar — Bruna rebate quicando os ombros com indiferença.

— Verdade. Sem clima algum. — Meu sorriso é sem dentes.

— Você — Pilar aponta um dedo para Bruna. — Pede desculpas. E você — seu dedo vira para mim. — Aceita. Pronto. Aí voltamos ao nosso equilíbrio. A paz do trio. Por favor, hein?

— Não tenho nada pra me desculpar.

Aí está a razão de ainda continuarmos brigadas.

— É, porque desculpa não existe no seu vocabulário, né?

Não me contenho.

— E no seu só tem drama — Bruna cospe e arrasta os pés de onde veio. — Deixa que eu vou sozinha.

Pilar enche as bochechas de ar e libera num som afiado entredentes.

— Vocês precisam se acertar, o quanto antes.

— Nós vamos... Assim que ela pedir desculpas.

— Amiga, você sabe como a Bruna é.

— Sei. Mas estou cansada de isso ser uma desculpa. Ela errou comigo, e você sabe disso.

— Quando eu vacilei com você, você me perdoou, amiga — Pilar relembra.

— A diferença, Pilar, é que você entendeu que foi errado, ficou triste por ter feito e veio me pedir desculpas. Bruna nem ao menos acha que está errada. Você viu como ela tem agido, e eu estou cansada de passar pano para esse jeito dela. Isso é chato pra caramba. Eu quero ficar de boa, de verdade, mas não vou abaixar a cabeça só porque ela não sabe reconhecer o próprio erro.

Pilar alisa meu ombro notando que estou alterada. Esse rolo com a Bruna só me estressa.

— Amiga, o que acha de ir até minha casa na sexta, hein? Você dorme lá e saímos sábado. Que tal? Minha mãe vai viajar para São Paulo numa conferência de trabalho e só retorna domingo de noite. Vou ficar solitária.

Ela muda de assunto com um beicinho.

— Ai, amiga, eu queria, mas tenho culto no sábado.

— No sábado?

— É, da juventude. Bem que você podia ir comigo. O que acha?

Aproveito a oportunidade. Já convidei Pilar uma vez, eu acho. Ela não aceitou, mas garantiu que um dia iria comigo. Quem sabe ela não aceita?

— Vamos — insisto segurando seu braço. — Você vai gostar.

— Quero não, amiga. Prefiro fazer algo mais divertido. Vou pra casa da minha tia.

Murcho sob as rápidas expectativas que criei.

Talvez não neste sábado, mas em algum. Não vou desistir de convidar Pilar.

A chuva aperta e somos dispensadas para nossas classes.

— 28 —
Uma saída diferente

— Esta é a última, filha.
— Valeu, pai.

Abraço meu pai depois que ele coloca a última sacola de doação no piso do templo da igreja, repleto de outras sacolas com cobertores, agasalhos e itens de frio. A igreja vem arrecadando faz alguns dias e tem distribuído para pessoas em vulnerabilidade social. Mais tarde vamos levar outras sacolas e servir as quinhentas quentinhas de sopa, que foram preparadas na cozinha pelo ministério da ação social.

— Venho te buscar às dez — papai comunica.
— Pai, eu te aviso quando chegar com o pessoal.
— Estarei aqui às dez e fico te esperando, filha — ele é categórico.
— Tá.
— Cuidado nas ruas. Fique sempre perto de um adulto, está me ouvindo?

Seu dedo está erguido com seriedade. Aceno em concordância.

Precisei convencer meus pais a me deixarem vir para cá participar da distribuição com a galera da juventude. Tia Cris até ligou para minha mãe a fim de explicar como funcionaria e que tudo seria feito com ordem e segurança. Depois disso, minha mãe permitiu. Já meu pai achava insensato e perigoso sair pelas ruas no dia mais frio do mês. Argumentei dizendo que eu teria uma casa quentinha e comida boa nesse dia frio e quantas dezenas de pessoas pelas ruas não teriam? Papai compreendeu meu ponto e me deixou vir. Ainda me trouxe junto com Talita, Thabata e com as sacolas de doação, as minhas e das meninas.

— Qualquer coisa me liga.

— Tá.

Estalo outro beijo em sua bochecha e papai desce as escadas em direção ao carro.

— Chér, vem cá.

Talita me chama lá do meio do templo, agachada entre as sacolas.

Empurro com o pé a última bolsa para mais dentro do templo. As cadeiras foram empilhadas nos cantos para dar espaço às dezenas de sacolas. Eu, Talita, Gabi e Thabata e mais outras meninas fazemos parte de um dos grupos encarregados de separar o que de fato presta nas sacolas recebidas. Pelo visto teremos bastante trabalho até às seis da tarde.

— Só consegui salvar três casacos — Talita solta um muxoxo.

Ela está de macacão jeans por cima do grosso casaco verde-oliva que tem o mesmo tom de sua touca. Seu cabelo foi repartido em duas tranças laterais. Percebo, cada vez mais que fico com ela, que Talita é viciada em tranças. Quase sua marca registrada. E eu acho que fica muito fofo nela.

— Olha isso.

Seu tom indignado acompanha o olhar ao erguer um casaco com vários rasgos.

— Que absurdo.

— Era melhor ter jogado no lixo. Não serve.

Talita tem um bico de reprovação.

Me sento no chão com ela e me inclino sobre as sacolas.

— Muita gente acha que doação é descarte. Não dá para aproveitar isso aqui. Será que a pessoa não consegue ver? Duvido que se fosse ela precisando de agasalho usaria esse troço.

— Gabi falou que na outra separação tinha um casaco sem manga. Fiquei chocada.

— O pessoal é sem noção.

— É porque acham que só porque a pessoa que vai receber não tem nada, qualquer coisa serve — falo.

— Ai, isso me estressa.

— Também me chateia — resmungo.

— Gente, achei um casaco da Calvin Klein.

Escuto a voz de uma das meninas do grupo do outro lado do templo.

— Quem é que doa um casaco caro desses? É muito bonito pra ir pra doação. Se eu ficar com ele pra mim é muito errado? — Ela dá um risinho.

— Esse tipo de gente também me irrita.

Talita está revirando os olhos e eu rindo pelo nariz.

— Vamos separar, Tali.

— Fazer a nossa parte e fazer direito. Bora!

E permanecemos entre as sacolas, com outros irmãos, até dar a hora da sopa e os agasalhos serem distribuídos.

* * *

Toda a equipe que vai participar da missão nas ruas está reunida no templo e ouvimos o líder do ministério da ação social junto do pastor do evangelismo repassarem as diretrizes de nossa saída. Fomos divididos em grupo e por áreas de atuação. Meu time é liderado pela tia Cris e por Lelei, além dos coordenadores da juventude. Somos praticamente todo o ministério dos jovens, de quinze a dezoito anos, com mais alguns adultos e idosos. Vamos percorrer bairros carentes, entradas de pronto-socorro, pontos de ônibus e rodoviárias da cidade.

— ... é isso, povo de Deus. O Senhor está conosco.

Após a oração saímos de dentro da igreja e logo o ar gélido da noite incomoda meu nariz. Está muito frio. Repuxo meu casaco roxo de lã tentando cobrir as mãos. Minha mãe me disse para usar luvas, mas achei exagerado. O máximo que coloquei de itens extras foi o cachecol rosa claro e um casaco fino por baixo do de lã. A calça preta é de um jeans grosso e esquenta bem. Escolhi tênis de corrida porque são mais quentes.

— É uma má hora pra querer voltar para casa?

O comentário é de Thabata e, assim como eu, ela está soprando o bafo quente nos dedos.

Thabata está toda de branco e bastante estilosa de sobretudo e botas.

— Relaxa, princesa — Léo diz puxando os cadarços do moletom. — Quando a gente se movimentar vai dar aquela esquentada. — E esfrega as mãos.

— Não me chame de princesa, Leonardo — Thabata censura bufando num bico.

— Fiona então? — Léo implica com seu sorriso charmoso.

— O único ogro aqui é você, Leonardo.

Léo não revida e fica quieto, o que é algo incomum para ele, porque vive na base da troca de farpas com Thabata. Léo é implicante com todo mundo, mas com Thabata ele pressiona mais e consegue levá-la ao limite. No último encontro, a briguinha ficou tão feia que a tia Cris precisou dar uma bronca nos dois. Só que nem isso faz Léo parar. Posso estar enganada, mas acho que esses dois têm uma quedinha um pelo outro.

— Até que enfim você chegou.

Breno solta assim que Luciano surge em nosso meio. Ele tira o gorro cinza e ajeita os cabelos para prendê-los num coque firme e cobri-los com o gorro outra vez.

— Cara — Luciano assobia puxando o ar com força. — Corri muito.

— Deu tempo — Talita comenta. — Tia Cris foi pegar algo com Lelei para sairmos.

— Perdi três ônibus — conta Luciano.

— Estão vendo? — Léo segura o ombro dele. — Um homem trabalhador.

— Guerreiro.

Fabrício bate o punho no peito e faz o sinal da paz para o amigo.

— Tamo junto, irmão.

— O filho que minha mãe gostaria de ter — Léo brinca, para o riso coletivo.

— Tá, chega, chega. — Luciano quica o ombro para tirar a mão do Léo. — Queria ter vindo mais cedo, mas não rolou carona com meu pai — ele explica, alargando a gola do moletom. — Estou suando.

— Você é o único — Thabata resmunga. — Queria uma bebida quente.

— Quer que a gente te deixe em casa no caminho, Chatabata? É moleza.

— Se você me chamar de Chatabata de novo, Leonardo...

Ela ameaça apontando seu dedo de unha longa para Léo.

— Vai fazer o quê? Chat... — Léo abre bem a boca em câmera lenta.

Provocação deve ser o segundo nome desse menino. Mas confesso que gosto do jeito dele.

Thabata avança para dar um tapa em Léo, só que Talita está no meio do fogo cruzado e a irmã acerta sua cabeça, fazendo a touca cair. Pego e sacudo para espantar qualquer sujeira. Entrego para Talita, que briga com a irmã, e Thabata acusa Léo, que se vitimiza falando que não fez nada.

— Se casem. Aff — Leila atira, encaixando os óculos no nariz. Não sou a única que pensa que eles se gostam.

— Nem que a gente estivesse num apocalipse zumbi — Thabata rebate.

— Se eu fosse o zumbi, iria morrer de fome, mas seu cérebro eu não comeria.

Escondo a risada prendendo os lábios para dentro.

Thabata parece um touro enjaulado e pronto para brigar, mas Talita contorna a conversa.

Os líderes chegam com os coordenadores e vão nos distribuindo nos carros e nas vans da igreja. Enquanto espero para saber em que automóvel vou e com quem, reparo nas costas do moletom caramelo de Luciano. Tem uma ilustração linda de Jesus sobre ondas estendendo a mão para uma ovelha. Em cima, a frase "Found by Jesus". Luciano tem as camisas e moletons mais maneiros que conheço.

— Moletom bonito — digo a ele, ficando do seu lado. — Comprou onde?

— Bacana, né? — Ele alisa o tecido e fala o nome da loja. — Me amarrei quando eles lançaram a nova coleção.

— Me passa o link da loja, por favor.

Ele me dá um aceno.

— Ainda bem que seu casaco é quente — Luciano passeia os olhos demoradamente por mim. — Porque eu não vou te emprestar o meu casaco desta vez, nem que você implore.

Seus lábios se curvam para cima.

— Por que eu te pediria, hein?

Franzo a testa.

— É sério que você não lembra? — Ele sobe as sobrancelhas num riso.

— Do que voc...

Nem completo o "você", porque a lembrança vem como um tsunami.

— É, esse mesmo — Luciano afirma me dando um olhar sugestivo.

Estou perplexa. Abro e fecho a boca três vezes para assimilar o fato de que ainda não devolvi o moletom de Luciano. Nem sei o que dizer. Minha nossa! Faz meses que ele me emprestou. Meses! Estou morrendo de vergonha.

— Luciano... — arfo, a mão sobre a boca.

— Sem ressentimentos, Chér.

Luciano me mostra seu sorriso torto. Nem tenho tempo de elaborar minha explicação, pois a tia Cris nos apressa para entrar no carro e partimos, logo em seguida. Tudo que posso pensar no caminho é no moletom do Luciano que nunca devolvi. *Ai, minha nossa!*

— 29 —
Uma noite para recordar

São oito e vinte da noite e já distribuímos quase tudo o que trouxemos. Antes de escurecer meu grupo percorreu inúmeras ruas e vielas de dois bairros carentes. Fomos cercados por algumas pessoas com tanta urgência em ter agasalhos e cobertores que quase todos acabaram. Organizamos filas e fomos entregando um para cada um, assim outros poderiam ter. As quentinhas saíam aos montes e muitos comiam ali mesmo perto de nós, só para poder receber outra tigela. Foi chocante deparar com tamanha necessidade naqueles bairros.

Apesar de ficar empolgada e, admito, um pouco orgulhosa por ser útil em algo relevante, à medida que eu percebia a necessidade daquelas pessoas ao meu redor um sentimento de tristeza misturado a constrangimento invadiu meu coração. Havia tanta gente em condições precárias à beira do valão, enquanto eu tinha conforto de sobra em casa. Foi como receber um soco, a constatação de que eu nunca tinha olhado além das minhas paredes e percebido que com o que eu tenho posso oferecer algum tipo de apoio a pessoas que não têm nada. É fácil se perder na própria realidade como se ela fosse a mesma para todo mundo e esquecer que não é. Meus problemas parecem tão pequenos e ridículos quando comparados às dificuldades dos outros.

Enquanto entrego mais uma quentinha vou conversando sobre isso com tia Kátia, uma das conselheiras dos jovens e voluntária no ministério social, e a escuto contar sobre o arrecadamento de cestas básicas todo mês para famílias necessitadas dentro e fora da igreja, e também sobre outros projetos sociais.

— Estamos planejando o dia de cuidado lá na rua da igreja. Já fizemos duas edições este ano — tia Kátia conta, sorrindo para um senhor ao entregar a tigela de sopa. — Fazemos corte de cabelo, limpeza de pele, higiene bucal, consultas médicas... É um sucesso! A igreja abraça o projeto. Todo mundo se oferece para servir de alguma forma.

— Será que eu posso participar? — pergunto.

— Pode sim, como voluntária — ela sorri. — Depois que você fizer toda a trilha da membresia, quem sabe pode entrar para o ministério de ação social? São pouquíssimos os jovens que fazem parte. Precisamos desse vigor e brilho juvenil no ministério. — Tia Kátia pisca para mim com charme.

Dou um sorrisinho tímido. Meus pais ainda não me permitiram ser parte da igreja, mas estou confiante e orando.

— Ainda tem sopa?

Uma mulher se aproxima com uma menina mirrada de longos cabelos lisos e olhar acuado.

— Oi, querida. Temos sim. São quantas pessoas na sua casa?

— Somos três, nós duas, eu e minha filha, e minha mãe.

Tia Kátia pede que eu pegue mais quentinhas na mala do carro e dou uma corridinha até lá sentindo o ar gélido rasgar a passagem pelas minhas narinas. Hoje está sendo o dia mais frio do ano, segundo fontes climáticas da internet. O app do clima marcava onze graus e dizia que de madrugada cairia para oito.

Não me recordo de um final de inverno tão rigoroso como este e torço para que termine logo.

— Aqui — entrego seis quentinhas para a mulher.

— ... pois é, acabaram. Sinto muito.

— Não tem nenhum casaco esquecido? — A mulher insiste.

Tia Kátia tensiona o rosto moreno fazendo não com a cabeça.

— O último infantil a outra moça levou. Lamento mesmo.

— Acabou, filha.

A mulher se vira para a filha dando um olhar triste. E é quando reparo com atenção no casaco gasto da menina. A calça está pelas canelas, revelando que não cabe mais em suas pernas finas. Nos pés, um dos dedões sai pelo buraco do tênis puído. Meu coração aperta e, sem pensar direito, puxo meu casaco de lã pela cabeça. A garota não deve ter mais de oito anos, mas deve servir.

— Acho que vai dar — digo à mãe ao oferecer o casaco para ela.

— Não, não precisa.

A mulher descarta com a mão.

— Por favor, aceita — insisto. — Você gosta de roxo? — pergunto para a menina.

O movimento de sua cabeça é suave.

— É minha cor preferida. — Sorrio. — Toma. Ela vai ficar mais quente.

— Ô menina, não precisa.

— Aceita, por favor. — Empurro na direção da mãe.

— Tudo bem. Muito, muito obrigada. Que Deus te retribua.

Ganho um sorriso aberto e a mãe recebe meu casaco já cobrindo o corpo da menina com ele. Ficou grande, batendo nas coxas feito um vestido, e nenhuma delas parece se importar. Fico contente por ter servido para aquecê-la. As duas agradecem outra vez e partem com as quentinhas.

— Pena que meus tênis são grandes demais — lamento comigo mesma.

— Ficamos tocados, não é? Se puder, tiramos até a roupa do corpo.

Tia Kátia suspira tocando meu ombro com suavidade como se me entendesse.

— Ao menos podemos ajudar de alguma forma. Foi lindo o que fez, Chér.

— Não foi nada — digo tímida, encarando meus pés.

— Para aquela garota, foi tudo.

— Só queria que ela ficasse aquecida.

Esfrego os braços no casaco fino. O frio da noite é intenso e começo a senti-lo pelo tecido, mas não me arrependo de ter dado meu casaco. Enquanto me abraço para ficar mais quente, o esposo da tia Kátia retorna com Léo e Gabi. Nós viemos no mesmo carro, além dos outros voluntários em mais dois veículos. Ao chegar, nos dividimos pelas ruas para abranger o máximo de pessoas que pudermos.

— Acabou tudo — o esposo de Kátia informa. — E com vocês?

— Faltam poucas tigelas — revelo.

— Bom, vamos distribuir essas e encerramos.

Todos acenam em concordância, embora eu quisesse ter mais quentinhas, casacos e cobertores para distribuir. É uma pena não ter mais para oferecer. Quando entramos no carro, fico observando as casas simples coladas umas nas outras. E à medida que o carro se locomove pela noite escura e fria, oro para não esquecer o que vi e senti ali. Peço a Deus que, ao retornar para minha casa, eu não me torne indiferente à realidade dolorosa dos outros e que de fato encontre uma oportunidade de fazer a diferença.

— 30 —
Palavras são necessárias

No sábado de manhã, acordo mais cedo do que pretendia. Sem conseguir dormir outra vez, gemo saindo da cama com a vista pesada e o corpo moído. Aos bocejos vou me arrastando de pantufas enrolada pelo cobertor que nem uma panqueca. Desabo nas almofadas do sofá me encolhendo num dos braços. Bocejo alto. Ai, que sono.

— Bom dia.

A voz macia da minha mãe ecoa. Nem percebi que ela está sentada à mesa, em seu pijama de frio, com a Bíblia aberta ao lado de seu café da manhã. Meu cérebro vai ligando aos poucos e escuto uma música baixinha soar dos alto-falantes da Alexa. Minha mãe gosta de fazer seu devocional com música ao fundo.

— Está muito cedo, filha. Dorme um pouco mais.

Bem que eu queria.

— Não consigo — resmungo.

— São seis e dez.

Tão cedo assim? Nem quis verificar as horas no celular para não ficar deprimida.

— O que te fez cair da cama?

Ela vira uma página com olhos atentos no que lê. Ajeito a cabeça na almofada.

— Cansaço de ontem.

Com certeza é isso, porque minhas panturrilhas estão doloridas e porque troquei mensagens com Luciano até duas e meia da madrugada. Nos falamos um pouco na porta da igreja ao retornarmos da missão. Contei como foi meu primeiro sopão de rua e o quanto eu gostaria de ajudar de novo em outros projetos sociais da igreja. Descobri que Luciano faz parte do ministério de ação social, assim como Breno, e o enchi de perguntas. Meu pai apareceu e não consegui terminar a conversa com meu amigo. Por isso, ao chegar em casa, o chamei para papear pelo WhatsApp e o assunto rendeu.

Aproveitei para pedir desculpas por não ter devolvido o moletom que ele havia me emprestado há meses. Esqueci completamente e revelei o que de fato aconteceu com o casaco, já com a promessa de lhe dar um novo. Era o que eu pretendia, mas caiu no esquecimento. Luciano afirmou que eu devia deixar pra lá, mas não vou fazer isso. Vou dar um moletom novo para ele. Até fucei a loja cristã de roupas estilosas que ele compartilhou comigo. Salvei uns dois modelos de moletons para analisar depois e mostrar para minha mãe, lógico.

— Toma seu café.

Minha mãe indica a mesa.

— Vou — digo com uma nova onda de bocejos.

Pelo vidro da varanda, percebo que o céu cinzento continua a desabar respingando gotinhas no vidro fechado. Perco alguns minutos apenas vislumbrando a força da chuva e o som. Minha mãe está calada concentrada em sua leitura. Deito a bochecha no braço aveludado do sofá e a observo usando a caneta sobre seu caderno e levando a xícara à boca para ingerir pequenos goles do café.

Um pensamento me atravessa e decido que este é o momento de que preciso. Arrumo a coberta sobre os braços e vou até ela. Abraço seu pescoço, o que a deixa surpresa.

— O que foi?

Não falo nada e apenas sinto a quentura de seu corpo e o cheiro bom de seu xampu. Ela é aconchegante daquele jeito que mães são. Me aninho mais em seu pescoço e mamãe toca o dorso das minhas mãos com suas palmas mornas. Ficamos assim por alguns segundos, sentindo uma à outra, caladas, com a música baixinha ao redor e o aroma do café que vem de sua xícara.

Por vezes nos desentendemos, pois sei que eu sou irritante e ela exagerada, que mamãe tem sua forma adulta e madura de ver o mundo e que a minha ainda é limitada — pois é, eu sei que o meu lado córtex pré-frontal nem está formado direito —, que sou impulsiva, irresponsável e meio idiota às vezes. Sei que erro e quebro a cara mesmo depois de ela ter me aconselhado o certo porque quero fazer as coisas do meu jeito.

Sei que ela é calmaria quando eu sou tempestade. Que ela nunca disse coisas horríveis para mim depois de uma briga, mesmo eu já tendo dito coisas estúpidas no calor do momento. Que ela não vai passar a mão na minha cabeça quando eu estragar tudo, que vai dar a correção que eu mereço — ainda que não queira ouvir — e que sempre vai abrir os braços para me receber. Sei de tudo isso e um monte de outras coisas que nos fazem diferentes e ao mesmo tempo parecidas. Sobretudo eu sei que ninguém, depois de Deus, me ama como minha mãe, só meu pai deve chegar bem perto. E que sempre, sempre vou poder contar com ela.

Não digo muito o que ela ama ouvir, é meio cafona ficar repetindo, mas quero que ela saiba que é verdadeiro quando sussurro:

— Te amo, mãe. Você é a pessoa que eu mais amo no mundo. Meu pai está apenas pouquíssimos porcentos abaixo. Que ele não me escute nunca, nunquinha!

Jogo os olhos atentos para o corredor vazio, papai ainda dorme no quarto.

Sinto o riso de mamãe na garganta.

— Me desculpa ter mentido pra você naquele dia. Sei que te deixei triste e decepcionada comigo. Não queria ter mentido, mas me deixei levar. Sinto muito, mãe. De verdade, tá? Fiquei mesmo arrependida por tudo. Você pode me desculpar?

— Filha...

— Por favorzinho.

— Eu já te desculpei, amor. Só fiquei um pouco magoada. Não gosto que minta pra mim.

— Eu sei.

Tento me afastar, porém ela aprisiona meus braços nas suas mãos.

— Ah, não. Me deixa aproveitar esse dengo porque faz tempo que você não fica enroscada no meu pescoço e não é todo dia que eu recebo um "eu te amo" espontâneo e tão bonito assim.

— Se eu falar o tempo todo, perde a graça. O poder está na expectativa, sabe.

Mamãe ri e me dá um beijo longo na bochecha acariciando meus cachos. Ficamos aconchegadas por um tempinho até seus dedos me soltarem e ela pedir que tome café com ela. Me sento ao seu lado com o cobertor sobre o piso. Eu o ajeito nos braços para poder encher metade de um copo de leite quente e depois entornar o frio. Misturo o achocolatado pensando se como a fatia de bolo primeiro ou um pãozinho de milho.

— Sabe o que eu estava meditando no devocional?

— O quê?

Remexo a colher dentro do copo até as bolhas de pó marrom se dissolverem no leite.

Mamãe folheia a Bíblia.

— "Meu filho, preste atenção à correção de seu pai e não deixe de lado a instrução de sua mãe. O que aprender com eles será coroa de graça em sua cabeça e colar de honra em seu pescoço." — Ela finaliza com uma sobrancelha arqueada bastante sugestiva.

Atiro um olhar estreito como quem diz "ah, jura?". Tão propício, não?

Ela dá uma risadinha pelo nariz.

— Não foi isso que eu li, não, mas é bom lembrar um ensino tão precioso.

Balanço a cabeça com riso ouvindo mamãe compartilhar o que está lendo em seu devocional. Meu pai sai do quarto em seguida, coçando os olhos e bocejando ruidosamente. Está usando calça de moletom e um casaco fino.

— Bom dia! — declara com a voz rouca.

E, em vez de dar beijos em minha mãe, ele vem até mim para me prender pelo pescoço.

— Cadê o meu beijo de bom dia?

— Pai, me larga.

Ele e essa mania de me sufocar em seus braços.

— Largo depois de ganhar minha dose matinal de carinho da minha boneca.

Seu hálito cheira a enxaguante bucal, e papai me oprime com beijos que me fazem rir.

Estalo beijinhos em seu rosto, e logo ficamos os três à mesa tomando café da manhã.

— 31 —
Queria que ela entendesse

Derrapei no devocional ao longo desta semana. Não sei se é culpa da ansiedade por conta das provas ou do frio matinal que me torna preguiçosa, ou se é a mistura dos dois que tem me impedido de acordar mais cedo para ler minha Bíblia. Estou chateada porque não quero mais falhar no meu devocional, e com Deus, mas é o que tem acontecido.

Sendo assim, trouxe minha Bíblia para o colégio na manhã deste dia chuvoso. Foi meio impensado. Catei o livro da escrivaninha e joguei na mochila decidida a usar os minutos antes da aula e do intervalo para colocar meu devocional em dia. Só que mais cedo não deu, Pilar não parava de falar sobre Igor — mesmo depois de termos tido a mesma conversa por mensagens na noite anterior. Agora, no intervalo, com a área coberta do refeitório lotada de adolescentes tagarelando, rindo, brincando, fazendo outras coisas que não merecem ser mencionadas porque são proibidas no recinto do colégio, a ideia de abrir a Bíblia na mesa me deixa com vergonha.

Nunca reparei em ninguém que tenha trazido uma Bíblia para a escola, embora o hábito de ler livros no intervalo seja bastante comum por aqui. Sei que se eu ler a Bíblia vou atrair pares de olhos curiosos e quem sabe implicantes. As possibilidades queimam minha cabeça, e a quentura vai salpicando meu rosto. Mas quero tanto ler minha Bíblia. Toco a capa dura de florezinhas sobre a mesa. E depois do intervalo vou ter um tempo livre, já que a professora de inglês faltou. Vai ser ótimo para ler mais.

— Alguém vai querer algo da cantina?

Pilar está de pé ao lado da mesa redonda enquanto Bruna e eu estamos sentadas.

— Estou sem fome — Bruna fala puxando as mangas do moletom cinza.

— Me traz um chocolate quente? — peço.

— Só isso?

Aceno e fico sozinha com Bruna.

Nenhuma de nós faz menção a puxar assunto. Pensei que ela fosse ficar com Dinho, como tem feito nas últimas semanas. Raros são os intervalos em que ela fica com a gente. Bruna e eu estamos na mesma, sem conversa. Resolvi dar "bom dia" e "tchau" de vez em quando, e Bruna só resmunga de volta. Estamos estranhas, e de um jeito mais sério que nunca aconteceu antes.

No começo, fiquei irritada esperando seu pedido de desculpas — que não veio. Conforme os dias foram passando, minha chateação diminuiu e só restou a tristeza por Bruna ser tão irredutível e não dar a mínima para os meus sentimentos. Passei a não me importar se ela fala ou não comigo. Se ela quer se manter longe, por mim tanto faz.

— Aqui, amiga.

— Obrigada.

Pilar deposita meu copo na mesa e se senta com o celular. Bruna faz o mesmo.

Resolvo empurrar a vergonha para o lado e fazer meu devocional. Estou dando muita importância aos que os outros vão pensar e dizer. Tanto faz. No passado, talvez eu quisesse me esconder, mas agora as coisas são diferentes. *Eu* me sinto diferente. Quero descobrir o que Deus diz e me apegar às suas palavras. Portanto, abro a Bíblia no livro de Lucas, coloco meus fones e sigo de onde parei, há dias.

* * *

Devo ter lido apenas uns quinze minutos até Pilar começar a falar com tanta empolgação que nem os fones são suficientes para abafar sua voz. Mantenho meu olhar no parágrafo, mas ela cutuca meu braço exigindo minha atenção. Tiro um dos fones para dizer:

— Estou lendo, Pilar.
— Amiga...

Ela geme tombando a cabeça em meu ombro.

— O que foi?
— Igor não responde minhas mensagens desde terça-feira.

Seguro a vontade de revirar os olhos.

Pilar suga o polegar beliscando cutículas nos dentes.

— Será que é um sinal de que ele está perdendo o interesse?
— Hoje é sexta-feira, Pilar. Tenha dó — Bruna resmunga, encarando Pilar com impaciência.
— Três dias sem contato é tempo suficiente para quem se fala direto.
— Tecnicamente não são três dias, amiga. — Bruna entorta a boca e retorce os cabelos para o lado do pescoço.
— Vai ver ele está ocupado. Você não disse que ele estava estudando para o vestibular? — Jogo a ideia tentando manter meus olhos no texto.

— É, mas sei lá. Ele postou uma foto ontem andando de skate com uns amigos. Quem está assim tão focado em estudar sai pra curtir?

— Hum...

É tudo o que respondo. Bruna solta um "aff" e noto que voltou ao seu celular.

— Ele nem respondeu a última mensagem que mandei pra ele — conta Pilar, em desalento.

— O garoto deve ter coisa mais importante pra fazer — comenta Bruna.

— Não é desculpa, Bruna. A gente troca mensagens o tempo todo.

— Vai ver ele cansou. Vocês nem se viram depois das férias, Pilar.

— E daí? Conversamos direto e ainda estamos a fim um do outro.

— Você acabou de dizer que ele está perdendo o interesse.

— Não disse que está, só pensei alto.

— Amiga, olha só, foi uma ficada de férias. Supera.

— Foi mais que uma ficada de férias — rebate Pilar, se erguendo do meu ombro.

O bate e rebate delas tira toda minha concentração. Assim não consigo entender o texto. Tremelico os lábios, aborrecida, e entrego os pontos fechando a Bíblia. Não vai adiantar forçar.

— Só porque você se apaixonou não quer dizer que ele sinta o mesmo — Bruna alfineta.

— Ele disse que está com saudades e louco para me ver de novo.

— Vai ver a loucura passou. *Puft!* Acabou a magia. Além do mais, vocês moram superlonge um do outro, nem daria para manter isso. Se é que esse lance de vocês é alguma coisa...

— Caraca, você tá azeda, hein — cospe Pilar.
— Apenas sendo realista. Alguém aqui tem que ser, né.
— Você brigou com o Dinho, foi? — pergunta Pilar de braços cruzados.
— Não — Bruna responde, mas a pego desviando o olhar. Hum... tem coisa aí.
— Só estou dizendo o que eu penso da situação — Bruna quica os ombros. — O garoto pode estar em outra. Fazer o quê.
— Em apenas três dias? Em outra? — Pilar faz cara de chocada. — Não acho.
Bruna dá um riso debochado.
— Ah, vá, Pilar. Você já levou menos tempo para perder o interesse e partir para outro.
Pilar sobe uma parte do lábio naquela careta de cão raivoso.
— Só que foi uma ficada e tchau. Não um...
Ela pausa sem conseguir definir.
— Um o quê? — Bruna força.
— Um lance que tem potencial.
— Tá — Bruna rola os olhos. — Pra você, né, amiga. Você acha mesmo que ele está na seca desde que vocês ficaram? Jura? Só esperando pelo dia em que vai te reencontrar?
— Acho — Pilar ergue o queixo, petulante.
— Tá iludida — Bruna ri sacudindo a cabeça. — Para de ver dorama. Dá nisso.
— O que você acha, Chér?
Pilar joga a bola para mim. Seus olhos estão ansiosos.
— Er... — sibilo tentando pensar em uma resposta que não a deixe tristonha.
Bruna tem um ponto e concordo com ela. Mas só falo:
— Assim... não dá pra saber se a fila andou pra ele ou não, né? Por que não pergunta?

— Claro que não né, Chér. É dar moral demais. Mas você me deu uma ideia.

Ela fica animada, de repente, pegando o celular da mesa. Fico preocupada.

— Dei?
— Aham.

O sorriso travesso de Pilar surge.

— Posso provocar um pouquinho.

Bruna está bufando quando Pilar saca o gloss e lambuza os lábios. Em seguida, penteia o cabelo com os dedos e joga metade da franja rosa desbotada para o lado. Baixa um pouco o zíper do casaco e segura apenas uma das golas, moldando um semblante que combina carência com sedução. Ela testa biquinhos e faz a selfie. Nos mostra a foto.

— Digam como ficou. Vou postar.
— Está a cara do desespero — zomba Bruna.
— Vai te catar, Bruna.

A foto é desnecessária. Pilar não precisa correr atrás de garoto nenhum, nem usar de subterfúgios para ser vista. Há alguns anos eu a achava descolada por saber flertar com os garotos, por ter truques para ser notada e tudo o mais. Hoje a acho imprudente e desesperada por atenção e afeto dos garotos. E ela não precisa disso.

— Amiga, não posta. Espera pra ver se ele vem falar com você — tento aconselhar.
— Não, vou postar sim. Assim ele vai ver meus stories. Pronto. Postei.
— É sério que você escreveu isso?

Bruna está rindo com a cara no celular.

— Plantei a dúvida — Pilar se gaba.

No Instagram, vejo os stories de Pilar com a foto e a frase "dia frio e bateu saudades dos seus braços quentes".

— Pilar, que atestado de carência. Apaga isso — ordena Bruna.

— Não. Ele não sabe de quais braços quentes estou falando. Dei ao Igor algo pra pensar.

— É, claro que deu — Bruna é irônica. — Para pensar que você conversa com ele e sente falta dos braços do outro. Jogada muito inteligente, amiga. — E ela bate palmas aos risos. — Parabéns!

Pilar fica pensativa.

— Será que pode ter efeito rebote?

— Você é doida.

Pilar decide apagar a foto e repostar sem a frase. Escreve apenas um "saudades".

E enquanto subo a rampa com ela e Bruna, me pergunto como posso fazer Pilar entender que esses comportamentos são nocivos e que ela deveria proteger seu coração. Oro em pensamentos pedindo ao Senhor uma chance e que, de alguma forma, Pilar possa, enfim, me ouvir.

— 32 —
Amigas de propósito

— Não repara a bagunça.

É o que digo para Talita quando ela atravessa a porta do meu quarto.

A verdade é que não está bagunçado, pois eu limpei e organizei na noite anterior. Mamãe até me olhou assustada e brincou dizendo que eu deveria convidar Talita mais vezes para vir aqui. É a primeira vez que ela vem à minha casa e não queria recebê-la na zona que é meu quarto. Tudo bem que embolei algumas roupas no armário, limpei as canetas e papéis da escrivaninha para dentro da gaveta, mas Talita não precisa saber disso. Não dizem que a primeira impressão é a que fica?

— Seu quarto é lindo, Chér — ela elogia, um tanto tímida.

Talita está com sua costumeira trança embutida com fios loiros escapando do rabo de peixe. Usa legging preta por baixo da camisa oversized bege com um versículo estampado na frente. Estou muito feliz por ela estar aqui. Em uma das tantas mensagens que trocamos, deixei escapar a dificuldade que eu tinha em manter a constância no devocional e como me sentia culpada por isso. Durou um tempo, mas depois escorregou pelos meus dedos. E com as provas, as aulas de reforço de tarde e o curso de inglês, minha rotina anda maluca.

Talita escutou meu desabafo e não só contou sobre o estudo bíblico que iria começar como também me convidou para fazer com ela. Aceitei. Como moramos no mesmo prédio, é mais fácil. O difícil foi conciliar nossas rotinas, mas logo encontramos um caminho. Combinamos de nos encontrar uma vez por semana na minha casa, na dela ou no play do prédio no fim da tarde. Pensamos em fazer lá para começar por causa das mesas e do ar livre, mas a chuva não colaborou. Então, sugeri fazer no meu quarto mesmo.

— Nossa, que cheiro gostoso, Chér.

Talita funga e tem uma expressão de prazer. Dou uma risadinha.

— É da vela de baunilha que acendi.

Arranjei uma no quarto da minha mãe mais cedo para dar um toque acolhedor no ambiente.

— Fica à vontade, Tali. *Mi casa es su casa.*

Gesticulo com graça.

— *Gracias.*

Ela faz um mensura floreada com a mão nos tirando risadinhas.

— Pode colocar sua bolsa na cama, Tali.

— Tá.

Talita deposita a ecobag sobre o edredom verde e inspeciona meu varal de fotos.

— Adorei isso aqui.

Ela toca o cordão de luzinhas amarelas.

— É o meu mural das memórias.

— É uma foto nossa?

Talita se vira para mim de olhos surpresos.

— É, sim.

Aí fico tímida. Pendurei essa foto semana passada junto com algumas das férias. Só coloco fotos de momentos e pessoas importantes para mim. Aquela da polaroid é de uma selfie que tirei no dia do sopão. Tem outra com o grupo da juventude que roubei do Insta da igreja.

— Já tenho lugar no cantinho das memórias. Isso é fofo, amiga.

— Você tem lugar no meu coração.

Brinco arqueando os braços sobre a cabeça para formar um coração dorameiro.

— Ainn!

Talita vem me abraçar com força nos fazendo cambalear e rir.

— Você também está no meu coração, amiga de coxinha.

E aí que gargalhamos. Iniciamos esse apelido no último culto porque somos as duas apaixonadas por coxinha. É muito legal descobrir coisas que temos em comum.

— Agora vou te chamar de amiga de devocional.

Talita sorri de canto.

— Ah, por favor. — Dou um sorriso suave.

— Você preparou lanche? — Talita comenta me soltando ao notar a bandeja que deixei na escrivaninha.

— Foi ideia da minha mãe, pra falar a verdade. Não sei se você gosta de café ou de Nescau, mas posso fazer. Ah, também temos pães e suco, se preferir.

— Ser recebida assim com um banquete e tanto carinho vai me fazer querer voltar mais vezes. Acho que nosso estudo pode ser sempre aqui!

Talita dá uma piscadela divertida.

— Por mim tudo bem.

— Perfeito!

Ela bate palmas e começamos a conversar sentadas na cama. Os minutos voam e nos damos conta de que mais falamos do que estudamos. Daí decidimos escolher o tapete para o momento. Com tudo espalhado, nossas Bíblias, cadernos e um kit de lápis de cor, canetinhas, marca-texto, post-its e o guia do estudo impresso, fazemos uma oração e começamos nosso devocional.

* * *

Mais de uma hora depois, Talita e eu ainda estamos debruçadas sobre as Bíblias agora grifadas e bastante coloridas. Enquanto lemos a Palavra de Deus, Talita explica as passagens de uma forma descomplicada, bem fácil de entender. É gostoso até, tanto que nem sinto o tempo passar. Nunca tinha feito um estudo bíblico desse jeito, mas estou adorando e não quero que termine. Acontece que Talita tem um compromisso com os pais e precisa ir embora. Lamento com um beicinho. Não só pelo estudo como pela companhia. Talita é tão, tão maravilhosa. Gosto muito de estar com ela, da nossa amizade que começou nem faz muitos meses, mas parece que sempre existiu.

— Cedo demais pra pedir pra dormir aqui?

Sua risada enche o quarto.

— Chér, eu vou amar, juro. Só me convidar.

— Então, tá.

— Vou cobrar, hein.

Ela arqueia as sobrancelhas com entusiasmo. Ergo o polegar para cima sorrindo.

Nos sentamos para guardar nossas coisas conforme conversamos.

— Obrigada por ter me chamado para estudar com você, Talita. Eu adorei.

Era exatamente do que eu precisava. Como foi bom esse momento.

— Também amei, Chér. Estou feliz por você ter topado.

Ficamos de pé e ajeito minhas coisas sobre a escrivaninha.

— Chér, quero te dar uma coisa e um conselho, posso?

Talita está mordendo o lábio ao segurar a alça da bolsa.

— Claro, ué.

Ela me entrega uma folha de papel que nem percebi estar em sua mão.

— Eu tenho uma foto porque quando escrevi não queria perder, mas faço questão de te dar a original.

Toco a folha de caderno com marcas de dobras em que há várias coisas escritas e o seguinte título: *Coisas para não esquecer sobre Deus e eu*.

— Desde que nos conhecemos oficialmente, eu percebi que você estava passando por uma fase de aproximação do Senhor. Vi em você o momento pelo qual já passei, sabe. A decisão de conhecer o Deus que nossos pais nos apresentaram. E senti uma conexão com você muito rápido, como se soubesse que seríamos amigas.

— Ownnn, isso é fofo.

Brinco com um sorriso enorme se esticando nos lábios.

— Você foi a pessoa de quem mais me senti próxima, no começo — falo.

— Mas não foi por acaso. Eu estava orando para... ahn... — Talita pausa hesitante. — Bom, eu estava orando para que Deus colocasse uma amiga na minha vida, para que eu pudesse ajudá-la a ser mais próxima dele. Aí você surgiu com o Luciano e eu senti Deus falar comigo que era você. Não com palavras, mas eu trazia você nos meus pensamentos e orações. Então eu passei a orar muito por você.

Ouvir aquilo aquece meu coração e me faz sentir tão querida. E grata também.

— Tali, obrigada por orar por mim. Deus sabe que eu estava precisando mesmo.

— Era isso que eu queria dizer, e também reafirmar que Deus não faz nada sem propósito, porque ele é totalmente intencional. E que a amizade com propósito existe e Deus se agrada. Então, quero ser sua amiga com propósito, tá? Pode contar comigo para o que for, seja para ajudar no devocional, para orar, desabafar, rir, ver doramas, o que for. Enfim, é isso.

Seu sorriso surge um tanto acanhado. Meu peito transborda de carinho.

— Ai, Talita — soo chorosa. — Obrigada, obrigada mesmo.

— Não mais amigas de coxinha, agora amigas de propósito e com propósito.

— SIM!

Declaro forte por entre os dentes enfileirados no maior sorriso que tenho.

— O conselho que eu quero te dar é o mesmo que tia Cris me deu quando começou a me discipular, aí eu sintetizei nesta lista aqui. — Ela aponta para o papel na minha mão. — Lê com calma e guarda num lugar onde você possa sempre ver, tá? É para não esquecer.

— Tá bom — murmuro correndo os olhos pela longa lista.

— Chér.

Subo os olhos do papel para Talita, que arruma a franja. Seu olhar é meigo.

— Você tinha falado que se sentia culpada por não estar fazendo seu devocional e tal. Às vezes a gente se sente assim, com culpa e vergonha porque falhamos. E vamos falhar, faz parte desta vida caída. Mas, olha, não deixe que isso te impeça de seguir em frente, e nem que esse momento importante com Deus se torne um peso. Não é sobre cumprir uma rotina, lista e tal, e sim sobre passar um tempo maior de qualidade com o Senhor, entende?

Faço que sim, tocada por suas palavras.

— A nossa vida é devocional vivo, e eu estou aprendendo isso também. Como eu gosto muito de estudar a Bíblia eu me sinto "pesada" às vezes por não seguir meu cronograma. — Ela faz aspas com os dedos. — Só que Deus tem me ensinado a ter leveza, porque o objetivo é a presença dele e não cumprir meu cronograma. Outra coisa — Talita lambe os lábios para continuar: — Se de manhã não está funcionando pra você, tente em outro período do dia. Procure o que funciona melhor. É o seu momento com Deus, amiga.

— É, tá muito complicado de manhã, e acaba que não aproveito como a gente fez agora. Nem consigo entender o que estou lendo, nada conecta na minha cabeça... — Solto um muxoxo. — Mas eu queria começar o dia, Tali, com a oração e a leitura bíblica.

— Se não está fluindo, Chér, não força. Tudo bem ser em outro horário. Você pode fazer uma oração de entrega do dia e depois fazer o devocional mais tarde. Assim fica leve e funciona. Eu faço cedo porque dá pra mim. Já meu pai, por exemplo, lê a Bíblia à noite.

Penso um pouco nisso. É, talvez eu deva tentar fazer o devocional em outro período do dia. Posso fazer um teste e ver se vai funcionar.

— Obrigada pelos conselhos, Talita.
— Por nada, amiga.
— Eu amei muito nossa tarde.
— Eu também.

Nos abraçamos e o celular dela toca. É a mãe dela, apressando para que ela vá se arrumar. Nos despedimos já com a promessa do próximo encontro. Quando ela vai embora, volto ao quarto e dedico um tempo lendo a lista. Em seguida, colo no espelho do meu banheiro para que eu possa ler todos os dias e assim gravar no coração.

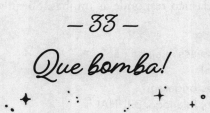

— 33 —
Que bomba!

O grupo de WhatsApp das minhas amigas está animado logo cedo.

Enquanto aplico um corretivo leve sob as pálpebras, espio o celular na bancada da pia.

> Bruna: Tenho uma coisa para contar pra vocês. Me esperem no intervalo.
> Pilar: O que é?
> Pilar: Fiquei de encontrar as meninas do grupo da feira no intervalo.
> Bruna: Isso é mais importante.
> Pilar: Você tá grávida? Kkkk
> Bruna: Vê se cresce, Pilar.
> Bruna: É sério.
> Pilar: Migas, estou pensando em ficar ruiva. O que acham?
> Bruna: Não. Você fica melhor morena.
> Pilar: Quero mudar.
> Bruna: É o que você diz toda vez que termina um lance.
> Pilar: Repaginar faz bem.
> Bruna: 🙄 Espero vocês no intervalo. É coisa séria.
> Pilar: Você terminou com Dinho?
> Bruna: Ainda não.

Ao ler as mensagens, entro depressa na conversa e quebro minha regra de não responder às mensagens de Bruna no grupo assim como ela não responde às minhas. Só que a curiosidade fala mais alto.

> Chér: Como assim ainda não?
> Pilar: Bruna!
> Chér: Vocês brigaram?
> Pilar: Bruna, fala logo. BRUNA!
> Pilar: Volta aqui!!!

Pilar lota o grupo de mensagens enlouquecidas, mas Bruna não volta, para nossa aflição. Será que ela e Dinho brigaram? Raramente Bruna comentava algo sobre briguinhas bobas, porque eles se dão muito bem. O que será que houve? Foi tão feio assim para ela querer terminar com ele? Sigo para o colégio com a cabeça a mil e espero com ansiedade pelo intervalo.

* * *

— Como assim você vai embora?

Minhas duas mãos estão na cintura e meus olhos estão arregalados.

Bruna acabou mesmo de anunciar que vai morar em outro estado?

Seu suspiro é pesado ao apertar o rabo de cavalo frouxo.

— Ir embora, tipo, de vez? — Pilar questiona, tão perplexa quanto eu.

— É. Meu pai foi transferido de emergência para a filial da empresa no Sul, teve um problema enorme lá e precisam dele para resolver. Tem de reestruturar a equipe e... — Bruna balança a cabeça. — Sem previsão de retorno. Na semana passada, meu pai falou da possibilidade de mudança, disse que a empresa estava vendo com outro funcionário, mas caiu no colo dele, no final das contas.

— Que surreal, Bruna — exclama Pilar.

— Amiga... — balbucio sem nem saber o que falar. — Caraca.

— E quando você tem que ir? — Pilar pergunta.

— A empresa já arranjou tudo. Casa, escola, transporte para a mudança...

— Nossa, que rápidos — falo, e Pilar assovia.

— Estratégicos. — Bruna enfia as mãos nos bolsos do casaco. — Precisam do meu pai e aí ele fez suas exigências. Meu pai vai viajar primeiro para resolver nossas coisas e começar a trabalhar. Aí, com tudo organizado, minha mãe, os meninos e eu vamos na sequência. Acho que no final do mês.

— Deste mês?

Minha boca está aberta de novo.

— Sim, em setembro.

— Amiga, é muito rápido — solto, chocada mesmo.

— E as provas? A gente está no terceiro bimestre — aponta Pilar.

Bruna apenas encolhe os ombros, como quem diz "fazer o quê". Embora dê para notar seu rosto abatido, ela não está irritada nem revoltada, despejando palavrões com tudo o que está acontecendo. Está calma até demais para alguém que acabou de receber uma bomba dessas.

Se fosse comigo, se meu pai avisasse que teríamos de nos mudar de estado, assim do nada e às pressas, no mínimo eu estaria aos berros e surtos. Não é uma simples troca de bairro, mas sim de estado!

— Amiga, como você está com isso tudo? — questiono analisando seu rosto.

— Não tem o que fazer, Chér. Meu pai tem de ir e nós vamos com ele. — Ela encolhe os ombros outra vez. — É claro que estou chateada, mas não adianta nada, já tivemos essa discussão em casa, não tem jeito, as coisas vão ser assim. Eles me contaram primeiro antes de contar para os meninos. Vamos contar no sábado — Bruna inspira pela boca. — Eles vão ficar bolados, vão chorar. Nem quero ver.

— Eu estaria chorando — comento com pena. — Não acredito que você vai mesmo se mudar.

— Amiga! Você não pode ir. Ai, não. Amiga.

— Ai, caramba, Pilar.

Pilar tem voz de choro e se joga em Bruna, que encara o teto com falso tédio, mas aceita o abraço bruto de Pilar.

— Não vamos te ver nunca mais — choraminga Pilar.

— Exagerada. — Bruna entorta a boca. — Temos o celular e vocês podem me visitar no Paraná.

Ela dá um sorriso que não reflete nos olhos.

— Amiga, poxa.

Minha cara de tristeza se acentua à medida que tento processar essa notícia chocante. Sinto tanto dó de Bruna ter que enfrentar algo assim que nem me importo com a distância dos últimos tempos e a circulo com meus braços por cima de Pilar. Sinto vontade de chorar, pois apesar de tudo, eu amo a Bruna e vou sentir saudades.

— Parem, vai demorar pra eu ir embora.

— O mês vai voar. Ai, amiga!

Pilar choraminga e seguro o bolo do choro na garganta. Fungo para disfarçar.

— Chega desse drama.

Bruna nos afasta. Ela é toda durona, mas há um lampejo deprimido em seu olhar. Sei que está sofrendo com a mudança, por mais que não deixe transparecer.

— E o Dinho? É por isso que vocês terminaram? — Pilar questiona.

Encaro Bruna. Ela faz um beicinho tristonho e logo o transforma num bico rígido.

— Não terminamos, mas é isso que vai acontecer.

— Amiga, pode dar certo — geme Pilar com olhar pesaroso.

Bruna dá um riso seco.

— Pilar, são quilômetros de distância entre nós. Não tem como dar certo. E eu nem me imagino namorando à distância. Prefiro terminar. Sofrer de uma vez.

Ela amarra os braços e arrasta a palma da mão no nariz, que fica vermelho.

— Dinho gosta tanto de você, ele vai ficar arrasado — falo ficando triste por eles.

— Nós vamos superar — a voz embarga, e Bruna esfrega o nariz de novo.

— Ô, amiga — lamento. — Sinto muito.

— Bruna, vocês deveriam tentar. Mal começaram a namorar. O que custa?

— Pilar, essa é mais uma razão para acabar com tudo. Se a gente continuar se envolvendo, só vamos sofrer mais. Eu não acredito em namoro à distância, e além disso somos adolescentes, namoro de colegial não dura. Todo mundo sabe disso.

— Não é verdade — rebate Pilar. — Tem muitas histórias por aí de gente que namorou na escola e se casou.

— São exceções, Pilar, não a regra. E, no fundo, sei lá, sempre soube que o namoro acabaria um dia. Não é como se eu fosse me amarrar a um garoto para sempre aos dezesseis anos. Ainda vou ficar adulta, tem a faculdade, pessoas para conhecer, um mundo para visitar, enfim.

— Se sabia que não duraria porque começou a namorar, amiga? — pergunto.

— *Carpe diem*, baby — Bruna dá um meio sorriso aguçado. — Viver o momento é o meu lance, vocês sabem. Dinho e eu nos gostamos e eu quis dar uma chance para viver esse sentimento entre nós. Foi bom, muito bom enquanto durou.

— Não acabou ainda.

Pilar parece magoada com a decisão de Bruna, e olha que ela nem é o namorado. Tadinho do Dinho. Ele é mesmo louco pela Bruna, vai sofrer horrores.

— Quando vai conversar com ele? — questiono.

— Estou pensando... — Bruna mordisca o interior da bochecha. — Vou deixar a semana acabar e aí falo com ele.

— Não acho que vocês devam terminar — Pilar enruga os lábios. — Não sem tentar.

— Pilar, você é uma romântica incurável. Por isso vive de coração partido. Nem tudo é um conto de fadas. Tem que encarar as coisas de maneira mais racional.

— Prefiro me entregar por completo do que pela metade.

— Ui! Que poeta — Bruna zomba. — Você se joga rápido demais. Não pode dar tudo de si, ou os caras sempre levam demais. Aí você fica nessa fossa.

Bruna tem razão, em partes. Na verdade, não devemos dar nada de nós e sim nos guardar.

— Sou intensa, não sei ser diferente.

Pilar toma uma respiração afiada quicando os ombros para demonstrar indiferença. Sei que ela ainda está sensível pelo fim do lance com Igor. Na semana passada, ele mandou mensagem e avisou que ia tentar reatar com a ex-namorada. O que foi uma grande revelação para Pilar, que nem suspeitava que Igor havia terminado recentemente. Se ele ainda gostava da ex, por que ficou com Pilar? Achei o garoto um tremendo babaca por agir assim. Pilar com certeza estaria melhor longe dele.

— Temos que fazer uma festa de despedida — Pilar lança a ideia, e eu dou apoio.

— Ah, nem pensar! Detesto despedidas. Vocês nem tentem, estão me ouvindo? — Bruna alterna um dedo entre Pilar e eu.

— Tá — finjo desinteresse.

— É, sério! Vou matar vocês.

Não importa o quanto ela reclame e ameace, Pilar e eu vamos fazer uma despedida, sim.

E é sobre isso que converso com Pilar por mensagens pelo restante da manhã no colégio.

***

Em casa, reflito sobre a mudança repentina da Bruna e como anda nossa amizade. Desde o que rolou nas férias não somos mais as mesmas. E, com essa mudança de estado, nem sei como ficaremos. Apesar de estarmos distantes, dói pensar que ela está indo embora. Não quero que ela se mude para tão longe. Gosto da Bruna e vou sentir saudades. E sei que não posso permitir que ela vá com as duas brigadas assim. Tenho que resolver as coisas entre nós.

Queria que fosse ela a tomar a iniciativa, mas Bruna provou que não vai fazer isso. Então, eu vou fazer. Não me importo se vou ter que engolir o orgulho e se Bruna vai pensar que, no final de tudo, estava certa. Para dizer a verdade, eu meio que perdoei a Bruna. Não consigo ficar magoada com alguém por muito tempo. Prometo a mim mesma que vou conversar normalmente com a Bruna e aproveitar os dias que ainda temos juntas. O que vai ser da nossa amizade depois, não sei nem quero pensar. É algo doloroso e me torna melancólica.

Meu celular vibra entre as cobertas roubando minha atenção. É uma mensagem da minha mãe dizendo que a vó Lourdes nos convidou para jantar mais tarde em sua casa. O convite me anima e respondo com figurinhas engraçadas. Perco alguns minutos no celular e o largo para fazer meu devocional. Tenho feito de tarde, como Talita me aconselhou, e não esperava que me adaptaria tão bem a esse horário. Minha mente está mais focada e disposta, ao contrário de manhã cedo. O devocional tem fluído e estou amando esse momento no final de tarde.

Até arrastei a escrivaninha para debaixo da janela, a fim de ter o céu como paisagem. É muito prazeroso. Nos dias anteriores, a tarde nublada e o barulho das chuvas foram meus companheiros. Hoje, o céu começou a ficar azul, com um sol fraco mas bonito despontando por entre as nuvens acinzentadas. É bom ter raios de sol para embelezar meu entardecer.

Sem mais demora, abro a Bíblia pelo fitilho, espalho as canetas na mesa, acendo a vela e dou início a uma oração.

— 34 —
Já estava na hora

— ... e, bom, depois de muitos anos sozinha, encontrei alguém com quem quero viver os próximos capítulos da minha vida. — Vó Lourdes nos fita com os olhos verdes ávidos. — Gostaria de anunciar que estou sendo cortejada por um homem maravilhoso.

De tudo o que esperava ouvir na casa de vovó, *isso* não estava na lista.

Após o jantar, ela nos fez sentar na sala. Papai e eu no sofá e ela e mamãe nas poltronas. Nos trouxe café, uma tradição depois da comida, e biscoitos amanteigados. E, é claro, serviu a notícia chocante como sobremesa.

Bom, não tão chocante para mim. Ainda assim, me sinto surpresa.

Vovó acabou de confessar que tem um namorado. Finalmente.

— Eu sabia! — atiro com a boca meio aberta. Bato palmas. — Eu sabia!

— Sabia?

Mamãe me encara de sobrancelhas franzidas, como que exigindo uma explicação.

— Desconfio, ó — estalo os dedos. — Faz tempo.

Vovó dá um risinho.

— Percebi quando esteve aqui naquele dia e me perguntou se as flores eram de algum admirador.

— Você desconversou, vó. Por que não contou de uma vez?

Vovó afofa os cachos de babyliss cruzando as pernas com elegância.

— Precisava conversar com sua mãe primeiro, meu bem.

— Ela te contou? — Viro o tronco para mamãe. — Quando?

— Deve ter umas duas semanas.

— Duas semanas? — Ergo os dedos. — E você não me falou nada, mãe?

Minha mãe pede desculpas com o olhar enquanto leva a xícara de café à boca.

— Sua avó queria contar para todos de uma vez — explica minha mãe.

Faço um som de "tsc tsc" nos dentes cruzando os braços.

— Sim, todos. Meu pai e eu. Fala sério!

— Vocês duas podem parar um segundo? — Papai se inclina sobre os joelhos intercalando seu olhar entre nós três. — Sendo cortejada por um homem maravilhoso, sogra? Como assim? A senhora está namorando?

— José gosta da palavra cortejo, acha namoro jovem demais. — Vovó sorri bancando a engraçadinha. — E sim, meu genro, tenho sido cortejada por José Carlos. É como ele se chama.

É José Carlos, então.

— Namorando, sogra?

Papai coça o queixo fixando o olhar em vovó como se não acreditasse no que ouviu.

Entendo como é, pai. Também me senti assim da primeira vez que vi o tal José.

— Sim, namorando. José e eu nos reencontramos faz meses e... — Vovó pausa como se lembrasse. Um sorriso discreto nasce nos lábios finos. — As coisas simplesmente aconteceram.

— Vó, eu quero todos os detalhes. Não economiza, tá? — disparo. — Acho que mereço explicação. Você sempre disse que não queria se casar. E agora, do nada, está com um namorado?

— Minha sogra namorando — papai soa abismado, alisando a barba volumosa. Seu olhar muda de surpreso para sério. — Como a senhora decide namorar sem me consultar, dona Lourdes? Quem é esse José? Onde o conheceu? O que faz da vida? Tem muitas lacunas nessa história. Ele sabe que a senhora tem um genro?

Vovó faz que sim com um sorriso amplo e divertido.

— Vocês foram uma das nossas primeiras conversas. José conhece todos por fotos e sabe o quanto você é meu filho querido, Luís, o melhor genro que uma mãe poderia ter. Não contei para vocês sobre ele porque eu quis dar tempo ao tempo e me permitir compreender o que estávamos sentindo. E deixo claro que desde que reencontrei José não me passou pela cabeça que poderíamos ter um relacionamento amoroso. Deus sabe.

Vovó toca as cordas de seu colar de pedras azuis.

Espera. Ela disse "reencontrei"? Isso significa que já se conheciam, certo?

— Você já conhecia o José? — pergunto.

Ela acena em resposta.

— De onde? Eu o conheço?

— Filha, sua avó vai contar tudo, calma — minha mãe se intromete, a serenidade em pessoa na poltrona. — Também fiquei um pouco abalada quando ela me disse, mas confesso que estou muito feliz de mamãe ter encontrado alguém. José parece ótima pessoa. Até falei com ele por telefone.

É aí que meu queixo despenca.

— Você já até falou com o José? Como pôde esconder isso de mim, mãe?

— E de mim, Cela. Eu sou seu marido.

Papai parece tão sentido quanto eu. Então é assim que pessoas traídas se sentem.

— Vida, foi um pedido da minha mãe. É um assunto pessoal dela. Respeitei.

— Pedi para ela não contar para vocês porque eu mesma gostaria de contar — vovó fala. — Será que posso? Como estão agitados. — Ela gesticula com um vinco entre as sobrancelhas e se vira para a filha. — Bem que você falou.

Minha mãe dá um sorriso de canto com um aceno cúmplice.

— Tá, conta então — peço.

— Acho que vou precisar de mais café e biscoitos. Pega pra mim, vida?

Papai alisa a barriga proeminente, e mamãe se levanta para pegar mais café.

— Muito bem.

Vovó descruza as pernas pondo as mãos sobre os joelhos e começa a contar como conheceu o José.

— 35 —
Vovó tem um namorado

Aposto que meu rosto é uma mistura de nuances. Enquanto escuto vovó narrar sobre ela e José fico dividida entre surpresa e curiosidade, aquela fagulha de chateação se dissipando à medida que a história deles se desenrola para mim.

Os dois se conheceram quando jovens, na igreja em que frequentavam na época. José era filho de um dos pastores e era cobiçado por todas as moças da igreja, inclusive por vó Lourdes. No entanto, era um rapaz correto e se manteve distante das meninas. José foi estudar em uma faculdade longe de casa, e poucos anos depois vovó foi para seu intercâmbio na França. Com isso perderam o contato, embora não fossem muito próximos.

Pelo que entendo, eles não se viam há muitas décadas. É tempo demais, e nem consigo imaginar direito. Vovó segue contando que eles se reencontraram, meses antes, em Petrópolis, quando vó Lourdes foi passear com sua amiga, tia Anne. Lá, em um restaurante, ela esbarrou em uns antigos amigos da juventude, entre eles José, e celebraram o reencontro tomando um café.

Escuto todos os detalhes, e minha cabeça vai dando um nó. Tento ficar atenta aos pontos importantes. Então, ela teve um grande reencontro em Petrópolis, por acaso, com antigos amigos da igreja e, naquele dia, eles trocaram contatos e perfis do Facebook — viu como eu tinha razão em pesquisar lá? — e desde então não pararam de se falar. Quanto a José, de início tudo se manteve na amizade, mas com o passar dos meses os sentimentos afloraram. Em dois corações idosos de sessenta e poucos anos.

— José é um homem justo, servo de Deus, paciente e muito cortês. Manteve os sentimentos guardados para si até que viu que eram recíprocos. Confesso a vocês que relutei muito, pois, como sabem, sou viúva há anos e nunca quis me casar outra vez. Aceitei a viuvez e tenho sido feliz solteira. Mas agora José surgiu e passei a deslumbrar o futuro de uma nova maneira. E sentimentos adormecidos foram despertados.

Vovó descreve com tanta naturalidade seus sentimentos que apenas a encaro boquiaberta.

— Sogra, estou sem palavras — papai pondera alisando a cabeça. — José é solteiro, eu presumo — ele deduz.

— Sim, viúvo há quinze anos. A esposa faleceu de câncer... — Vovó aperta os lábios com pesar. — Ele também não tem filhos nem família própria, além de uma irmã mais velha.

— Quê? — disparo. — Não tem filhos?

— Não, meu bem. Ele se casou e só depois de anos tentando engravidar descobriu sua esterilidade. — Vovó nos fita com cuidado. — São detalhes pessoais de José. O que precisam saber é que ele não tem filhos próprios nem adotivos. É sozinho e vive em sua chácara em Petrópolis.

— Nossa!

Exclamo porque é a única coisa que consigo proferir.

— Sogra, tenho que conhecê-lo antes de aprová-lo, a senhora sabe disso, não sabe?

Papai fala cauteloso como um pai faria ao descobrir o namoro da filha. Uma das coisas que admiro em papai é o quanto ele é cuidadoso com vovó. Eles têm um relacionamento de mãe e filho. Nunca os vi brigar ou falar um do outro pelas costas, e sei que são raridade nessa coisa de sogra e genro. Meu pai ama vovó e a tem como uma segunda mãe.

— José anseia por conhecê-los. Faremos esse encontro em breve.

Este está sendo um dia de grandes revelações e emoções para mim.

Vovó sorri suave.

— José já adorou vocês pelo que ouviu de mim e quer muito conhecê-los. Quer ter a bênção de todos.

— Farei uma análise minuciosa do sujeito — papai finge uma expressão dramática de seriedade.

Vovó não se abala, na verdade continua com o sorriso afetuoso. O semblante dele cai com seu riso folgado conforme se inclina para pegar a xícara e tomar o restante de seu café.

— Garanto que José espera por isso.

— Você gosta mesmo dele? Tipo, gostar de... estar apaixonada?

— Rochelle!

— Mãe, eu quero saber, tá? — Agito as mãos. — Quero saber tudo.

— O sentimento correto seria amor, Rochelle. E sim, gosto muitíssimo de José.

Ela toca o peito com um olhar sincero e intenso.

Minha avó está amando. É isso.

Sinto o pescoço pinicar de vergonha, ainda que vovó mesma não tenha um só milímetro avermelhado nas bochechas de constrangimento. Como consegue ser tão honesta sobre o que sente?

Para completar, ela segue descrevendo como José é gentil, paciente, romântico... Eu só fico abismada com tudo.

— Sogra, me esclarece uma coisa — dispara meu pai com farelo do biscoito caindo pela barriga. — Aliás, vamos conversar da maneira mais clara possível. — Ele faz uma pausa proposital varrendo seus olhos por nós três. — É pra casar, não é? Considerando a idade de vocês.

E gesticula, como se tivesse dito tudo o que tinha para dizer, enquanto eu ainda estou presa no "é pra casar".

— Meu genro, sim. Nosso desejo é casar. Não estaríamos nos cortejando se o objetivo não fosse esse. O relacionamento cristão é para ser vivido com esse propósito, não importa a idade que temos ou a época em que vivemos. Garanto que tanto José quanto eu temos intenções sérias com nosso relacionamento.

Vou afundando cada vez mais nas almofadas do sofá.

Meu Deus. Ela quer se casar mesmo. Nem sei descrever o misto de sensações que me sacodem por dentro. Fico muda tentando encontrar a voz enquanto fito minha mãe no pufe em silêncio, toda serena, sem demonstrar qualquer sinal de contrariedade, desespero, choque.

Por que ela está tão calma assim?

— Você não vai dizer nada, mãe?

— Filha, sua avó e eu tivemos uma boa conversa quando ela me contou sobre José. Não posso dizer que não fiquei surpresa. Sim, fiquei bastante. Era algo que não esperava ouvir de sua avó porque, como você sabe, ela sempre disse que não se casaria e faz muitos anos que meu pai faleceu. Mas, conforme conversamos, entendi o que ela está vivendo. Sempre quis que sua avó tivesse alguém com quem envelhecer.

— Mas ela já é velha! — disparo sem pensar.

Papai cospe o biscoito com um riso na garganta. Mamãe me dá um olhar atravessado e vovó nem se abala com meu rompante. Na verdade, me atira um sorriso esperto.

— Uma velha enxuta, ativa, lúcida e cheia de vigor. Pronta para mais quarenta anos.

E afofa os cachos com charme.

— Desculpa, vó.

Fico mal por ter dito que ela é velha. Saiu como uma ofensa, mas foi uma constatação.

— É que... você já tem com quem envelhecer. Nós três.

Vovó me dá um sorriso amoroso, cruzando as pernas de forma elegante. As pulseiras deslizando nos pulsos.

— Sabe que eu os amo, vocês são tudo para mim, a família que Deus me deu. O que sinto por José é outro tipo de amor. Quero estar com ele também, quero que possamos viver juntos os próximos anos. Seus pais têm a vida deles, você a sua e, no futuro, você também irá sair de casa e se casar. Faz parte. Ter alguém para dividir o que me resta dos anos é uma bênção.

— Sogra — papai se intromete. — Vamos ficar só no *seu* romance, tudo bem?

Vovó ri alisando o joelho e faz um gesto com a mão como quem diz "pare com isso".

— Quer você goste ou não, Luís, não vai mantê-la para sempre com você.

— Ah, pois eu vou, sim.

Papai pesa um braço sobre meu ombro me atraindo para si.

— Para, pai.

Me desvencilho porque não estou no clima para suas brincadeiras.

— Vó, é sério.

— Também digo a sério, Rochelle. Posso não precisar do José, mas o quero por perto.

Aceno como se entendesse, mas é estranho ouvir vovó dizer que quer se casar. Eles não estão indo rápido demais? Acabou de anunciar o namoro e já fala em casamento?

— Será que antes de rejeitar o José você pode ao menos conhecê-lo?

— Não estou rejeitando... — Franzo a testa. — Só que é tudo muito novo, vó. Você já está falando em casamento. Vai mais devagar, pode ser?

Vovó sopra um riso baixo dando um aceno sutil.

— Tudo bem. Daremos um passo de cada vez. Posso marcar com o José para vocês o conhecerem? Ele está ansioso. Queria já ter pedido minha mão, eu é que não deixei.

Pedir a mão dela. *Ai, meu Deus*. Isso é mesmo real.

Minha avó tem um namorado-quase-futuro-noivo.

É muito para assimilar. Talvez eu precise de um pouco mais de tempo.

— 36 —
Parte da família

— Ela tem um namorado, então.

— Tem, Luciano. Quase noivo. Acredita nisso? Está amando.

Movo as sobrancelhas para enfatizar com graça e abocanho meu cachorro-quente. Luciano faz o mesmo com olhos risonhos. Sinto o molho escorrer pelo queixo e limpo com o guardanapo que Luciano me entrega. Agradeço de boca cheia amassando o papel em uma bolinha sobre a mureta em que Luciano e eu estamos sentados.

Viemos para a social dos jovens na casa de Gabi, acompanhados de Talita e Thabata. À nossa frente, um quintal enorme com árvores e canteiros de flores que me lembram a casa de meus avós. O grupo escolheu a casa de Gabi porque esperam jogar vôlei, futebol e outras brincadeiras na grama. Daqui consigo avistar alguns garotos tentando prender a longa rede de vôlei nos galhos das árvores. Está meio torto porque o vento não está ajudando.

— Quer que eu pegue mais um pra você, Chér?

Luciano oferece ao perceber que terminei meu segundo cachorro-quente.

— Não. — Sacudo a cabeça. — Vou esperar uns minutos pra comer de novo.

Luciano ri, e eu aliso a barriga onde os botões do short jeans estão estufados.

— Vou ali pegar um pedaço do empadão.

Ele salta da mureta da varanda e vai andando pela grama em direção à mesa.

— Você tem que provar, cara, é muito bom. Minha mãe manda ver nesse empadão.

— Eu vou! — garanto.

A menção de sua mãe me empurra para aquela mentirinha das férias. É inevitável. Acontece toda vez que Luciano a menciona ou eu a vejo na igreja. Uma vez eu estava com Luciano e a galera nas escadas, e ela passou me dando um sorriso amável acompanhado de um tchauzinho. Detalhe, o sorriso foi na minha direção. Quase sufoquei envergonhada. Agora, toda vez que a vejo não consigo me livrar da sensação. Talvez tudo se torne engraçado quando eu ficar velha e contar aos meus netos as maluquices que fiz na vida.

Por falar em velha...

Tenho pensado bastante sobre vovó, o namoro, José, o casamento. Dividi a novidade com minhas amigas. Bruna não respondeu, deve estar enrolada com as coisas da mudança, e Pilar achou o máximo. Claro, ela está sempre vendo flores e corações por todo canto. Aliás, já até tem um novo crush, um jogador de futebol de outro time colegial, mas isso não vem ao caso.

Conversei com mamãe, num papo honesto. A sensação de punhalada e choque pela novidade havia diminuído. Restava a fase da aceitação, mas eu seguia relutante. No entanto, depois de ter ouvido minha mãe e tentado entender o que ela pensava daquilo tudo, passei a encarar a situação por outro ângulo. Apesar de não querer refletir sobre o resto de tempo que vó Lourdes ainda tem de vida — esses assuntos me deixam sensível —, mamãe expôs a realidade como ela é.

Com sorte, vovó terá mais uns trinta anos conosco. Sorte não, com a bênção de Deus. Parece muito, mas não é. Minha mãe queria que ela aproveitasse os anos que lhe restavam e acha bom ela estar com alguém que a ame e cuide dela. Repetiu que ficava contente de vovó se abrir para o amor outra vez, pois a vida com seu pai havia sido difícil por causa do alcoolismo dele, que o levou à morte, para não falar da rixa religiosa que eles enfrentavam. Atenta, ouvi sobre coisas das quais não me lembrava a respeito de nossa família e de como vovó se doou por nós incontáveis vezes. Mamãe pontuou algo que ficou na minha cabeça: "Será que devemos nos tornar empecilho para algo bom que sua avó tem vivido?".

É, talvez ela tenha razão. Por mais que eu estivesse sendo irracional ao dizer que vovó tinha a nós e não precisava de mais ninguém, eu entendia que se trata de outro tipo de amor e companhia. Acho mesmo que eu tenho é medo de perder a vovó. Se ela casar, vai morar com José na chácara, e em Petrópolis! Fica longe, e eu não a veria mais quase todos os dias. Não poderia descer as escadas após uma briga com mamãe e me abrigar na casa dela. Tomar café com bolo fresquinho, ouvir seus conselhos, ver nossos filminhos bobos juntas, dormir com ela apenas porque quero... Vovó estará sempre com o marido e não terá mais tempo para nós. Para mim. Posso estar sendo infantil, mas não estou nem aí. Imaginar vovó longe é o mais difícil de aceitar.

— Chér, vem aqui.

Gabi acena do meio do gramado. Afasto os pensamentos melancólicos e desço da mureta, o vento empurrando meus cachos soltos. O dia está ensolarado e quente na medida certa. Enquanto caminho escuto burburinhos dos grupos espalhados pela grama. Paro de frente para Gabi, que está de macacão jeans e tem os fios ondulados presos para trás. Seu sorriso é doce. Gabi é toda meiga e fofa. E é uma ótima tagarela quando a conhecemos melhor. De todos os meus novos amigos na igreja, além do Luciano, Gabi e Talita são as preferidas. Ficamos próximas bem rápido.

— Oi — digo para Gabi.

— A sede da igreja confirmou o congresso. Eba! — Gabi bate palminhas. —Aqui, ó.

Gabi me mostra o Instagram da sede da nossa igreja e lá está o banner anunciando o congresso de jovens. Talita e Gabi tinham comentado comigo e me encorajado a ir. Nunca fui a um evento como esse e fiquei animada. Ainda mais por saber que vamos de ônibus, todos os jovens juntos. Vai ser muito divertido.

— Me manda pelo direct? — peço, e Gabi assente. — Aí já aviso os meus pais.

Como a data não havia sido confirmada, nem comentei com meus pais. Mas aposto que eles vão me deixar ir, agora que ganhei a sonhada permissão para congregar na igreja dos meus amigos. Após os dois visitarem minha igreja e conhecerem melhor os líderes da juventude e outros pastores, a relutância de papai se dissipou e ele finalmente me deu permissão para congregar onde quero — mamãe já havia me apoiado.

Tivemos que fazer alguns ajustes por causa dos horários diferentes dos cultos e questões de locomoção e tal, mas tudo deu certo. Além disso, meus pais gostaram muito dos cultos na minha igreja e isso me trouxe esperança de, quem sabe um dia, eles congregarem comigo. Apesar de saber que seria muito, muito difícil papai deixar sua igreja. De todo modo, eu podia sonhar, não é mesmo? E orar, claro.

— Obrigada — digo para Gabi.

— Chér — Gabi sorri torto me pegando pela mão. — A outra coisa é que...

Ela me gira, rindo, e eu fico sem entender coisa alguma até que vislumbro a galera vindo de dentro de casa. Talita segura um bolo, com duas velas de estrelinhas faiscando, e me pergunto de quem é o aniversário. Ninguém comentou nada.

— Seja oficialmente bem-vinda à família!

Eles gritam perto de mim.

— Quê? — Rio de nervoso.

Nisso, Luciano estoura um confete prateado acima da minha cabeça, fazendo todo mundo gargalhar. Juro que não entendo nada.

— Gente, que isso? Não é meu aniversário — falo.

— Agora não posso mais cantar "visitante, seja bem-vindo" — Léo zoa girando o boné na cabeça.

— Você iniciou a membresia, Chér. — Cris explica me abraçando de lado. — E hoje queremos te dar as boas-vindas oficiais à nossa família.

— Aê! — uns gritam.

— Bem-vinda, Chér! — outros declaram.

— Oficialmente parte da bagunça — Léo me dá uma piscadela.

— Bem-vinda, amiga! Estou tão feliz por você estar com a gente! — Talita é pura felicidade.

Meu sorriso se estica um tanto tímido daquele jeito que quer se abrir mais. Eles fizeram até um bolo para mim. Puxa, que carinho.

— Louvo ao Senhor por trazer você para caminhar conosco, Chér — Cris declara, intensificando seu abraço.

Como ela é especial na minha vida. Adoro a tia Cris e fico emocionada.

— Ei, turma! — tia Cris grita o restante do pessoal. — Vamos orar pela Chér.

— É nossa tradição.

Talita pisca sorridente para mim depositando o bolo na mesa.

O grupo se reúne ao meu redor, todo mundo com mãos estendidas, e o pastor faz a oração. Meu sorriso só aumenta. Me sinto tão feliz, tão querida, e com a sensação ainda mais forte de que aqui é o meu lugar. Murmuro uma oração de gratidão ao Senhor. E, assim que o pastor termina, sou abraçada por vários amigos e parabenizada por ser oficialmente da família. Quando é a vez de Luciano me abraçar, agradeço por um dia ele ter me convidado para sua igreja. Meu amigo diz que não fez nada, que foi Deus me conduzindo até ali.

— Mas você foi o instrumento e eu sou grata, de verdade. Talvez você não saiba, mas eu estava passando por uma fase bem difícil.

Uma mistura de coração partido e decepção.

— O Senhor sempre nos encontra no momento certo. De novo, não fiz nada.

Luciano molda um sorrisinho contido e tira um confete do meu cabelo.

— Tem mais? — pergunto.

— Quer que eu tire?

Ele se oferece e aceito.

— Obrigada — agradeço quando Luciano tira todos os confetes.

— Quem vem para o vôlei?

Um dos jovens nos chama. Aceno animada para participar. Luciano também, e nos unimos ao grupo para uma partida nada convencional de vôlei. Meus saques são terríveis e alguns me zoam perguntando se não tenho educação física no colégio.

— Tenho, sim — rebato rindo, e limpo a grama dos joelhos.

— O talento está no sangue dela, galera, só falta circular.

O comentário engraçadinho é do Léo e provoca uma nova crise de riso em nós.

— Vou te dar umas aulinhas.

Ele corre para mim com o boné virado para trás e o rosto todo suado.

— O profissional vai ensinar, galera. Agora o talento vai circular.

Mostro a língua para ele, que começa a me dar dicas para jogar vôlei enquanto o pessoal faz uma pausa para beber água. Quero água também, mas estou cansada de pagar mico e permito que Léo me dê uma ajudinha.

— Primeiro arrume seus pés. — Ele faz a pose. — Pé contrário à mão que você vai usar para bater na bola. Vai te ajudar a dar o movimento do corpo na hora de sacar.

— Tá.

Imito a pose. Léo parece um professor sério, até me dar uma piscadela charmosa.

— Já está pegando o jeito.

Não quero rir, mas com ele é impossível.

— Vai ser só o básico, beleza? Se quiser mais, vai ter que pagar por aulas particulares. Faço um desconto pra você.

— Anda, Léo.

— Me dê suas mãos.

Léo segura minhas mãos.

— Mãozinhas de fada — comenta humorado.

— Vou te dar um tapa, Léo. Para de graça.

Ameaço bater no braço dele com um tapa. Léo apenas ri.

— Chér, quer água?

Luciano vem até nós com um copo cheio de água. Seu coque está firme na nuca, mas há alguns fios úmidos no pescoço e sobre a camisa. Suas bochechas magras estão ruborizadas, e seus olhos castanhos, assim sob o sol, parecem esverdeados. Nunca reparei que os olhos dele ganhavam esse tom tão bonito.

— Ah, eu quero.

Léo tenta pegar o copo, mas Luciano o afasta e me oferece.

— Vai buscar, cara. Toma, Chér.

— Obrigada.

Tomo tudo num gole. É refrescante.

— Que isso, parceiro — Léo reclama.

— Vaza, Léo. — Luciano pega o copo vazio e entrega para o Léo. — Deixa que eu ajudo a Chér.

Ele dá uma encarada para o amigo, que solta uma risadinha e se afasta levando o meu copo.

— Ele ficou fazendo gracinha, né? — Luciano pergunta.

— Normal. Já estou acostumada.

— Ninguém nunca se acostuma com o Leonardo. Vai por mim.

Seu olhar é sugestivo com um toque de risada. Sorrio de volta.

— Tá. Deixa eu te ajudar com o saque. Você está batendo na bola com o pulso.

Sem segurar minhas mãos, Luciano me mostra como bater na bola com a palma aberta e outras formas de sacar. Usamos a bola para treinar um cadinho até o pessoal retornar para nossa partida. Inicio meu saque e faço direitinho, para orgulho do Luciano, que levanta o polegar para mim do outro lado da rede. Dou um sorriso largo.

— Olha aí o talento circulando.

Um dos jovens implica e rimos ao continuar a partida.

Não posso dizer que não cometi uns micos, mas ao menos jogo bem melhor que antes.

— 37 —
É triste demais

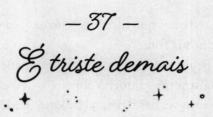

— Amiga, eu vou sentir saudades — declaro emocionada.

— Nem conseguimos fazer uma despedida decente — soluça Pilar.

Ela se rendeu às lágrimas desde que saímos do colégio. Seu nariz está tão vermelho quanto seus olhos e bochechas. Sei que os meus aquosos não negam que estou prestes a me acabar no choro, enquanto Bruna mantém o queixo erguido, mas posso ver que ela está lutando fortemente contra as lágrimas. Todo esse adeus é triste demais.

Pilar e eu nem tivemos como planejar algo memorável para nos despedirmos de Bruna. Queríamos fazer uma festa de pijamas, como nos velhos tempos, mas o pai de Bruna antecipou a ida da família para o Paraná e eles partem na segunda-feira. E como Bruna ainda tem muita coisa para embalar e organizar em casa, conseguimos convencê-la a almoçarmos juntas após as aulas.

— Parem com esse melodrama, tá legal? Não é como se a gente nunca mais fosse se ver, credo. — Bruna entorta a boca. — Será que podemos falar de outra coisa sem ser essa maldita mudança?

Pilar está fazendo beicinho e eu um bico para controlar a vontade de chorar.

— Vocês são muito sentimentais.

— É porque a gente te ama, sua chata — dispara Pilar secando os olhos.

— Não queríamos que você fosse, amiga — digo, e é sincero. — Vamos sentir sua falta.

— Tá — Bruna esfrega o nariz. — Vou sentir de vocês também. — E mostra um pequeno sorriso. — Agora parem com isso. Podemos nos ver nas férias, sei lá. Vocês podem ir me visitar e eu com certeza vou vir pra cá em algum momento pra ver meus avós e o resto da família. Não vamos perder o contato.

— Chér, pega o presente.

Pilar repuxa a manga da minha blusa.

— E nem abre essa boca pra reclamar — Pilar aponta um dedo para Bruna. — Só resmunga. Não podemos fazer despedidas, não podemos chorar, não podemos sentir sua falta, que saco! Vai aceitar o presente e ficar caladinha, entendeu?

Acabo rindo do jeito mandão de Pilar. Ela tem seus momentos. Bruna, por sua vez, ergue as mãos em rendição e passa um zíper invisível na boca com o dedo de maneira brincalhona. Na mochila, retiro a caixa que Pilar e eu montamos para Bruna. Empurro na mesa até ela.

— Vou poder abrir aqui ou só em casa?

Seus olhos ficam ansiosos.

— Abre logo! — dispara Pilar.

— Fizemos com carinho, espero que goste — digo

Arrasto as mãos na calça jeans, ansiosa.

— Corações? Sério?

Bruna sobe a sobrancelha ao ver os minicorações estampados na caixa branca.

— Só abre, Bruna — indico.

Apressada, ela desfaz o laço azul e suspende a tampa da caixa. Posso ver a surpresa refletida em seus olhos quando ela encontra os itens que escolhemos. Seu sorriso espreme as bochechas.

— Vocês são muito cafonas. — E ri.

Bruna retira a caneca com fotos nossas ao longo dos anos e um porta-retrato com um dos nossos cliques em Búzios — ideias minhas —, e um caderno com estampa de vaca e um par de chinelos felpudos — escolhas de Pilar —, além do cartão em que escrevemos "Acho bom sentir nossa falta. Amamos você".

— Ah, gente...

— Amiga — Pilar agarra meu braço. — Ela vai chorar, finalmente.

Bruna mostra a língua e funga num meio riso.

— Gostou? Queríamos que você tivesse algo pra se lembrar da gente — comento.

— E dá pra esquecer de vocês? — Bruna faz um som entediado.

— Você está intimada a nos mandar mensagens de tudo, ouviu? — ordena Pilar.

— Tá.

— E fotos dos meninos do Sul, por favor.

As covinhas de Pilar surgem.

— Estava demorando.

Bruna gargalha, e acabo rindo também.

— Obrigada, meninas, eu adorei.

— Ela disse obrigada, Chér.

Pilar abre a boca, abismada. Imito sua expressão gastando um pouco com Bruna.

— Duas bestas.

Bruna sacode a cabeça analisando seus presentes.

Pilar e eu damos a volta na mesa para tirar uma selfie nossa.

— Digam até breve — peço sorrindo.

Bruna faz carão, Pilar beicinho, e assim saímos na foto.

Após nosso tempinho juntas, deixamos o restaurante. Nos abraçamos na calçada, num choro misturado a risos. Pilar tira mais fotos e depois segue caminho com Bruna em direção às suas casas. Ando para a minha, sem poder evitar o choro pela rua com essa sensação dolorosa atravessando meu peito enquanto sou invadida por memórias com a Bruna desde que nos conhecemos na quinta série.

O sorriso tão aberto que ela me deu naquele primeiro dia de aula. Seu jeito decidido ao me rebocar pela mão para me sentar com ela nos intervalos seguintes. A ajuda com as matérias com as quais eu penava. Os momentos em que me defendeu de meninos idiotas do sexto ano. Nossas tardes na sua casa, na minha ou na de Pilar brincando em vez de estudar. As noites de pijamas... São tantas, tantas lembranças que me fazem chorar.

Será que, com a mudança da Bruna, vamos nos afastar de vez?

Queria dizer que é apenas um pensamento melancólico após uma despedida, mas no fundo sinto que é a verdade. E encarar essa verdade dói, dói demais.

As memórias seguem me castigando pelo restante do caminho e me permito chorar por alguém que eu amo e que sinto que está indo embora de vez da minha vida.

— 38 —
Dizer adeus machuca

Quando entro em casa, estou mais controlada, embora o coração esteja encolhido no peito.

— Oi, filhota.

Sou surpreendida por minha mãe sentada no sofá. O que ela faz aqui tão cedo?

— Andou chorando?

Ela analisa meu rosto e vem tocar meu cabelo.

— É. — Minha voz soa fraca. — Você chegou cedo — comento.

— Dois pacientes desmarcaram. — Mamãe dedilha meus cachos soltos. — Chorou por quê?

— A despedida da Bruna.

— Ah, filha.

Seu olhar é de pena.

— Despedidas são mesmo dolorosas. Quer um abraço?

Faço que sim largando a mochila no chão, e seus braços me envolvem. Nos sentamos no sofá e ela acaricia minhas costas num consolo silencioso e bem-vindo. Aninho a cabeça na curva de seu pescoço morno e ela afaga minha cabeça correndo os dedos por meus cachos.

— É triste ver um amigo partir.

— É.
— Bruna gostou do presente?
— Sim.

Envolvo sua cintura com meu braço, me unindo mais a ela. Gosto do cheirinho de sua loção de banho, é fresca e suave. Quando estou abraçada assim com ela me sinto pequena como aquela garotinha que corria para ela toda vez que um problema surgia. Também me sinto segura e protegida, como se nada no mundo pudesse me atingir. Ficamos assim aproveitando os minutos sem dizer nada.

Com as imagens recentes da tarde retornando eu finalmente quebro o silêncio.

— Mãe, acho que minha amizade com a Bruna acabou.

Dizer em voz alta o que estava apenas na cabeça faz com que se torne real. Meu nariz arde ao sentir os olhos ficando rasos.

— Filha, vocês podem se ver de novo, algum dia.
— Não é isso, é que... — Fungo. — A sensação é de que nossa amizade está indo embora como ela.
— Como assim?

Não havia contado para mamãe da briga que tivemos.

Desde que Bruna anunciou a mudança, passei a me esforçar para ser o que éramos antes, mas as coisas nunca mais foram as mesmas. Ainda gosto da Bruna, de verdade, mas algo se quebrou e não acho que seja possível consertar. Meu coração lateja com uma espécie de luto antecipado, ainda que no fundo eu saiba que talvez seja melhor assim.

— Me explica direito, filha.

Mamãe se ajeita no sofá para ficarmos mais confortáveis. Respiro fundo e conto:

— Bruna e eu estamos estranhas faz algum tempo, desde o que aconteceu nas férias. Brigamos e paramos de nos falar. Ela...

— Travo sem querer revelar a briga com detalhes. — Fez e disse algo de que não gostei e não pediu desculpas. Depois agiu como se não se importasse, como se não fizesse questão de ficar bem comigo. Eu queria ficar de boa com ela, mas não queria ceder porque ela tinha errado, e a verdade é que muitas vezes fui eu que cedi pelo bem da amizade.

— Uhum, entendo.

— Ficamos distantes e sem nos falar durante um bom tempo. Só fui falar direito com ela depois que soube da mudança, porque eu não quis que ela fosse embora com a gente brigada. É chato, mãe. Resolvi perdoá-la para ficarmos bem. E hoje, com a despedida, foi legal e tal, mas eu meio que comecei a sentir que com ela longe nossa amizade vai definhar. Já estava meio assim.

— Ô, filha.

Mamãe alisa meu braço num ato de conforto.

— Sei que você não gosta da Bruna e eu entendo o motivo, mas sentir que vou perdê-la dói.

— Nunca disse que não gosto da Bruna — ela rebate. — Apenas tentei deixar claro algumas vezes que ela tinha comportamentos desagradáveis e que não era uma boa amiga pra você. Tenho carinho por ela, vocês são amigas há anos, eu a vi crescer. Mas se eu pudesse escolher uma amiga pra você, não seria ela. Ainda assim, sinto muito por você sofrer com essa separação. Perder um amigo, alguém de quem gostamos, sempre machuca.

— Não queria que as coisas fossem assim — lamento.

— Algumas separações são para o bem.

— Ah, mãe.

Ameaço me levantar, mas ela dá um riso leve nos forçando a continuar abraçadas.

— Já te contei da minha amiga Marina?

— Não.

Por que eu acho que sei aonde essa história vai chegar? Mesmo assim, relaxo para ouvir.

— Éramos amigas de muitos anos na igreja. Eu adorava a Marina, ela era decidida, confiante e afrontosa, tudo o que eu não era. — Mamãe solta um risinho. — Fazíamos tudo juntas. Entramos para a faculdade e aos poucos acabou que fizemos escolhas diferentes para a vida. Ela mudou, e eu percebi que só me procurava quando os outros amigos não podiam estar com ela. Parecia que eu era uma amiga descartável.

— Essa história é real ou fictícia? — provoco com risadinha.

— É real, Rochelle, pode perguntar para sua avó. Ela enchia minha cabeça sobre a Marina.

— Me deixa adivinhar então. Vovó não gostava da Marina?

— Dizia que eu deveria me afastar, que ela não era amiga de verdade, que só me procurava quando precisava, que me usava, essas coisas.

— Qualquer semelhança com a minha realidade é mera coincidência, né?

Nós duas rimos.

— Mulheres e suas amizades é um tema universal, minha filha. Você vai descobrir isso com o tempo. Quanto a Marina — ela prossegue cruzando uma perna —, tive que aprender a dizer não, e no começo foi muito difícil. Mas depois foi se tornando natural e perdemos o contato de vez.

— Você sofreu?

— Demais. Marina era minha única e melhor amiga. Pensa no quanto eu sofri. Chorei um bocado. Eu me sentia muito sozinha. Mas, naquela época, eu estava caminhando firme com Deus e aquilo acabou me aproximando mais dele. Aprendi a vê-lo como amigo e a entender que era o melhor que eu podia ter. Quando o Senhor arrumou a bagunça do meu coração e me fez entender que ele era minha prioridade, enviou os amigos dele para me fazer companhia. Seu pai foi um deles.

— Hmmm — falo espertinha. — Quer dizer que você ganhou um amigo e namorado. Belo combo.

Mamãe dá uma risada alta abanando a mão meio que descartando meu comentário.

— Não foi bem assim. Foram anos até eu me apaixonar pelo seu pai.

Partes dessa história eu conheço, meus pais já contaram algumas vezes.

— O que quero dizer, filha — ela retoma num tom solene —, é que me separar da Marina foi necessário, e para o meu bem. Cooperou para que eu me agarrasse a Jesus e entendesse que eu precisava aprender a dizer não para as pessoas. E também a perceber que, por mais que eu ame uma pessoa, ela pode não ser boa para mim.

De alguma forma eu estava começando a perceber isso. Com o festival, entendi que preciso aprender a dizer não para minhas amigas e ser firme no que quero, no que acredito, ainda que isso cause atritos.

— Uma coisa sobre amizades é que elas nos influenciam, quer a gente queira quer não. — Mamãe afaga meus cachos. — Se passamos muito tempo com alguém, logo vamos começar a pensar igual, a agir igual. Absorvemos muito dos outros. E eles de nós. Por isso é importante avaliar com quem andamos, filha. Também temos que pensar no tipo de amigas que somos e buscar sermos boas amigas e revelar o amigo que Jesus é. Pensa nisso, está bem?

É, já estou pensando.

— Sei que perder a Bruna está sendo doloroso, mas talvez seja necessário como foi pra mim. Não tem problema ficar triste, filha. Na verdade, essa tristeza faz parte de deixar ir. E deixar ir, em especial aqueles que amamos, dói muito. Renúncias são dolorosas.

Seu conselho é como um toque cálido no meu peito e fico com vontade de chorar de novo.

— Mas não se esqueça que você tem Jesus, então o chame para perto e passe por isso com ele. Com certeza ele vai cuidar de você no processo. — Mamãe se afasta para me mostrar seu sorriso amável. — Também vou estar aqui, tá, filha? Se quiser conversar, orar junto, é só falar.

Aceno de leve e, para espantar o choro, belisco uma de suas bochechas magras.

— Obrigada, dona sabedoria.
— Deus sabe que eu tento.

Seu peito treme com a risada, e me pego rindo também.

— Fico orando para alguma coisa entrar nessa sua cabecinha.

Ela toca minha testa.

— Alguma coisa tem entrado — brinco.
— E o mérito é dele, não meu. Mas fico tão feliz de poder te aconselhar, filha.
— Eu sei.
— Gosto quando você me deixa fazer parte da sua vida. Faz com que eu me sinta importante para você.
— Ah, mãe.

Lá vem ela com suas carências infinitas. Levanto do sofá e pego a mochila do chão.

— Falo a sério.
— Mais carente que meu pai, viu?

Me inclino para estalar um beijo em sua cabeça.

— Já te disse que você é uma das pessoas que mais amo no mundo. Ô, carência.

— Podia repetir mais vezes.
Eu a ouço dizer nas minhas costas.
— Aí você ficaria mal-acostumada.
Entro no quarto ouvindo sua risada.

— 39 —

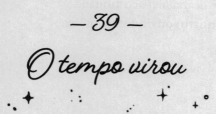

Chér: Você vai sentar comigo hoje?

Escrevo para Pilar na aula de química. Que tédio ouvir sobre geometria molecular.

Chér: Amigaaa
Chér: Responde porque eu sei que você não está prestando atenção na aula de história.
Chér: Para de stalkear o Guilherme, caramba.
Chér: Você está vendo minhas mensagens na tela.

Meio minuto e a mensagem de Pilar surge. Sorrio.

Pilar: Kakaka
Pilar: Como sabe que estava stalkeando o Gui?
Chér: Você é previsível.
Pilar: 🙄
Chér: Vai sentar comigo ou não?
Pilar: Não 😭 não me mate 🙈 A Sofia quer ajustar nossa fala da feira. Sabe como ela é, nem eu nem Lorena aguentamos.
Pilar: Prometo que amanhã nos sentamos juntas 🤞

Pilar: Quero que essa feira aconteça logo para eu me livrar.

Sinto o mesmo e tremelico os lábios, ainda que ela não veja. Colo a bochecha na mesa.

Com a chegada de outubro e o término das provas, não se fala em outra coisa pelo colégio que não seja a feira cultural. Todos andam obcecados com a apresentação de seus trabalhos, a arrumação das tendas, a confecção de maquetes e outras ideias que cansam só de imaginar, como uma oca em miniatura de Lego — que Luciano vai fazer com sua turma — ou a maquete do Planalto que estou preparando com meu grupo.

Isso vem rendendo horas a mais no colégio após as aulas, ou na casa de Mirela, ou no grupo provisório de WhatsApp. O lado bom de toda essa trabalheira — além dos dois pontos na média — é que pude conhecer melhor alguns colegas de classe. Nem imaginava que Gilberto, Lara e Camile pudessem ser tão bacanas.

A Mirela... bom, ela é legal também, apenas bastante mandona. Ela se autointitulou a líder do grupo e ninguém fez objeções, já que é a aluna mais inteligente da classe e ninguém quer o fardo da liderança e ter que se preocupar com absolutamente tudo. E Mirela é uma planejadora competente, com seu planner cheio de abas, post-its coloridos e listas intermináveis. Tem a mente afiada, é ótima com cálculos e excelente em português e redação. Tudo o que eu não sou.

Querer ter uma amizade com ela mesmo achando-a chata é muita hipocrisia?

Talvez seja. Amizade por interesse não é legal, mas é que Mirela é mesmo inteligente. Ela me fez entender a matéria de física mais rápido que o professor. Com certeza seria uma ótima explicadora para mim e eu estou mesmo precisando de uma, já que não participo mais das aulas de reforço por causa do Dinho. Tentei continuar, mas vê-lo tão deprimido por causa do término com a Bruna me deixa mal e constrangida.

Dinho ficava desejando quaisquer migalhas de notícias dela e me perguntando coisas. De início, eu falava o que Bruna contava, o que não era grandes coisas, porque ela não manda muitas mensagens. Está se adaptando à nova vida e tudo o mais. Sei que Dinho está sofrendo, e falar da Bruna com ele não é saudável.

Por isso, escolhi sair das aulas de reforço. Além do mais, eu aprendo melhor com Luciano pelo WhatsApp do que na biblioteca com o pessoal. O problema é que me sinto um peso para o meu amigo, porque vivo pedindo ajuda. Aposto que Luciano não me aguenta mais, só que é bonzinho demais para dizer isso. Seria bom ter outra pessoa com quem eu pudesse estudar.

Uma nova mensagem de Pilar aparece.

Pilar: Posso ir para sua casa depois da aula?

Ain. Queria que ela fosse, mas hoje tenho o estudo bíblico com a Talita.

Chér: Poxa, amiga, não dá. Tenho aquele estudo com a Talita, lembra?
Pilar: Sua nova melhor amiga. Sei quem é.
Chér: Isso não é verdade.

Em partes. Pilar é a melhor amiga número um e Talita está se tornando a segunda, talvez.

Pilar: É Talita pra lá, Talita pra cá.
Chér: E você com a Lorena? Nem digo nada.
Pilar: Estamos fazendo um trabalho juntas, Chér, é diferente.
Chér: E precisa postar story com ela todo dia? Fico com ciúme.

Pilar: kkkk é ela quem posta. Eu só reposto.
Chér: Mas fica tirando foto com a amiguinha.
Pilar: Bobona.
Chér: Você que é.
Pilar: Vamos sair então no sábado? A turma tá marcando um boliche de noite.

Moldo uma carinha de choro. No sábado tenho culto jovem.

Chér: Não dá, amiga 🙈 tenho culto.
Pilar: Caraca, Chér. Ou tem devocional ou estudo bíblico ou culto.
Pilar: Só falta morar na igreja.
Chér: Bem que eu queria hehe
Pilar: Aff.
Pilar: Você tá sem vida social, amiga.
Chér: Eu tenho muita social com a galera da igreja 😎 já te convidei para ir várias vezes. Você disse que iria algum dia. Vem no culto no sábado, daí você dorme lá em casa, o que acha?

Tiro a cutícula enquanto espero sua resposta.

Pilar: Nesse sábado não dá, amiga. Quero sair para me divertir. Fica pra próxima.

Uma próxima que nunca chega.

Pilar: Amanhã nos sentamos juntas, tá? Vou sair porque o narigudo tá vindo xeretar aqui.

Narigudo é o apelido do professor de história. Se pega os alunos no celular, tira de sala.

Solto um resmungo e tento aprender alguma coisa de química orgânica.

* * *

— Em qual padaria vai querer passar, Chér? Vou levar alguma coisa pra casa também.

Digo ao Luciano o nome e ele acena.

Nossos ombros se encostam de leve conforme atravessamos um cruzamento debaixo de uma tarde cinzenta. É a primeira vez em semanas que Luciano volta comigo para casa. Como precisava se reunir com seu grupo da feira cultural após a aula, Luciano conseguiu liberação do trabalho. Combinamos de irmos embora do colégio juntos, já que eu também tinha reunião com meus colegas por causa da feira. Luciano se prontificou a ir comigo até a padaria comprar os pães que minha mãe pediu, e aqui estamos.

— É bom ter você de companhia — digo para ele depois de virarmos na esquina.

— Sentiu saudade, é?

Luciano dá uma piscadela brincalhona.

— Só das suas explicações na aula de reforço. Poxa, fazem falta.

Libero um suspiro exagerado de puro fingimento.

— Nossas aulas pelo WhatsApp não contam?

Luciano ajusta a alça da mochila num ombro.

— Você sabe que contam.

Abro um sorriso doce, e o lábio de Luciano sobe.

— A propósito, sei que estou abusando da sua amizade com o reforço virtual.

— Não está, não.

— Estou sim, Luciano. Você pode me dizer se não quiser mais me ajudar. De boa.

— Gosto de te ajudar, Chér. Relaxa.

Luciano encosta no meu ombro com um ato de cumplicidade.

— Tem certeza?

Eu o encaro de lado segurando as cordas da mochila. Luciano faz que sim.

— Pode ser sincero comigo.

— Eu sou.

Sorrio e aceito sua sinceridade.

— Mas é sério — torno a dizer. — Você faz falta em nossas caminhadas para o colégio. Essa sua vida de assalariado é muito puxada, viu.

— Tem seus benefícios.

— Moletons, camisas descoladas, mangás e funkos? — arisco com graça.

— E outras paradas do mundo geek.

Luciano mostra um sorriso sugestivo conforme entramos na padaria.

Levamos alguns minutos escolhendo o que cada um vai levar para casa — culpa da minha indecisão quanto às gostosuras da loja — quando um estrondo ecoa no céu. Através das vidraças, noto as nuvens densas e apresso Luciano para irmos embora.

— Eu já paguei o meu, Chér.

Ele levanta as sacolas nos dedos.

Ah, sou eu quem não pagou ainda. Moldo uma careta risonha e vou até o caixa.

Saímos da padaria no exato segundo em que os pingos frios acertam meus braços.

— Trouxe guarda-chuva? — pergunto pra Luciano.

— Esqueci... — Ele estala os lábios.

— Que bela dupla, hein — murmuro, fazendo viseira com a mão na testa.

Na calçada, Luciano e eu quase corremos para fugir da chuva. Não tão rápido, pelo visto, pois um risco prateado rasga as nuvens carregadas num estrondo aterrorizante e me faz cravar as unhas no braço de Luciano. E é nesse segundo que o céu começa a desabar sobre nós.

Andamos mais rápido, já molhados, e tentamos nos abrigar debaixo de uma marquise. O vento corta a rua em rajadas barulhentas, empurrando as gotas frias e rápidas sobre nós. Um relâmpago ilumina o céu, e dou um pulo assustado em cima de Luciano.

Ai, tenho pavor de trovões.

— Não podemos ficar aqui! — ele grita.

— E vamos fazer o quê? — grito de volta.

— Tem uma galeria aqui perto.

Qualquer coisa é melhor que ficar na chuva ou estaremos encharcados em breve.

Aceito a sugestão de Luciano e corro ao seu lado para a galeria.

— 40 —
Gosto da sua companhia

A chuva torrencial castiga a cidade com trovões que dividem as nuvens ao meio em sons assustadores. Luciano e eu estamos ilhados na entrada coberta da galeria. Não somos os únicos, um grupo de pessoas também se abriga aqui enquanto a chuva cai sem parar, escoando pelas ruas feito um rio. Se eu estivesse sozinha nesse temporal, provavelmente estaria chorando. Trovoadas me deixam trêmula de medo. A cada estrondo, agarro o braço úmido de Luciano. Aposto que marquei sua pele com minhas unhas.

— Chér, essa chuva não vai acabar tão cedo — Luciano desliza a mão sobre o rosto cheio de respingos. — É melhor irmos lá pra dentro e ver se tem algum lugar pra gente esperar.

Concordo e à medida que andamos sinto as meias tão úmidas quanto meus tênis. É incômodo e nojento pisar nesse "plac-plac". Estou ensopada, e começando a ficar com frio. Luciano também tem o jeans, a camisa do colégio e os tênis molhados. Os fios de seu cabelo castanho grudam-se ao pescoço. Nem o coque baixo foi capaz de mantê-los no lugar. Seu cabelo está ensopado, assim como meus cachos gotejando no uniforme.

Essa chuva tinha que cair justo hoje que levei o maior tempão finalizando meu cabelo? Vai ficar tudo frisado e armado, do jeito que detesto. Ô tristeza, viu? Sorte que tenho um prendedor na mochila e vou juntar tudo num coque. É a única saída para não parecer uma leoa indomável.

— Aqui não tem praça de alimentação — murmura Luciano quando paramos num corredor repleto de lojas. — Tem uns quiosques e um self-service, acho.

Ele inspeciona ao redor. Faço o mesmo.

Nem um só banco vazio. Todos ocupados de gente molhada.

— Sabe do que lembrei?

Encaro Luciano, que coloca a mochila cinza, úmida, para a frente de seu corpo.

— Tem uma loja geek no segundo andar e eles têm um balcão de lanches e umas mesas lá. O que acha? Podemos pegar alguma coisa pra comer enquanto esperamos a chuva passar.

Se vamos ficar por aqui sabe-se lá quanto tempo, que seja ao menos sentados e comendo alguma coisa. Aceito a ideia e vamos até a loja.

Com meu celular sem bateria, pra variar, uso o do Luciano para ligar para minha mãe. Conto minha situação e ela fica preocupada, mas tento tranquilizá-lo afirmando que estou segura e com Luciano, um amigo que ela conhece. Ouço enquanto ela narra que a varanda de casa estava aberta molhando nossa sala. Minha mãe quer continuar falando da chuva, mas o celular não é meu. Garanto que vou avisar assim que for para casa e encerro a chamada.

— Obrigada — digo a Luciano quando ele retorna com nossas bebidas.

— Sua soda.

— Valeu.

Remexo o canudo nas pedras de gelo. Luciano se senta de frente para mim.

Provo a soda de morango pelo canudo e Luciano saboreia sua vitamina.

— Nunca estive em uma loja geek — comento examinando o lugar.

Há vitrines com prateleiras lotadas de funkos, quadrinhos, canecas, araras com camisas temáticas e coisas colecionáveis. O espaço é bem colorido, com amarelo e roxo escuro predominando. Nossa mesa está em uma parede estampada com capas de quadrinhos. A do outro lado da loja é de tijolos com o letreiro da plataforma 9 ¾, com malas e tudo para imitar o cenário de Harry Potter. O que acho mais legal é um boneco do Darth Vader em tamanho real que segura um copo de soda vermelha com a frase "que a soda esteja com você". Meu pai, que é fã dos filmes, adoraria.

— O nosso mundo tem seu charme — brinca Luciano.

— Tem — sorrio. — Lugar maneiro. Já comprou coisas aqui?

— Uma vez, eu acho. Os quadrinhos costumam ser caros, e os funkos também — ele sussurra. — Gosto de ir em uma loja mais no centro, perto de onde fica a da sua avó — ele fala e eu aceno. — É bem mais em conta e tem o setor do sebo.

— Já leu algum desses?

Passo a mão no papel de parede de quadrinhos.

— Muitos.

Luciano suga a vitamina, um sorrisinho esperto surgindo no canto de seu lábio.

— O salgado, mano.

O atendente, o único da loja, me entrega o salgado e se retira para o balcão.

Só tem três mesas aqui dentro, redondas e de dois lugares. Estamos nós e outro cliente.

— A soda é boa?

— É. Bem doce. Quer provar? — ofereço meu copo.

Ele faz um gesto de mão, descartando.

— Minha vitamina tem gosto de... — Luciano analisa o copo na mão. — Banana com couve e terra, algo assim.

— Eca, Luciano! — Mostro a língua.

Seu riso é suave.

— Intitulada como "Hulk", o que eu poderia esperar, né?

— Pede outra.

— Não, de boa. Eu tomo.

Com o salgado pela metade, junto os cachos num coque alto e os prendo. O ar-condicionado da loja faz com que eu sinta o jeans gelado. Bate aquele friozinho e aliso os braços arrepiados. Bem que o moço poderia desligar o ar.

— Quer meu moletom emprestado?

A oferta poderia ser gentil, se ele não tivesse as sobrancelhas arqueadas e o risinho esperto.

Acabo rindo pelo nariz e faço um gesto de mão descartando.

— É bem quentinho.

E Luciano puxa da mochila o moletom que eu dei a ele.

— Longe de mim.

— Sério, Chér, pode usar.

Ele me estende, mas rejeito. Luciano sacode a cabeça e o guarda na mochila.

— Ei, cara.

Ele chama o atendente e pede para aumentar a temperatura do ar-condicionado.

— Obrigada — agradeço ao Luciano.

— E aí, seus pais deixaram você ir ao congresso? — Luciano pergunta sorvendo a vitamina.

Dou um aceno exagerado e sorrio:

— Sim! Minha mãe falou com a Cris e tirou as dúvidas sobre o congresso. Conversou com meu pai e aí eles me deram permissão para ir. Fiquei superfeliz! Vai ser meu primeiro congresso.

Conversamos sobre o evento e Luciano me conta suas experiências de outros congressos, o que me deixa ainda mais empolgada. Então o celular do Luciano toca, e é sua mãe. Meu amigo atende e o ouço murmurar o nome do irmão, Mateus, e assentir permitindo alguma coisa. Luciano desliga com um vinco sob o nariz e um lampejo de preocupação no olhar.

— Tudo bem? — pergunto depois de morder o salgado.

— Sim. É que o Mateus está irritado por causa do barulho da chuva e minha mãe quer dar o presente que eu comprei para o aniversário dele. É um Lego do Jurassic World. Ela acha que vai acalmá-lo.

— De medo do trovão eu entendo. Sofria muito quando pequena.

— Com ele é um pouco mais intenso, Chér — Luciano coça a nuca e se reclina na cadeira. — Mateus fica muito bravo, tipo, bravo mesmo. É uma forma de extravasar o medo.

Luciano alisa seu copo pela metade e sobe seu olhar para o meu.

— Te falei que ele foi diagnosticado com autismo nível um?

— Nossa, Luciano. Não, você não disse.

Puxa, isso é sério.

Apoio os cotovelos na mesa para encará-lo melhor.

— Minha mãe estava desconfiando, mas meu pai ficou relutante em fazer o teste e levar meu irmão nos especialistas. Aí a escola pediu uma reunião com eles por causa de alguns comportamentos do Mateus e minha mãe decidiu levar ele ao médico. Foram dias de avaliação até fecharem o diagnóstico.

— Caramba.

— É.

— E sua mãe?

— Ela aceitou de primeira. O Mateus sempre teve atitudes meio nada a ver, Chér. Tipo, ele tem umas crises de raiva bizarras do nada. Solta umas frases sem sentido e tem muita dificuldade para se expressar. Repete alguns padrões quando brinca com o Lego, por exemplo, e não consegue interagir direito com os outros. Desde pequeno ele tem um hiperfoco em dinossauros, mas a gente achava que era normal porque eu era fissurado por carrinhos da Hot Wheels. Tinha coleções.

— Eu amava colecionar Polly Pocket.

— Que isso?

Luciano aperta as sobrancelhas.

— É uma bonequinha que você pode mudar de roupa, cabelo, acessórios. Essas coisas.

— Ah.

Ele move a cabeça como se compreendesse.

— Eu já ouvi falar sobre a repetição de padrões e o hiperfoco em crianças neurodivergentes, mas não sei muito... Quer dizer, não sei nada sobre isso — comento.

— É, eu também. Mas desde o diagnóstico eu tenho lido vários blogs pra tentar entender melhor.

— Deve ser difícil, Luciano. Pra todo mundo, né?

— Minha mãe aceitou de boa porque ela desconfiava, mas meu pai está no meio a meio. Ainda acha que Mateus é mimado e birrento. Quer que minha mãe leve meu irmão em outros médicos. — Luciano estala os lábios. — Cara, pra você ter ideia, minha mãe gastou uns quatro mil reais pra ter esse diagnóstico.

— Caraca!

Nossa! Isso é caro demais.

— É, e eu acho que tá de bom tamanho. Pesquisamos a clínica e são superconceituados. Acho que o diagnóstico está certo. Meu pai está em negação. Minha mãe já pende para o lado mais obcecado da coisa. Já comprou aquele colar colorido e o crachá para o Mateus usar.

Luciano sacode a cabeça como se reprovasse a atitude da mãe. Já vi esses colares de identificação por aí.

— Você não acha boa ideia? — pergunto. — É mais fácil para identificar.

— É, mas o autismo do Mateus não requer grandes ajudas, entende? Tem que fazer terapia e tal, mas acho o colar um tanto demais. Fico preocupado em como vai ser na escola. Mateus quase não tem amigos. Acho que o colar pode gerar bullying, sei lá. Já passei por isso na escola, e é um pesadelo. Não quero meu irmão sofrendo assim.

Luciano toma o restante de sua bebida num gole.

Que situação complicada. Deve ser difícil demais lidar com isso em casa.

Quero expressar algo encorajador, mas não sei o que dizer.

— Talvez o colar ajude outras pessoas a entender alguns comportamentos do seu irmão e os limites dele, sabe. E aí não vão interpretar o Mateus errado, Luciano. Acho que pode ser muito útil.

Luciano assente, mas sinto que não concorda. Ele brinca com a base de seu copo vazio.

— Crianças podem ser perversas — Luciano comenta.

Percebo que sua cabeça está em outro lugar.

Penso no que ele acabou de dizer sobre o que enfrentou na escola.

— Você sofreu bullying, Luciano?

— Foi, na minha antiga escola. Por isso troquei e fui para o nosso colégio.

— Não fazia ideia. Deve ter sido uma droga.
— Um pesadelo, Chér.

Luciano é um garoto tão maneiro que a imagem mental dele sofrendo bullying me entristece.

— A coisa foi séria — Luciano fita sua mão na base do copo. — Eu era muito tímido e quieto, e a galera sempre me zoava. Mas a coisa tomou uma proporção gigantesca. Eles passaram a me zoar todo dia por causa do meu cabelo longo, me chamando de menina e outros nomes que prefiro nem comentar. Depois começaram a zoar porque eu gostava de ver anime e ler mangá. Zombavam da minha masculinidade, e foi um pesadelo.

Fico quente só de ouvir o que ele sofreu. Ninguém merece passar por algo assim. Que horrível!

— Que imbecis — cuspo. — Nossa, isso dá muita raiva, Luciano.

— É, eles foram. E eu quase surtei na sala de aula e caí em depressão.

Minha boca fica meio aberta e me inclino sobre a mesa.

— Você teve depressão?
— Tive, aos treze anos.

Nem sei o que dizer além de "sinto muito", mas parece bobo. Saber que Luciano sofreu bullying e teve depressão me enche de tristeza.

— Não precisa me olhar assim. Já passou, Chér.
— Desculpa... É que eu fico triste e meio com raiva. Você é tão incrível, me dói saber que já enfrentou algo assim. Que pessoas te magoaram e foram maldosas com você.
— Quer dizer que eu sou incrível?

Luciano mordisca o lábio num sorriso presunçoso.

— É — balbucio com a barriga meio gelada.
— Eu sei que sou incrivelmente legal.

E pisca divertido. Sorrio um tanto sem graça.

— Você é mesmo — admito brincando com o canudo.

— Isso já passou, Chér. Não precisa ficar triste.

— Mas eu fico, ué — respondo turrona. — Esses garotos ainda são da mesma escola?

Luciano solta um riso rouco.

— Por quê? Você vai lá tirar satisfações por mim?

— Vou! Chutar a canela de cada um deles.

— Deixa disso.

Seu lábio sobe divertindo-se comigo.

— Querem mais alguma coisa?

O atendente vem até nós com um sorriso educado. Percebo que nem cheguei a comer meu salgado e que a soda está pela metade. Digo que não, e Luciano pede um sanduíche. Continuamos a falar sobre a fase difícil que meu amigo atravessou, as terapias e, sobretudo, a conexão com Jesus que ele passou a ter naquela época.

O sanduíche do Luciano chega e ele muda de assunto entre mordidas. Conversamos sobre minhas expectativas para finalmente conhecer o José, sobre como Dinho está sofrendo com o término com Bruna e outras coisas. Nem percebemos as horas passarem. Gosto de conversar com Luciano. Sempre temos vários assuntos em comum, e o papo flui muito natural.

Decidimos verificar se a chuva parou e, com o céu livre de gotas, deixamos a galeria.

— 41 —
Um senhor bonitão

— Como eu estou?

Papai quer minha opinião enquanto encara o próprio reflexo no espelho de seu quarto. Ele colocou uma calça de linho cinza-chumbo, camisa social azul-marinho, que deu uma disfarçada na circunferência do abdômen, cinto preto e uma gravata listrada branca com cinza. É assim que ele costuma se vestir em dias de ceia na igreja.

— Você está indo para o culto? Só falta colocar o paletó.

Aponto sentada na beirada da cama dos meus pais esperando papai se aprontar para irmos jantar na casa de vó Lourdes e finalmente conhecer o José. Mamãe foi primeiro para ajudar a vovó com os preparativos e dar aquele apoio emocional, já que ela está nervosa com o grande encontro. E eu fiquei com meu pai, a pedido de minha mãe, para não permitir que ele se vista brega. Só que ele pendeu para o formal demais e estamos precisando de um equilíbrio aqui.

— Não está bonito, filha? Hein?

Papai vira o corpo para o espelho dando uma boa olhada em si.

— Pai, é um jantar casual. Tira essa gravata. Está muito sério.

— É justamente o que quero. Vou ter uma conversa de homem para homem com José. Tenho que demonstrar postura. — Ele ajeita a gola fazendo cara de bravo. — Transmitir seriedade e firmeza.

— Até o senhor abrir a boca, né? Aí a seriedade vai para o ralo. Tira logo isso e vamos.

Busco as horas no celular. Quase sete. Batuco o tênis na passadeira.

— Anda. Tira a gravata, toma banho de perfume e partiu.

Fico de pé alisando os vincos invisíveis do meu vestido. É novo, minha mãe comprou de presente para a ocasião. Disse que eu ficaria bonita e delicada. Bonita até vai, agora delicada não tem nada a ver comigo. Até aceitei, queria fazer um agrado, mas mantive os tênis. Fiz uma trança embutida no cabelo, porque nos últimos dias meus cachos andam pura rebeldia. Tenho minha parcela de culpa, já que com a correria não cuidei deles como deveria. Minha mãe falou em irmos ao salão para fazer aquela hidratação cara e milagrosa. É lógico que topei. Preciso estar apresentável para a feira cultural na próxima semana.

— Pai!

Insisto vendo que ele ainda se admira.

— A gravata. — Indico com o queixo. — A comida já deve estar pronta.

Quem sabe o convenço pelo estômago.

— Senhor... o salmão da sua avó com molho de maracujá — ele assobia.

— Então, pai, dá pra ser?

— Dá, dá. Vou tirar.

Com a gravata fora, papai emplasta as mãos de óleo para esfregar pelo cabelo aparado, barba e bigode, que está deixando crescer de novo. Já falei que ele parece mais velho do que é com bigode. Prefiro sem. Meu pai é um quarentão bonito, tem um quê de Denzel Washington, menos quando cisma com esse bigode horroroso estilo Charles Chaplin.

— Aqui.

Borrifo o perfume nele para adiantar e solto uma tossida com o cheiro forte de madeira.

— Minha filha cuidando de mim.

Papai dá um sorriso amplo de dentes alinhados e brancos. Logo seus tentáculos estão ao meu redor e eu passo por baixo de seus braços. Sem chance de ele começar com esse grude.

— Sem beijos, pai. Bora!

— Tá, tá.

E saímos de casa, finalmente.

— Como está a vovó?

Quero saber após mamãe abrir a porta do apê de vó Lourdes.

— Sogra, que cheiro maravilhoso.

Papai funga o aroma do assado já alisando a pança.

— Muito nervosa — responde minha mãe. — Acredita que procurou o par de sandálias dentro da geladeira?

— Não! — Abro a boca. — Sério?

— Sim. Ficou segundos com a porta aberta olhando para o nada. Tadinha, filha.

Rimos os três, baixinho, é claro.

— E cadê ela?

— Foi pôr as sandálias.

— E o José?

— Chegando... — Mamãe sopra num bico. — Que tensão. Estou nervosa também.

Mamãe abre bem os olhos com um sorriso discreto. Entendo. Acho que todos estamos.

— José está estacionando.

Vó Lourdes vem pelo corredor tentando pôr um brinco na orelha. Ela está usando um vestido verde escuro de corte reto até as canelas. Os cabelos escovados com as pontas modeladas de babyliss. Maquiagem leve, um colar rosa de pedras e brincos iguais. Muito elegante e linda!

— Arrasou, vó.

Suspendo o polegar em aprovação.

— Jura? — Suas sobrancelhas se unem. — Não exagerei no colar?

— Já disse que não, mamãe — fala minha mãe. — Você está maravilhosa.

— Encantadora, minha sogra.

— Acredito, acredito. — Ela afaga os fios. — Vou descer para buscar José, está bem?

Nos encaramos, os quatro, cheios de expectativa. Vovó respira fundo e sai.

Não demora até que escutemos passos no corredor. Meu pai vai até a porta olhar através do olho mágico. Se vira para nós com o polegar para cima e sussurra "é um senhor até que bem bonitão", só que o sussurrar dele é o mesmo que falar num megafone. Podemos ouvir a risadinha vindo do outro lado da madeira.

Racha minha cara, pai!

— Que bom que sou do agrado.

É a primeira coisa que José fala ao abrirmos a porta, seguido de um riso divertido.

O mico não foi meu, mas as bochechas esquentam.

— Boa noite, seja bem-vindo.

Meu pai pigarreia para disfarçar e estende a mão, cordial. José devolve o cumprimento e eu o analiso. É alto como me lembro de tê-lo visto na loja. Seu cabelo é esbranquiçado com alguns fios acinzentados e bastante volumosos. Não há indícios de calvície, e olha que ele deve ter a idade de vovó. As sobrancelhas são grossas, grisalhas e retas sob o par de olhos azuis tão claros feito mar cristalino. Tem linhas de expressão ao redor dos olhos, da boca, mas nada de rugas acentuadas. Está de blusa polo verde escuro — um belo contraste com os olhos —, calça bege e botas amarronzadas no estilo fazendeiro, porém sem o chapéu.

Meu pai tem razão. Vendo de perto — porque da última vez eu estava agachada atrás de uma planta, né — José é bem bonito. Se consegue conservar essa aparência na terceira idade, imagina quando era jovem. Não é à toa que a vovó contou que todas as meninas da igreja eram apaixonadas por ele.

— Entra, José, fique à vontade — minha mãe gesticula, abrindo um sorriso gentil.

José pede licença, dá um aceno sutil e entra na sala. Vovó, atrás dele, dedica um sorriso nervoso segurando o buquê que recebeu de José, é óbvio. São flores do campo, minhas favoritas.

— José, esta aqui é minha filha, a Marcela. Este é meu genro, Luís, que é como um filho para mim. E esta é Rochelle, minha neta adorada.

Vovó nos apresenta com um gesto de mão e um sorriso contido.

— Oi — aceno, tímida.

— É um prazer, José — fala mamãe.

José tem um ar agradável, quase admirado, no rosto ao fitar vovó.

— Igualmente. Lourdes sabe o quanto quis conhecê-los. Que família bonita, querida.

Ele a chamou de querida? Ah, soou bem fofo.

— São tudo para mim.

Vovó intercala seu olhar entre nós três com ternura.

— Fez boa viagem até aqui, José? — meu pai pergunta para quebrar o gelo, e os dois entram em uma conversa casual enquanto mamãe, vovó e eu nos movemos pela sala e cozinha.

Com os últimos retoques na mesa, enfim nos sentamos para comer e ter a tão esperada conversa com José.

— 42 —
Até que ele é interessante

— Agradeço por estarem me recebendo com tanta gentileza. Imagino que devam ter muitos questionamentos a meu respeito e de minha relação com Lourdes. — A voz de José é educada. — Gostaria que soubesse que meus sentimentos por ela são genuínos e que minhas intenções são as mais respeitosas.

José cobre a mão de minha avó sobre a mesa nos dando um olhar amistoso.

— Lourdes foi o encontro mais inesperado que tive, e o mais bonito também.

Ele fita vovó com tanto carinho, seus olhos dizendo muito mais do que as palavras.

— Ela deve ter dito que sou viúvo — José comenta.

Meus pais e eu acenamos sutilmente. Meu prato está vazio e eu satisfeita. Papai finaliza o jantar e mamãe beberica sua taça de água.

— Como ela, eu não tinha planos de ter um novo relacionamento. Após os primeiros anos do falecimento de minha esposa, até pensei em me casar, mas não me inquietei sobre isso e deixei a vontade de lado. Me dediquei à chácara e à igreja.

— José é muito ativo na comunidade que frequenta — expõe vovó com pitada de orgulho. — Faz um trabalho belíssimo com o ministério social da igreja. Precisam ver. Depois mostre as fotos das missões que já fizeram, querido. — Ela acaricia o ombro dele.

Não estou habituada ao "querida" e "querido" ditos com tanta naturalidade. Meus pais têm apelidos carinhosos, mas o de vovó e José é bem cara de casal idoso de filme romântico. Acho bonitinho.

— Minha vida foi na igreja fazendo missões sociais. Gosto muito de servir na obra.

— Desde mais novo — fala vovó. — Ainda me lembro das saídas de evangelismo que você planejava, dos eventos para arrecadar ofertas, da empolgação em encorajar os outros jovens... — Ela fica contemplativa. — José vivia tendo ideias, era muito criativo. E sempre tinha uma multidão de jovens atrás dele, precisava ver. A maioria meninas, mas todos se envolviam na obra no final de contas. A beleza dele era um chamarisco.

Vovó comenta com humor e José parece ficar sem graça.

— Assim não serei levado a sério, Lourdes.

José segura o riso coçando a parte de trás da cabeça.

— Já contei do seu passado na nossa igreja, José. — Vovó toca o braço dele. — E garanti que você era firme mesmo diante de uma vasta opção de pretendentes.

— Que bom que meu passado não me condena.

José faz piada e gosto de ele ser bem-humorado. Estamos os cinco rindo.

— Luís não pode dizer o mesmo.

O comentário astuto é de mamãe, para minha surpresa.

— Marcela!

Papai abre os braços meio surpreendido, embora seu rosto esteja risonho.

— Brincadeira, vida. — Minha mãe acaricia a barba de papai. — Não há mais condenação para os que estão em Cristo Jesus. E o Senhor fez uma obra completa e linda na sua vida. Fiquei com a melhor parte. — Ela dá uma piscadela toda engraçadinha.

— Deus teve que amassar o barro para ficar um vaso de honra. E como sogra eu posso testificar que o vaso ficou da maior qualidade. — Vovó faz joinha com os dedos.

Dou risada com o clima descontraído na mesa. Gosto quando meus pais e vovó brincam um com o outro, e é bom perceber, pelo rosto risonho de José, que ele compartilha do nosso senso de humor. Vai se encaixar fácil na família.

— Vamos deixar o passado onde está. Podemos conversar sobre o futuro? — Papai muda a conversa enchendo sua taça de suco. — Minha sogra contou que você tem uma chácara, José.

José se ilumina todo ao falar sobre a chácara que adquiriu em Petrópolis alguns anos atrás. É notável o quanto ele adora o lugar. A conversa acontece com naturalidade, e até eu pergunto algumas coisas sobre os animais e as flores que José tem em sua chácara. José faz descrições vívidas do local, e vovó tece elogios. Encorajado por ela, José nos mostra algumas fotos, e eu fico admirada com a beleza do lugar e louca de vontade de conhecer.

— Vai ser um prazer recebê-los em minha chácara. Creio que vão gostar do clima que temos por lá. É muito agradável e pacífico. É de uso pessoal, mas eu quis aproveitar o espaço e construí uns chalés pensando em retiros, encontros das igrejas. Ficou um barato. Aqui.

José entrega o próprio celular, de novo, para nos mostrar as acomodações.

— Nossa, José — exclamo dando zoom. — Parece casinha de conto de fadas. Olha, mãe.

Mostro para ela e ficamos as duas babando nos chalés de madeira pontiagudos no meio das árvores. São encantadores. Estou apaixonada. Quero muito conhecer um deles.

— Vamos marcar de irmos à chácara. Esperem José terminar as reformas — diz a vovó.

— Sim, sim — ele concorda. — Está complicado por causa dos materiais da obra, mas assim que estiver tudo pronto eu farei questão de convidá-los para irem conhecer meu quintal.

José dá um sorriso amplo de enrugar os cantinhos dos olhos.

E pelo restante do jantar conhecemos um pouco mais do namorado de vovó.

* * *

São quase onze da noite e estou no meu quarto. De banho tomado, vestindo pijamas e com um sorriso que não quer desgrudar do rosto. Repasso o jantar na mente e constato que aconteceu o que eu mais temia: acho que fui conquistada por José. Em um único jantar, uma única conversa. É cedo demais para querer que ele seja meu avô postiço? Dou uma risada alta. Logo eu, a desconfiada. Não imaginava que José pudesse ser tão simpático, acolhedor, gentil e fofo.

O jeito que ele olha para minha avó é de derreter o coração. Até meus pais ficaram encantados e voltamos para casa falando disso. José chama minha avó de querida com tanto afeto. É muito atencioso com ela, puxou a cadeira para ela duas vezes e ficou de pé nas duas vezes em que vovó se levantou. José parece um daqueles lordes de filmes ingleses, tipo *Orgulho e preconceito*. Tem até mesmo uma propriedade na serra para fazer jus. Só faltou aqueles sobretudos antigos e a cartola. Comentei com meus pais e eles deram risada, mas mamãe concordou comigo.

E ficou muito claro também que vovó e José se gostam de verdade. Além de interagirem com tanta sintonia, o jeito com que se olham deixa nítido os sentimentos que carregam. Não achei que pudesse ficar tão tocada com isso, mas fiquei. O que eles sentem é sincero.

É, fui mesmo conquistada por meu futuro avô postiço no primeiro encontro.

Tirei fotos dos dois e quero mostrar José para minhas amigas. Pego o celular e envio mensagem no grupo, mas ninguém responde. Mando uns áudios no privado para Pilar, contando sobre como foi a noite. Ela visualiza, mas não responde. Ai, poxa. Justo quando quero contar todos os detalhes do jantar ninguém quer conversar comigo.

Ah, já sei para quem mandar mensagem.

Chér: Oi, Luciano. Conheci o José. Quer saber como foi?
Chér: Agora tenho uma foto decente dele para te mandar.

Luciano fica on-line, para minha alegria.

Luciano: Ele é um caubói mesmo?

Ele ainda lembra disso. Começo a rir.

Chér: Estava só de botas hoje. Fiquei decepcionada por não trazer o chapéu 😭
Luciano: O cara tá aprovado?
Chér: Acho que sim hihi. Quer dizer, eu gostei tanto dele. Parece até aqueles senhores fofos de filmes ingleses kkkk. Dar minha aprovação assim de primeira é ruim né? Devia fazer algum suspense.
Luciano: Vai querer que eu puxe os antecedentes criminais dele?
Chér: Sempre bom, né? 😛 não kkkk

Entre conversas divertidas com Luciano vou contando sobre minha noite.

— 43 —
Às vezes temos que ceder

Os intervalos no colégio têm sido... diferentes. E não sei se gosto do diferente.

É muito egoísmo querer que minha amiga se sente apenas comigo?

Desde que Bruna partiu somos apenas Pilar e eu. Bom, éramos, até Lorena, Malu e Sofia se enfiarem em nosso meio. Na boa, o quinteto não rola e eu nem sou próxima das meninas. Mesmo quando éramos da mesma sala que Malu e Sofia, nos falávamos pouco. Bruna e Pilar sempre foram as únicas amigas com quem eu me sentava perto na classe ou nos intervalos. Nem tinha contato com a Lorena, porque era de outra classe. Enfim, a questão é que durante as semanas de preparação para a feira cultural dava para relevar a Pilar ter que passar vários intervalos com as meninas, já que eu mesma tive que ficar com o meu grupo durante um bom tempo.

Agora, porém, que a feira já aconteceu — e foi um sucesso, aliás —, tudo deveria voltar ao normal. Pilar e eu sozinhas e as meninas sabe-se lá onde. Simples assim. Só que não. Quando Pilar não fica com as garotas, elas vêm ficar com a gente. Não tenho afinidade com as meninas e nada em comum para puxar papo — e, para ser sincera, nem faço questão. As quatro conversam entre si, superanimadas, e eu fico no "uhum, ah tá, legal". É chato. Quero papear com Pilar na intimidade que temos, mas é estranho fazer isso com elas do lado.

Lorena é a que mais incomoda, porque está achando que é a nova melhor amiga da Pilar. É um tal "amigan" pra cá e pra lá porque ela não sabe falar amiga sem aquele tom manhoso que, para mim, é apenas forçado. Pedi a Pilar para sentar comigo, só nós duas. Mas não deu nem cinco minutos e a Lorena caiu de paraquedas aqui.

Agora ela está sentada no degrau abaixo do meu ao lado de Pilar mostrando alguma coisa para minha amiga em seu celular. As duas rindo e eu emburrada. Custava muito ficar um intervalo somente nós duas? Será que não dava para avisar a Lorena?

Envio uma mensagem para Pilar. É um print da definição da palavra *dupla*.

Pilar vira o queixo sobre o ombro me fitando de baixo. Parece confusa.

Dou aquela revirada de olhos.

Pilar: Que isso?
Chér: Nada

Pilar ignora e volta a papear com Lorena.

Meus ouvidos vão sangrar se continuar ouvindo sobre o "delicinha da academia". Juro!

— Onde você vai, amiga?

Pilar questiona quando me levanto e passo por elas descendo os degraus.

— Vou ali falar com a Camile — digo com a ideia recente.

Pilar só acena e torna a dar atenção ao celular de Lorena.

Como Luciano está jogando basquete, não tenho com quem ficar. E Camile e Lara já me chamaram diversas vezes para ficar com elas no intervalo. Acho que é hora de dar uma chance. Só espero, mesmo, que nenhuma delas fique falando sobre garotos.

* * *

Nos próximos dias no colégio, me sento mais com Camile e Lara do que com Pilar e as garotas nos intervalos. Tem sido legal acompanhar a dinâmica do grupo. Estou gostando de me sentar com eles. É como respirar novos ares porque os assuntos são mais diversificados. Ninguém tagarela sobre ficadas, garotos e fofocas quentes, o que é ótimo.

Lara adora falar de k-pop e dorama — tópico que nos aproximou durante o período da feira cultural —, Camile gosta de conversar sobre vídeos cristãos engraçados, seu gato e coisas de política. Gil é um viciado em café, livros de mistério e animes. A outra menina, Giulia, que se senta pouco com a gente, mas passei a gostar dela mesmo assim, adora MPB e séries de investigação criminal. Tem outros dois meninos que ficam com o grupo às vezes e são bacanas, mas não interajo muito com eles.

Conforme passo o tempo com o pessoal vou descobrindo coisas novas sobre cada um e aprendendo a me encaixar. E tenho que admitir que tem sido muito bom esse contato. Durante anos meu círculo de amigos no colégio se resumia ao trio com minhas amigas. Nunca senti vontade de estar com outros colegas, até agora. Apesar disso, sinto falta de sentar com Bruna e Pilar. De nosso encaixe. Quando passo ou olho para as escadas da biblioteca é impossível não pensar nelas. A saudade é uma mão quente agarrando meu coração.

Com as meninas em mente, envio uma mensagem em nosso grupo, que anda bastante parado. Espero uma resposta deitada na cama. Fiz meu devocional mais cedo e fui estudar. A nova matéria de física está me fazendo cozinhar os miolos. Novembro está logo ali e não quero derrapar em minhas notas e cair na recuperação das férias de janeiro. É um pesadelo pior que perder as de julho. Por causa disso, tenho me dedicado bastante aos estudos e vou continuar até este ano letivo finalmente ter fim.

Uma mensagem surge no topo da tela. É propaganda.

Clico na foto do perfil do grupo com as meninas e sinto nostalgia do dia em que tiramos.

Bruna e eu nos falamos raramente, e apenas no grupo. Ela só conta novidades quando Pilar pede. Bruna diz estar com os dias corridos no novo colégio e tentando acompanhar a rotina em casa. Pilar acha que ela não fala muito porque tem sofrido com a mudança e o término do namoro. Já eu não sei se é isso ou se é falta de importância mesmo. Talvez os dois. De toda forma, o que senti na nossa despedida vai se tornando real com o passar das semanas.

Bruna e eu estamos nos distanciando cada vez mais. No começo eu pensava bastante nisso e sentia a dor da separação, mas agora meio que aceitei o novo status da nossa amizade. Ainda me importo com ela, mando mensagens no grupo para saber como andam as coisas, vejo os stories, comento em fotos. Mas só. Acho que seremos assim, amigas que não têm mais a mesma afinidade e que mantêm aquela amizade cordial de redes sociais. E por mim tudo bem.

Outra mensagem pipoca na tela. Ah, é de Pilar.

Pilar: Nem sentou comigo hoje
Chér: Ah, você desceu com a Lorena.
Pilar: E você ficou com a Camile e a Lara 🙄

Não quero ficar nesse pingue-pongue, por isso digito:

Chér: Te amo, migaaa.
Chér: Saudades de conversar com você.

Pilar manda uma figurinha boba e me chama no privado.

Pilar: Saudades também amiga.
Pilar: Te contei da última da minha mãe?

Escrevo que não. Pilar me conta que tia Osana fez um barraco na casa do pai da Pilar por causa da nova namorada dele. Que ela não aceita de jeito algum que o pai siga com a vida e foi lá implorar para voltar, chorou, fez cena, e foi uma confusão porque a namorada estava na casa do ex-marido. Uma treta feia. Que dó da tia Osana.

Pilar: Pensei que ela fosse superar conforme os meses passam, mas só piora. A fase da negação não acaba, pelo amor. É estranho ver meu pai já com outra? É, mas ele seguiu com a vida. Minha mãe devia fazer o mesmo e não ficar nesse sofrimento.
Chér: Sua mãe ainda gosta dele, você sabe. Ela está sofrendo. Tadinha, amiga.
Pilar: Eu sei. Só que ela tem que furar essa bolha, sabe? Não ir fazer barraco na casa do meu pai. Estou tão estressada com isso, amiga.
Pilar: Queria sair, fazer alguma coisa.
Pilar: Mas nem posso porque ela está deprimida se entupindo de açúcar e vendo filmes.
Pilar: Vem pra cá amiga 😭
Chér: Poxa, amiga, eu iria se pudesse, mas o José vem para outro jantar.

Pilar envia figurinhas melancólicas.

Pilar: E amanhã? Podíamos ir ao shopping ver um filme. Preciso sair de casaaa!

Amanhã eu tenho um compromisso com Talita, Gabi e outras meninas da igreja. Marcamos um piquenique num parque perto da casa de Gabi e vamos ter um encontro bem menininha. Estou muito animada para o encontro porque tenho aprendido a gostar das garotas. Não queria deixar de ir, mas quem sabe não posso levar a Pilar? É uma ótima ideia, na verdade. Ela não aceitou nenhum dos meus convites para ir comigo à igreja ou às reuniões. Essa pode ser uma oportunidade. Certo?

Chér: O que acha de ir comigo num piquenique de garotas?

E explico mais ou menos como vai ser.

Pilar: Ah, não, amiga. Nem fui convidada. E nem conheço suas amigas.
Chér: Estou te chamando agora, ué. E as meninas são maneiras, você vai gostar delas.
Pilar: Não estou no clima pra ficar com muita gente que nem conheço.
Pilar: Deixa. A gente marca outra coisa depois.
Chér: Para, Pilar. Vamos comigo, vai ser legal.

Insisto, mas Pilar não cede.

Chér: Vamos, por favor, depois você pode dormir aqui em casa. O que acha?
Pilar: Não, amiga. De boa. Pode ir. Se divirta.
Pilar: Talvez eu vá ao cinema sozinha.

Fico dividida. Quero ir ao piquenique, mas não quero Pilar triste e sozinha assim. Faz meses que está atravessando essa barra com a separação dos pais. Sei que precisa de companhia. E nós duas de um tempo só nosso. Penso um pouco e decido ir com ela ao cinema. Não quero que minha amiga fique pra baixo. E o cinema com Pilar vai ser legal também. Sempre é.

> Chér: Então eu vou com você ao cinema, amiga.
> Pilar: Não, amiga. Sai com suas amigas.
> Chér: Vou sair com você e está decidido. Cineminha de besties.
> Pilar: Mesmo? Ainnn amiga. Obrigada! Te amuuu
> Pilar: Podemos ir na livraria e naquela cafeteria, o que acha?
> Pilar: Depois do cinema.
> Chér: Vamos! Finalmente sair juntas, eba! Senti falta 🖤
> Pilar: Eu também
> Chér: Qual filme?
> Pilar: Vou abrir aqui e olhar. Daí compramos online mesmo pode ser?

Escrevo "perfeito" e combinamos nossa tarde de sábado no shopping.

— 44 —
Não somos um trio

Como Pilar não me avisou que ela viria?

Nem consigo disfarçar a indignação, por mais que tente. Aposto que as pessoas no shopping devem me achar mal-encarada. Lábios contrariados, sobrancelhas unidas e um olhar carregado. Nada consegue aplacar a irritação que me pinica as orelhas.

E, enquanto eu cozinho por dentro, Lorena segue toda espalhafatosa de calça jeans escura, cropped branco e a jaqueta rosa-choque sobre os ombros, de braços dados com Pilar, no meio de nós. Ando pelo corredor com os braços amarrados, embora Pilar tenha oferecido seu outro braço para mim com um pedido de desculpa estampado nos olhos, que eu rejeitei.

Que vacilo! Por que ela não avisou que Lorena viria? Pensei que seria um programa de dupla, não de trio. É claro que estou emburrada. Tenho o direito, não tenho? Queria passar uma tarde com Pilar, só nós duas, mas ela convidou a outra amiguinha. Isso é muito chato!

— ... não é melhor a gente comer primeiro? Temos só duas horas antes do filme. Prefiro comer e depois que o filme acabar damos um rolê pela livraria, que tal?

Lorena conversa com Pilar. Saco meu celular da calça jeans e finjo estar concentrada.

— Ah, pode ser — escuto Pilar dizer. — O que acha, Chér?

Apenas quico os ombros.

— Fechou então. Podemos ir ao banheiro rapidinho? — Lorena pede.

E seguimos para lá. Fico no celular, no corredor, enquanto as duas entram no banheiro.

Pilar é a primeira a sair. Os lábios mais cheios de gloss e o cheiro de perfume mais forte. Ela está de wide leg como eu, a diferença é que a dela é preta e combina com o cropped listrado. Também trouxe uma jaqueta jeans escura, enquanto eu vesti meu moletom bege de estampa nas costas e vans. Por pura preguiça de lavar e finalizar os cachos, fiz um coque no alto da cabeça com fios escapando, enquanto Pilar e Lorena estão com os cabelos sedosos e soltos.

— Amiga... — Pilar começa já com um beicinho.

Descarto com um resmungo seu olhar de cachorro esquecido em caixa de sapato.

Olho rápido para a entrada do banheiro. Vazia.

— Pensei que seríamos apenas nós duas, Pilar — digo sussurrando.

— E era! É que eu... — hesita encarando o chão.

— Você a convidou? Sério? — Amarro os braços.

— Er... — Ela morde o lábio. — Eu tinha comentado com ela também que queria sair, mas ela disse que tinha outra coisa pra fazer e tudo o mais. Aí hoje veio dizer que não ia rolar a saída com a irmã e perguntou se eu ainda queria vir ao cinema.

— Espera. — Levanto a palma. — Você convidou nós duas ao mesmo tempo?

A expressão de culpa se acentua no rosto maquiado de Pilar.

Não acredito nisso! Sou um retrato quase idêntico daquela pintura "O grito".

— Eu fui a segunda opção ou a primeira?

— Não, foi ao mesmo tempo, Chér.

— Claro que não. Os segundos contam aqui, tá legal? Você foi desabafar com as duas?

Encho as bochechas de ar expulsando com os lábios num bico bravo.

— Eu comentei. Queria conversar. Qual o problema?

— Foi, tipo, quem me der atenção primeiro sai comigo? Muito maneiro da sua parte. Poderia ter vindo só com ela então, era só ter dito que já tinha companhia.

— Amiga, eu queria vir com você, droga. É sério. Eu só comentei com ela, aconteceu, mas eu queria a sua companhia. Sinto falta de estar com você. — Pilar está apelando com esse olhar de desamparo. — Só que ela mandou mensagem, e o que eu poderia dizer? Eu viria mesmo, aí não tive como falar que ela não poderia vir, seria chato.

— Chato é combinar uma tarde com a melhor amiga e trazer a outra amiga.

— Poxa, Chér. A Lorena é legal. Dá uma chance, hein? Não sei por que você tem essa implicância com ela.

— Não tenho implicância. — Cruzo os braços. — É que ela meio que se infiltrou entre a gente.

— Ai, isso não é verdade, Chér.

— Ela está sempre se sentando com a gente, Pilar. Todo dia! Malu e Sofia se sentam às vezes, mas com a Lorena é todo dia. É chato. Não gosto.

— Isso é ter implicância. — Pilar fica de carranca.

— Então eu tenho implicância por ela não se tocar e perceber que dupla não é trio.

— Ela gosta de sentar comigo. Devo expulsar a garota só porque você não gosta dela?

— Não gosta de quem?

A voz de Lorena nos alcança e ela sai do banheiro enfiando alguma coisa no bolso.

Pilar e eu nos encaramos, calorosas, e eu desvio o olhar.

— Pensei em pegar alguma coisa no TexMex, mas a Chér não gosta de comida mexicana — Pilar inventa, e eu relaxo quando Lorena parece não ter entendido do que falávamos.

— Ah, eu adoro mexicana. Compro com você e a Chér come outra coisa. Pode ser?

— Não, tudo bem. — Sacudo a cabeça. — Eu peço uns tacos. De boa.

— Bora?

Lorena tem um olhar animado e encaixa seu braço no de Pilar. Suspiro e, sem vontade, acompanho as duas.

* * *

— Eu acho que ela vai sair do colégio depois dessa vergonha alheia, Pilar. Como é que ela vai para a escola quando a barriga crescer? É ridículo. Todo mundo vai ficar encarando.

Lorena segue contando a história enquanto Pilar atira uma tortilla na boca e mastiga ruidosamente.

— O Iago me contou que o Flavinho da 1002 está arrasado porque ele estava esperando o pai da Maia deixar ela namorar pra sair com ele — Lorena dá uma gargalhada. — Mal sabia que ela estava esperando enquanto pegava o Rian escondida. Safadinha.

— Estou passada — murmura Pilar.

É, eu também. Essa história da Maia, uma garota da 1003, tomou conta do colégio esses dias. Um escândalo completo. Eu que nem acompanho mais as fofocas do colégio me rendi ao

X-barra-Twitter para saber do babado. Maia está grávida de um garoto do terceiro ano e ela só tem quinze anos. Chocante demais!

Pilar e Lorena continuam a falar sobre o assunto e eu tento não prestar atenção aos detalhes da fofoca. Prometi a mim mesma que me afastaria desse tipo de coisa. Só que lá no colégio parece um canto de sereia. Ô escola fofoqueira. Todo mundo adora um babado quente. Mas, como diz minha mãe, eu não sou todo mundo. Além disso, fofoca é pecado, e já tendo sido eu mesma alvo de fofocas, sei quanto é horrível.

— Adivinha quem curtiu os stories que postei antes de sair de casa? — Lorena pergunta, a boca se curvando num sorriso esperto.

— Ele? — Pilar arqueia como se soubesse quem é.

Ele quem? Franzo o cenho.

— O Felipe. Te falei que ele estava me secando a semana inteira. Desde aquele dia na social na casa da Melissa, lembra?

— Nossa! — Pilar mexe os dedos ficando eufórica. — Foi mesmo. Ele até veio ficar perto da gente com a galera do terceiro ano. Puxou papo e tudo.

— Foi — Lorena mordisca o lábio com olhar travesso. — Se tivesse pedido pra ficar comigo, eu teria aceitado. Sem nem pensar duas vezes. Teria chutado o Lucas.

— Mas o Lucas era muito gato. Acho até mais bonito que o Felipe.

Pilar se abana com um risinho cúmplice.

— Pena que ele beija de um jeito esquisito. E não vou repetir a dose. Agora o Felipe...

Lorena deixa a frase morrer com um toque de sagacidade.

— É o Felipe — completa Pilar de olhos brilhantes.

— Qual? — pergunto sem me conter.

— O do terceirão, da 3003.

Pilar movimenta as sobrancelhas dando a indicação que entendo. Ah, esse Felipe.

— Todo mundo tem ou já teve um crush no Felipe — comento.

— Quando eu era da sétima série eu era louquinha por ele. Escrevia até cartinha. — Pilar suspira com um brilho de recordação no olhar. Eu me lembro disso. Ela queria que eu entregasse a carta, mas foi Bruna quem levou porque eu quase tive um troço diante da ideia de encarar o garoto.

Mastigo meu taco ouvindo as duas conversarem sobre o novo alvo de Lorena.

— Vou postar um story novo. Se ele curtir, tá afim.

— Lou, ele tá a fim.

— Só uma conferidinha.

Lorena faz selfies. Pilar tecla no próprio celular.

— Amiga! — Pilar exclama, de repente.

— Oi.

Lorena e eu falamos juntas. A gente se olha, e ela dá risada. Finjo um sorriso. Aff.

— Olha isso!

Pilar geme, animada, mostrando a tela do celular para Lorena e não para mim. Fico meio sentida e espero que compartilhe seja lá o que for comigo. Porém as duas confabulam entre risinhos agudos e falas que me excluem completamente. Agora estou sentida por completo.

— Quero saber também — exijo inclinada na mesa.

— Amiga, o Guilherme respondeu meu status no Insta e me convidou pra sair com ele depois do jogo na outra semana. Ahh! — Pilar vibra com um sorriso Garfield. — A gente está conversando faz tempo. Ele já deu a entender o interesse por mensagens e tal, mas não tinha falado nada sobre a gente se encontrar. Eu não queria pedir, é claro, e esperei.

— Quem espera sempre alcança — brinca Lorena, e Pilar ri com gosto.
— Nem acredito que a gente vai sair mesmo. Ahh!
Pilar está eufórica, dando gritinhos e falando pelos cotovelos sobre Guilherme.
Ele estuda em outro colégio, rival do nosso em jogos de futebol. Curtiu uma foto que Pilar postou em um dos jogos e isso despertou o interesse da minha amiga, que passou a seguir o garoto no Instagram. Pilar havia me contado que eles se falavam com frequência pelo direct, que se viram em outro jogo, mas não haviam ficado. Ela está muito empolgada por esse menino. Com Lorena dando mais incentivo, nenhum dos meus argumentos sobre ela ir com calma e esperar são ouvidos.
Quando Pilar vai ouvir meus conselhos? Melhor, até quando ela vai continuar se deixando envolver por garotos dessa forma? Isso me entristece muito pois eu queria que minha amiga se preservasse mais. Mas parece que ficar com os meninos é como um vício para ela. Nunca consegue ficar sozinha. Quando não está ficando com um menino, Pilar procura novos crushes. É uma carência sem fim, uma necessidade maluca de obter a atenção dos garotos. Isso é muito errado, e não quero que minha amiga viva desse jeito.
Enquanto seguimos para o cinema, com as duas à minha frente em altos planos para o encontro de Pilar, eu só oro em pensamento para que minha amiga seja encontrada pelo Senhor e ela possa finalmente conhecer o amor verdadeiro, o único capaz de satisfazer os anseios de seu coração.

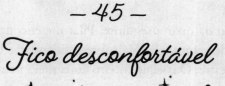

— 45 —
Fico desconfortável

Minha mãe me falou uma coisa que me fez ver a amizade de Pilar com Lorena por outro ângulo. Depois do cinema, contei à mamãe o quanto foi chato eu ter desmarcado a saída com as meninas da igreja para sair com Pilar e ela ter levado a Lorena. Minha mãe me deu razão, mas também comentou que, assim como eu fazia novas amigas na igreja, Pilar vivia o mesmo com Lorena e as outras garotas.

Contestei dizendo que era diferente, porque Lorena só incentiva Pilar a fazer coisas erradas. Porém mamãe me fez compreender que, para Pilar, Lorena não é errada, pois as duas vivem com base nos mesmos princípios. Assim como Talita e eu temos cada vez mais afinidade por pensamentos, hábitos e interesses em comum, o mesmo se dá com Pilar e Lorena. Eu entendi, mas ainda acho que a garota não é uma boa influência para minha amiga.

Por isso, e como não posso falar o que penso para Pilar ou ela ficaria chateada, decidi que devo continuar me sentando com Pilar nos intervalos para ser um contraponto àquela amizade. Não que eu seja perfeita e não tenha defeitos, mas ao menos sei que posso dar alguns conselhos decentes para Pilar e talvez incentivá-la em atitudes boas, de alguma forma. Se para isso eu tiver que suportar assuntos que me incomodam, que assim seja.

* * *

No intervalo da quarta seguinte, Pilar me encontra na rampa. Enquanto descemos, ela fala sobre o calendário de provas do quarto bimestre. O colégio inteiro anda meio neurótico com o calendário liberado no início da semana e com a nota da feira cultural, que ainda não saiu devido a um problema no sistema. Todos estamos ansiosos para saber com quantos pontos ficamos e o que devemos tirar nas provas para alcançar a média. A gente se dedica muito ao projeto da feira, e os professores podem dar menos de dois pontos. O que acho tremendamente injusto.

— Só a arrumação das salas, a estética, toda aquela tralha que deu um trabalho enorme, deveria ser motivo dos dois pontos — bufo puxando uma cadeira no refeitório já barulhento. — Se eles não lançarem a nota na segunda, todo mundo vai surtar, porque vamos lutar pela nota máxima.

— E ninguém nesse colégio vai pagar minha terapia depois — resmunga Pilar, sentando-se. — Essa escola gosta de causar, então eles devem enrolar só pra ver a ansiedade estampada na nossa cara. A gente deve ser motivo de piada na sala dos professores. Não duvido.

— Cafezinho com lágrimas dos alunos, já diz o Costa.

O professor de física que adora colocar terror na gente.

— Amiga, posso ir estudar com você amanhã depois do colégio?

Pilar me encara com olhos pidões.

— Preciso de ajuda com a matéria de física orgânica — ela se explica. — E você tirou oito na última prova. Mandou muito bem.

— Porque o Luciano me ajudou — dou um risinho.

— Mas você já está na skin nerd, até os nerds da sua sala te aceitaram no grupo.

— Foi porque fizemos o trabalho da feira juntos e eu não sou nerd, você sabe. Estou me esforçando bastante, porque só pensar na recuperação já me dá calafrios.

— Me ajuda com a matéria, amiga. Posso ir pra sua casa amanhã?

Pilar sacode meu braço de olhos animados. Gosto da ideia. Faz tempo que não vamos uma à casa da outra, e estudar nunca foi o objetivo.

— Só que a gente não vai estudar Pilar, sabe disso — aponto num meio riso.

— Essa é a parte mais legal.

Suas covinhas despontam.

— Vai lá pra casa amanhã então — concordo.

— Eba! — Pilar circula meu pescoço com o braço.

— Mas vamos estudar mesmo, tá?

Ergo o dedo para ela ao nos afastarmos com sorrisos cúmplices.

— Amiga, Bruna tem te respondido? — Pilar muda de assunto.

— Não.

— Poxa, eu mando mensagem perguntando como ela tá, pedindo novidades e tal, e ela nem visualiza.

— Ela deve estar ocupada, amiga. Releva. A mudança deve ser tensa, né.

Tento amenizar, embora eu tenha ficado meio chateada por Bruna nos ignorar no grupo.

— Ela é uma insensível, isso sim — cospe Pilar. — Aliás, viu o que o Dinho postou ontem?

— Ah, eu vi. Que dó, amiga. Fico com muita pena com ele sofrendo assim.

Dinho fez uns stories com uma foto dele e da Bruna meio borrada em preto em branco, mas quem já viu a foto sabe que é a Bruna. E depois escreveu a data do início do namoro deles ao som da música "Far Away", do Nickelback.

— Você viu a música? — pergunto para Pilar fazendo cara de choro.

— Vi... — Ela faz beicinho. — Coitado, amiga. Tá mal mesmo. Bruna podia ter tentado.

— É — concordo. — Nem que fosse pra dizer que tentou e não deu certo.

— Mas ela é uma insensível de coração gelado.

Acabo rindo pelo nariz. Pilar muda de assunto e entra no Instagram.

— Ai, Guilherme me chamou no direct.

— Ele não tem uma aula pra assistir, não?

Pilar dá risinhos ao moldar uma carinha apaixonada. Tento atrair sua atenção, mas já era.

Suspiro inconformada e folheio o livro que Luciano me emprestou. É de vida cristã e fiquei muito interessada após ouvir do meu amigo o quanto o livro é bom e mudou suas perspectivas sobre assuntos importantes. Luciano mostrou tanto entusiasmo que comentei que havia ficado com vontade de ler. Saí da reunião dos jovens de ontem com o livro na mão. Sei que não tenho o hábito da leitura, mas quero tentar ler esse.

— Cheguei, meninas.

Lorena surge por trás de nós de maneira espalhafatosa e desaba em uma das cadeiras.

Seus olhos escuros estão luminosos, um rubor natural cobrindo as bochechas, e ela parece um tanto ofegante ao dedilhar os longos fios pretos para jogar todo o volume do cabelo de um lado do ombro. Saca o celular da cintura e faz biquinho ao aplicar o gloss preso à capinha do aparelho. Com ar travesso, comenta:

— Felipe sabe o que fazer com aqueles lábios carnudos. Adoro!

E sopra uma risada afetada, o que atrai a atenção imediata de Pilar.

— Nossa, acho que alguém está ficando gamadinha, hein. Terceira vez essa semana — Pilar provoca, e Lorena faz charme brincando com os cabelos.

— Com ele tá sendo sempre bom. Se eu me apaixonar, nem vou ligar. — Ela ri.— Ele foi jogar uma partida de futebol com os amigos da turma, aí ficamos rapidinho atrás dos vestiários.

Lorena e Pilar trocam um risinho e olhar cúmplices.

— Ah, se esse vestiário falasse.

Pilar faz o comentário sagaz, e as duas gargalham pra valer.

Como não quero ouvir o assunto, discretamente encaixo o outro fone e aumento a voz de José Jr. com "Laranjeiras".

— 46 —
Momento para refletir e planejar

— Estudaram?

É o que minha mãe questiona assim que Pilar vai embora daqui de casa.

— Mais ou menos — respondo e ela dá uma risada me olhando como quem faz "sabia".

Mamãe conhece meu histórico de tardes com Pilar fingindo estudar apenas para nos divertirmos juntas. E, na verdade, foi um tempo bom. Apesar das conversas, estudamos bastante. Pilar não havia dito que estava com mais duas notas baixas, e estudei com ela outras matérias que sugaram minhas energias. Minha cabeça está meio cheia. Acho que um banho quente vai me ajudar a relaxar.

— Quer ir ao shopping comigo e sua avó?

— Ah, não quero, mãe. Estou sem forças para perambular pelas lojas com vocês. Traz alguma coisa legal pra mim — peço com um sorriso sugestivo, e mamãe acena.

De volta ao quarto, cato as almofadas jogadas no chão e empurro contra os travesseiros. Retiro as embalagens de salgadinhos e chocolates pelo chão e atiro na lixeira do banheiro. Reúno as folhas de exercícios dentro de um dos cadernos e faço uma pilha com os livros na escrivaninha. Com tudo no lugar, percebo estar suando.

Após o banho, me sinto renovada e pronta para meu momento devocional.

Acendo a vela, e o aroma de baunilha logo preenche o ambiente. Sentada na escrivaninha, abro a Bíblia apreciando a brisa fresca da tarde entrar pela janela acompanhada dos raios alaranjados que se derramam sobre as páginas abertas. Amo o entardecer e suas nuances de cores, o calor agradável do sol e esse ventinho gostoso. Fazer o devocional com essa vista é um prazer. Não é à toa que este se tornou o meu lugar favorito da casa.

Folheio um pouco a Bíblia e me dou conta de como ela se tornou colorida nos últimos meses. Tenho me empenhado em ser, como diz tia Cris, intencional na minha busca. E tenho aprendido muitas coisas sobre o Senhor. O discipulado na igreja tem me ajudado. Quanto mais aprendo e me conecto com Deus, mais me sinto amiga dele, como nunca fui antes. É engraçado, porque estar perto dele me faz querer ainda mais proximidade. Meu coração arde de um jeito tão bom, tão intenso, e eu oro para que não tenha fim. Meu desejo é continuar caminhando com ele e para ele.

De fato, como diz a Palavra, quando buscamos a Deus de todo o coração nós o encontramos. E eu o tenho encontrado em cada entardecer. Passei a ver o Senhor em tantos lugares que nunca reparei antes. No céu ensolarado, nas gotas da chuva, nas folhas que balançam com o vento, no som dos pássaros, no silêncio, no brilho das estrelas, nas pétalas das flores... Ele estava em todos os lugares, sempre esteve. Era eu que precisava ter as vistas desembaçadas para vê-lo. É como se a vida toda eu tivesse ouvido sobre ele mas nunca o tivesse conhecido de fato. E agora eu o vejo, e essa tem sido a busca mais incrível da minha vida.

Uma centelha dourada esquenta meu rosto, me fazendo sorrir para a tarde que se derrama no meu quarto e ilumina minha mesa. No meu caderno de anotações, na primeira folha, leio o versículo treze do capítulo vinte e nove de Jeremias, que eu escrevi para sempre me lembrar da promessa. Escrevi outros versículos que me incentivam toda vez que os leio.

Há também algumas frases e adesivos, e acabo sorrindo para um que Gabi me deu: "Se ser diferente me torna mais parecida com Jesus, então estou pronta para ser diferentona". Aliso a palavra "diferente", e a frase de Pilar atravessa meus pensamentos.

Mais cedo, antes de finalmente conseguirmos estudar, Pilar tagarelou um monte sobre tanta coisa, que foi difícil acompanhar. Seu lance com o Guilherme foi o maior assunto. Pilar está eufórica para finalmente ficar com o menino e encheu meus ouvidos com suas expectativas. Quis dizer que ela deveria ir devagar com aquela paixonite, mas eu vivo dizendo para Pilar coisas como "fica sozinha um pouco", "esquece os meninos", "foca em você", e ela sempre ignora. Preferi ficar quieta desta vez para não soar chata com os mesmos conselhos.

Depois, Pilar veio pedir para dormir aqui no sábado. Ela marcou de encontrar o tal Guilherme num bar após o torneio de noite. Como a mãe dela vai precisar viajar a trabalho e a tia não vai estar em casa, Pilar vai dormir na avó, uma senhora bem rígida que não permite que Pilar chegue tarde em casa. Minha amiga pediu para dormir aqui, a fim de que eu lhe dê cobertura, caso sua mãe pergunte algo.

No passado, dei cobertura para Pilar diversas vezes para ela sair com seus ficantes e namorados escondidos — o pai dela nunca deixou que ela namorasse. Só que desta vez não me sinto confortável para fazer isso. Até disse a Pilar que ela poderia dormir aqui, mas que não mentisse para mãe ao dizer que eu estaria com ela no jogo e no bar. Que, se sua mãe perguntasse por ela, eu não iria mentir. Não concordava com o que ela fazia e não seria cúmplice. Era errado.

Houve um silêncio esquisito entre nós até Pilar falar:

— Você anda bem diferente, Chér.

Fiquei quieta assimilando suas palavras. Então, confirmei:

— É, eu estou — suavizei com um sorriso. — Estou vivendo muitas transformações este ano, amiga. Caminhar com Jesus está mudando tudo para mim, e para ser sincera estou amando o que estou vivendo com ele.

Como Pilar não respondeu, tomei a liberdade de falar um pouco sobre como vem sendo minha jornada com Jesus. Ao final, ela respondeu um "ah, legal" e não tocou mais no assunto. Foi como se erguesse um muro, quando eu queria conversar mais. Depois disso, focamos nos estudos até ela ir embora.

Enquanto ela esteve aqui, foi inevitável não comparar com meus momentos com Talita. Não sabia se estava sendo justa, mas foi impossível não sentir que nossa sintonia havia mudado. Ela ainda era a mesma, mas eu não. Nossas conversas encontravam empecilhos, e os assuntos já não eram tão interessantes como antes. Por vezes eu bufava baixinho pensando "de novo com isso?" ou dava reviradas nos olhos. É estranho me sentir assim com Pilar, porque sempre tivemos sintonia e afinidade. Só que agora é diferente. E isso faz uma pontada dolorosa atingir meu coração.

Contudo, não me sinto pronta para encarar o que isso talvez signifique para nós.

Silencio os ecos na minha cabeça dando play em "At the end of my day", da Allie Paige, e me concentro no devocional.

* * *

— Será isso, pessoal — tia Cris avisa sentada conosco no semicírculo. — Se preparem esta semana, vamos orar, colocar o jejum em dia. — Ela nos tira risadas. — Para interceder pelo congresso e pedir que o Senhor nos inunde com sua presença. Com certeza teremos um tempo de adoração, de comunhão, de aprendizado incríveis. Vai ser marcante, amém?

— Amém! — gritamos em coro.

— Preencham esta ficha aqui, por favor, que tia Katia fez a gentileza de criar. — Tia Cris sorri para Katia três cadeiras após a dela. — É para que tenhamos o controle e o contato de todos que vão e assim liberar a pulseira, tudo bem? Gente, vocês são quase adultos, por favor.

— Aí, gostei da moral, hein — Vitinho ri.

— Melhor que dizer que não somos mais crianças — Léo brinca com riso.

— Pois é isso. — Tia Cris ri de volta. — São quase adultos, não mais crianças, e sim adolescentes. Então, por favor, se atentem às regras. Basta seguir, está bem? E tudo vai dar certo. Vamos nos comprometer em tornar nossa viagem segura e tranquila, na paz do Senhor. Amém?

Aceno falando "amém" com o grupo.

Tia Cris, o pastor e tia Katia acabaram de repassar como vai funcionar nossa ida ao congresso na noite de sexta — quer dizer, na meia-noite de sábado. Vamos sair nos ônibus que a igreja alugou — pausa para um gritinho interno, porque será minha primeira viagem com a juventude, *ahh!* —, daí pegaremos estrada e seguiremos para a sede da igreja, em São Paulo. O evento vai começar às nove da manhã e terminar às dez da noite.

Passaremos o dia no congresso e depois retornaremos com o ônibus. Falta apenas uma semana, e eu sinto a empolgação correr pelas veias. Ah, vai ser tão, tão maneiro!

— Vamos poder tomar banho e trocar de roupa? — Thabata pergunta.

— Não. Gente, é um dia inteiro de culto. Quem já foi, sabe como é. Usem uma roupa confortável, coisas básicas na mochila, como a garrafa de água. Está tudo na ficha — responde tia Cris.

— Muito ruim ficar com mochila no congresso, galera — comenta Fabrício.

— Vocês podem deixar no ônibus. Sem problema. O motorista vai ser o tio Tony.

Um grito animado corta o ar.

— Vocês sabem como ele é. Então fiquem tranquilos.

— Você vai sentar comigo, não é, amiga? — Talita segura meu braço.

Gabi agarra outro.

— Não, ela vai comigo.

— Ai, meninas — gemo meio rindo. — Não me façam escolher.

— Essa decisão vai definir seu futuro. — Talita estreita os olhos para mim.

Dou uma gargalhada.

— Larga ela, Talita. — Gabi me puxa para si. — Vocês já fazem estudo bíblico juntas.

— Te chamei pra fazer junto — rebate Talita.

— Só que eu não moro perto de vocês.

— Faz por chamada de vídeo — digo.

— Não é igual — Gabi finge enxugar lágrimas. — Queria ficar pertinho.

— Ah, tenta participar, amiga, vamos amar você com a gente — falo.

— Vou ver. Mas você vai comigo no ônibus — Gabi insiste, e ela e Talita ficam rindo ao brigar por mim.

— Meninas.

Tia Cris está chamando nossa atenção. Ops. Acho que falamos alto demais.

— Desculpa — pedimos as três sem ocultar o risinho e tornamos a prestar atenção na líder.

Ai, eu vou para um congresso em São Paulo! Minha primeira viagem como grupo. Que demais! Estou tão, tão animada! Com certeza vai ser incrível.

— 47 —
Para onde vou?

— Mas tem que ser no sábado, Pilar? Seu aniversário é na segunda que vem.

Em plena manhã de segunda-feira e ela me atirando uma bomba dessas.

Nos encontramos no pátio e ela soltou um "Oi, amiga! Vou dar uma festa pra comemorar meu aniversário no sábado. Você está intimada a ir". Sorrindo de orelha a orelha. Nem tive tempo de processar. O aniversário da Pilar cai na segunda que vem — e, sim, eu me esqueci, sou péssima. Em minha defesa, eu sei a data do aniversário das minhas amigas, mas desta vez passou batido por causa da loucura que são os meus dias. E Pilar quer celebrar uma festa no sábado, assim do nada, e no mesmo dia em que vou ao congresso da igreja.

É de enlouquecer qualquer um, não é?

— Domingo é horrível, amiga e depois tem segunda, não dá. No sábado é melhor.

— Você não faz assim sem planejar. É em menos de uma semana, Pilar.

— Eu sei, mas dá pra fazer. Não vai ser nada grande ou temático, embora a Lorena tenha dado ideia de fazer uma festa à fantasia. Fiquei tentada, porque eu adoro uma fantasia.

Suas covinhas surgem e eu penso no fato de que ela falou da festa com Lorena antes de mim. Como não tenho tempo para uma crise de ciúme, pois o problema maior é o sábado, digo:

— Domingo é melhor, porque tá todo mundo em casa relaxando. No sábado...

Eu tenho um compromisso!

— Domingo ninguém quer sair de casa para ir a uma festa porque a gente tem escola na segunda e os pais trabalham e tal. E eu quero fazer de noite, tipo oito horas. Como é que faço no domingo? Sem chance, e vamos ter prova na outra segunda. Sábado é o ideal. Falei com minha mãe e ela deixou. Ela vai ter que viajar na sexta e volta no domingo, mas vai rolar.

— Se ela não vai estar no sábado porque você quer dar a festa?

— Porque a festa é pra mim, para curtir com meus amigos, não com meus pais.

Pilar me encara, como quem diz "se liga, né?".

Não vou poder ir. Não vai dar mesmo se for no sábado.

— Já está tudo resolvido, amiga. Minha tia Laís vai ser responsável pela festa — Pilar dá um sorriso sapeca. — Sabe como ela é de boa. Aí eu só tenho que pedir salgados, pizza e outras coisas pra comer. A tia vai ver as bebidas e os docinhos. E eu quero que você e a Lorena venham para minha casa me ajudar a arrumar as coisas no sábado. — Pilar bate palminhas.

Eu quero escorregar no fundo deste banco.

— Acha que uma festa à fantasia daria tempo? — Pilar rói a unha do polegar.

— Não — disparo. — Você nem convidou as pessoas e elas ainda vão ter que se virar pra encontrar fantasia? Em cima da hora não dá.

— Verdade — Pilar murcha. — E se eu for fantasiada? Fica estranho?

— Fica.

— Ai, poxa. — Ela estala a língua nos dentes. — Queria tanto uma festa à fantasia.

Estou mordendo o lábio com alguma força. Tenho que dizer a ela que não vou. O problema é que nunca faltei a um aniversário de Pilar e meio que virou tradição ir para a casa dela um dia antes fazer bagunça, comer bobeiras e virar a noite. Como é que vou dizer que não posso ir? Eu já tinha compromisso, não tem jeito. Pilar vai ter que entender.

— Mesmo em cima da hora, minha tia vai comigo hoje naquela loja gigante de decoração perto do shopping, sabe? Vou escolher umas mesas e objetos de decoração para a área do bolo. Estou pensando em rosa pastel com dourado, o que acha?

Apenas aceno de maneira robótica.

Mais tarde eu aviso Pilar por mensagens. Vai ser melhor assim.

* * *

Pilar não aceitou bem minhas desculpas. Ficamos um tempão trocando mensagens. Ela disse que aniversário só se faz uma vez e que culto eu tenho toda semana. Expliquei que não era a mesma coisa, que eu havia planejado essa saída com jovens já há um bom tempo. Não quero deixar Pilar chateada, mas acho que vai acabar acontecendo. Ainda que eu tenha escrito — depois de ela me lotar de mensagens — que iria pensar a respeito de sua festa. A verdade é que estou certa de onde quero ir: ao congresso. E não vou mudar de ideia. Só que isso é chato pra caramba.

— A dor de cabeça voltou?

Minha mãe pergunta trazendo roupas limpas para meu quarto.

Estou largada na cama, desanimada, devorando um pacote de salgadinhos.

— Não, mas deve estar perto de chegar — resmungo.

Ela faz um som de reprovação separando as peças de roupa na beirada da cama.

— Palavras têm poder.

— Estarei em dois lugares ao mesmo tempo, estarei em dois lugares ao mesmo tempo.

Repito com riso, e ela balança a cabeça em negação.

— Não esse tipo de poder.

— Ai, eu sei — gemo triturando os biscoitos num "trec-trec" audível.

— O que houve?

— Pilar vai dar uma festa de aniversário no sábado e eu tenho o congresso.

— E?

Mamãe ergue os olhos para mim dobrando um vestido.

— Ela quer que eu vá, mas tem o congresso. Falei pra ela marcar outro dia, mas não quis.

Mamãe apenas acena sem dizer nada.

— Marquei o congresso faz tempo — continuo dizendo. — Não posso deixar de ir, por mais chato que seja não estar com a Pilar no aniversário dela. Você sabe que sempre passamos juntas. Ai, mãe, ela vai ficar muito chateada.

— Hum.

Minha mãe segue guardando as roupas na gaveta do armário.

— Tá me ouvindo, mãe?

Lambo os dedos e limpo no short.

— Estou.

— E então?

— Então o quê?

— Fala alguma coisa.

— Você quer desabafar ou quer um conselho?

Ela vira o tronco para mim com a mão na cintura e a sobrancelha arqueada.

— Os dois — bufo largando o pacote de biscoito. — Ai, mãe.
— Você sabe o que deve fazer, filha.

Ela me dá as costas abrindo outra gaveta.

— Mãe, você pode me proibir de ir nessa festa? — peço de repente, me sentando. — Se você me proibir, eu falo com a Pilar e ela não vai ficar chateada comigo — contraio o rosto. — Ao menos, não muito.

— E te dar o caminho mais fácil? — Mamãe faz aquele "tu-tu-tu" com os lábios enrugados, que significa "na-na-ni-na-não". — A escolha é sua. É você que tem que tomar decisões e lidar com as consequências delas.

— Que engraçado — falo irônica. — Se eu disser que quero ir à festa, você não deixaria.

— Não.

Diz ela pendurando blusas no cabide com tranquilidade.

— Manhê! — choramingo. — Por favor, me proíbe.

— Quem diria que você me pediria para te proibir de sair com uma amiga.

— A situação exige isso.

— Você tem um compromisso marcado faz semanas, Rochelle. Não acho certo e não vou dar apoio se você quiser desmarcar. Também não acho justo você encorajar sua amiga a mudar a data da festa dela apenas porque você não vai poder estar presente.

— Ai, eu sei.

Gemo abraçando meu travesseiro repleto de farelos.

— A situação exige que você a encare de frente, filha. Seja sincera com a Pilar. Na vida, você vai ter que tomar muitas escolhas. Todas elas têm riscos e consequências.

Ah, que ótimo. Vou ganhar uma reflexão sobre a vida.

— Nada de proibição, né? — pergunto quando ela termina de divagar.

— Não. Diga você mesma para onde prefere ir e vai.

Pilar vai ficar triste comigo. Me sinto mal, mas o que posso fazer? Ela decidiu dar a festa em cima da hora. Não tenho culpa de ter um compromisso antes. E um que não vou negociar. Espero mesmo que Pilar me entenda e me perdoe por não estar presente em sua festa. Juro que quando voltar vou tentar fazer alguma coisa legal com ela para comemorarmos juntas. Afinal, seu aniversário é na segunda. Posso pensar em algo.

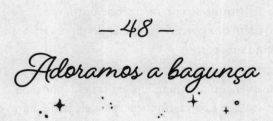

— 48 —
Adoramos a bagunça

— Não estou nem aí se alguém vai querer dormir. Vou fazer barulho e já estou avisando!

Léo gira o boné na cabeça, colocando a aba para trás, enquanto mastiga seu chiclete mostrando o sorriso arteiro. Nas mãos ele carrega um par de baquetas que usa para batucar a própria barriga debaixo do moletom. Atrás dele Fabrício ergue o pandeiro no alto e o sacode, fazendo os minipratos tilintarem na noite escura. Breno ajeita o violão nas costas com um sorriso discreto, e Vitinho usa o microfone de pilhas que trouxe. É dourado, chamativo e tem uma potência impressionante. E eu adoro! Tudo o que não quero é dormir nesta viagem.

— Alô, alô, comunidade! — Vitinho imita a voz de locutor, me arrancando risos. — É o carro do ovo passando na sua rua!

Nem ele se aguenta e começa a gargalhar. Boa parte dos jovens, que espera a permissão para entrar no ônibus, ri também. De mochila num ombro e moletom no outro, estou entre Talita e Gabi na calçada da igreja bastante movimentada a este horário. Meus pais, assim como outros responsáveis, conversam uns com os outros um pouco mais distantes de nós. Já deveríamos ter saído, só que um dos jovens convidados, primo de Vini, esqueceu a mochila com os documentos e o pastor foi buscar na casa dele. Sorte que não é tão longe daqui.

A voz de Vitinho soa no microfone outra vez:

— É o carro dos peregrinos passando na sua rua!

— Agora sim, garoto.

Léo esfrega a cabeça raspada do amigo, e Vitinho empurra seu braço. Ele odeia que toquem em seu cabelo, por mais curto que seja. E é claro que Léo vai implicar, para ele isso é como respirar.

— Saúdo a igreja com a paz do Senhor — brinca Vitinho, e mais risos são ouvidos. — Não, essa é boa pro ônibus. Quem fez o repertório das músicas da viagem?

— Eu! — gritam Leila e Bárbara ao mesmo tempo.

— Se não tiver corinho de fogo, eu nem empresto meu microfone, tá ligado?

— Coloquei, Vitinho — Leila confirma. — E adicionei umas músicas da Harpa.

É o que mais cantam em minha antiga igreja, com certeza vou conseguir acompanhar.

— Você não colocou "Videira" — Léo comenta analisando a folha de caderno com a lista que Bárbara fez.

— É muito ultrapassada — defende ela.

— Alô, comunidade! — Vitinho de novo. — Uma xóvem — ele puxa o *x* no lugar do *j*, e eu já estou aos risos — acaba de ser expulsa do ônibus porque tirou uma das melhores músicas de viagem de crente. Inadmissível.

Léo e Vitinho são a dupla mais divertida do nosso grupo.

— Chega, Vítor Hugo! — Tia Cris vem caminhando até nós. — Ou você guarda isso ou vou tomar. Quer acordar a vizinhança inteira? — Ela gesticula de carranca.

— Tá, tia. Estou guardando. — E Vitinho esconde o microfone no bolso da calça.

— Nem saímos e já estamos assim... misericórdia.

Tia Cris esfrega os cabelos ruivos para trás das orelhas.

— Aê!

Alguém vibra, e deparamos com a presença do pastor Lelei e os meninos.

— Tudo certo — o pastor anuncia. — Podemos ir.

— Glória a Deus!

— Aleluia!

— Bora, comunidade! — grita Vitinho.

Tio Tony sai da igreja. Ele é um dos presbíteros e muito amado por todos. É um senhor alto, rechonchudo e de humor contagiante.

— Tio Tony! Tio Tony! — ovacionamos conforme ele vem fazendo uma dancinha boba. Ele sobe um degrau da porta dianteira do ônibus e faz um gesto com a mão, nos chamando.

— Sigam-me os bons!

— Agora vai, hein.

— Uhuh!

— Céus! — tia Cris geme sem conseguir conter nossa euforia.

Ela vai pirar dentro do ônibus. Está todo mundo contando com a bagunça noturna, foi o que mais comentamos em nosso grupo do WhatsApp durante a semana. Sinto uma ansiedade boa que me faz cosquinhas na barriga.

Nos despedimos de nossos pais e algumas das irmãs da intercessão oram por nós. Então, finalmente, subimos no ônibus e, entre gritos e risadas, partimos rumo a São Paulo.

* * *

A madrugada é agitada. Os meninos fazem uma banda e curtimos demais as músicas, as brincadeiras, as conversas, enquanto o ônibus sacoleja na pista. Canto, dou risada e guardo cada recorte deste momento no meu álbum mental de memórias. Gravo vídeos e tiro fotos para fazer stories e postar na manhã seguinte. Minha primeira viagem com jovens da igreja está sendo tão legal! São três da manhã e ninguém quer dormir. Quer dizer, uns até tentam cochilar, mas os meninos da banda não deixam. Vitinho se aproxima de quem cochila e sussurra no microfone coisas engraçadas. Ele anda pelo corredor do ônibus cantarolando e zoando, e aí todo mundo ri.

— Galera, agora é sério. — Tia Cris está de pé no corredor segurando em dois bancos. — Quero que durmam. Não é um pedido, é uma ordem. Sejam obedientes. São três da madrugada e em menos de quatro horas vamos chegar em São Paulo. Vocês têm que descansar para ter ânimo para o dia. Durmam, combinado? Vitinho, me dá o microfone.

— Ah, qual é, tia. Prometo que não vou falar. Olha, estou tirando as pilhas.

E ele tira sob a luz amarela do ônibus.

— Tá — tia Cris se rende, parecendo cansada. — Mas se eu ouvir um "alô, comunidade" de novo...

— Eu mesmo te entrego.

— Ótimo. Durmam, galera.

— Ahhh.

Muitos gemidos de lamento são ouvidos, inclusive os meus.

— Quero dormir, meus olhos estão pesados — Talita boceja ao meu lado.

— Nem sei se vou conseguir, estou numa pilha de animação.

Ela dá um riso e mais outro bocejo. Acabo bocejando junto.

Talita aninha o travesseiro de pescoço em torno de si e eu lamento ter esquecido o meu.

Tudo bem. Nem sei se vou dormir. Me abraço dentro do moletom, está mais frio aqui dentro, plugo meus fones e encosto a lateral da testa na janela. Ai! Está gelada. Só reclino a nuca para trás no encosto. A luz vai caindo aqui dentro até se apagar, e apenas as azuis no chão do corredor ficam acesas junto com alguns botões no teto. O silêncio vai tomando conta do ônibus misturado aos ruídos de respirações pesadas, uns roncos baixos e o som das rodas sobre os asfaltos. Pego meu cobertor na mochila e cubro o corpo.

Surge uma nova música nos meus fones, e a voz suave de José Jr. me embala com "Aos poucos". Fecho os olhos e aprecio o som com a mente ficando leve e distante. Grudo a bochecha na minha palma e acho que adormeço.

Em algum momento, estou cochilando entre sonho e realidade quando escuto sussurros.

— Ajeita devagar, Talita. Vai acordar ela.

É a voz do Luciano?

— Que atencioso, não?

Talita parece... rir?

Sinto algo quente envolver a base do meu pescoço, mas nem isso me faz abrir os olhos.

— Luciano, Luciano... — sibila Talita. — Pronto. Satisfeito?

— Valeu.

— Eu vejo as coisas, tá? — Talita diz baixinho.

— Guarda pra você então.

Risadinhas de Talita penetram meus ouvidos, e árvores gigantes sorriem pra mim.

Bocejo virando de lado em algo fofo e apago de vez.

* * *

De manhã, me espreguiço tanto que toco o teto com os dedos.

— Bom dia, amiga — Talita murmura já me entregando um chiclete de menta. — Pra começar bem a manhã. — Seu hálito fresco me alcança. — Assim a gente mantém a amizade.

Meus ombros tremem e aceito o chiclete, é claro. Aos bocejos, esbarro no volume em meu pescoço. É um travesseiro. Ué, mas eu não trouxe o meu. De onde veio? Encaro Talita.

— Você tinha outro?

— Não, Luciano te deu o dele.

— Quê?

Giro o tronco para trás. Luciano está dormindo ao lado de Breno. Está usando o moletom que eu dei, de gorro, encolhido no canto com os braços amarrados no peito. O cobertor caído nas pernas. Breno está com a cabeça no ombro do amigo e a boca bem aberta aos silvos. Do outro lado do corredor, Vitinho está rindo ao apontar a câmera para Breno.

— Luciano te emprestou o dele porque você estava com o pescoço feito boneco de posto.

— Poxa, não precisava. Ele ficou sem.

— Acho que não se importou.

— Depois agradeço a ele — digo alisando o tecido escuro da almofada.

Talita e eu conversamos baixinho para não acordar os outros.

O ônibus se move e ouço alguém falar que estamos perto de nosso destino. Uma fila se forma no banheiro lá atrás e o burburinho vai enchendo o espaço conforme a galera acorda. Talita segue para a fila e eu olho o celular. Respondo mensagens dos meus pais, mando uma selfie e percebo que minha cara está inchada e com remelas. Limpo o rosto e penteio os cachos embolados com os dedos. Não faz milagres, mas ajuda. Saio para o corredor.

— Bom dia.

A voz grogue do Luciano ecoa. Ele abre um sorriso preguiçoso e bastante bonito para mim. Breno continua dormindo com a cabeça voltada para o outro lado do banco. Luciano se espreguiça com uma suspirada forte e esfrega o rosto com marcas da soneca.

— Conseguiu dormir? — ele pergunta.
Faço que sim e me inclino para pegar sua almofada no banco.
— Ah, obrigada por isto. Aqui, toma.
Entrego a ele.
— Fica com você. Acho que vai precisar na volta.
— Não, eu fico de boa. É seu.
— Estava toda torta e pode ter torcicolo.
— E você não?
— Eu sei manter meu pescoço no lugar.
Ele me dá uma piscadela risonha e eu quero revirar os olhos, mas um sorriso escapa dos meus lábios. Luciano passa com cuidado pelas pernas de Breno e ficamos de frente no corredor.
— Pode usar, Chér. Depois me devolve. Ou fica pra você se gostar muito.
Bato nele com a almofada ouvindo sua risadinha. O lance do moletom sempre será uma piada entre nós. Luciano pega o travesseiro e joga no meu banco.
— Usa na volta.
— Tá.
Aceito com uma sensação quente no peito. Luciano é sempre muito legal.
Conversamos um pouco e sigo para a fila do banheiro com ele na minha frente.

* * *

Após o café da manhã em uma padaria próxima e com tudo arrumado, seguimos no ônibus para o congresso. Aviso meus pais e compartilho a localização. São quase nove da manhã e vejo que Pilar está on-line no WhatsApp. Uma sensação tristonha corta meu peito. Decido enviar uma mensagem agora, porque é provável que com a agitação do dia eu esqueça.

Chér: Oi, amiga. Bom dia! Passando para te desejar uma festa incrível. Espero que você curta bastante da melhor forma. Queria estar com você, mas sabe que desta vez não deu. Prometo, juradinho, que vamos celebrar seu aniversário quando chegar, tá? Te amo, amiga, e feliz aniversário antecipado. Que Deus te abençoe muitooo!

Pilar visualiza e não responde. Ainda está magoada porque não vou estar presente. Sei que vai me perdoar, pois nunca ficamos chateadas uma com a outra por muito tempo.

Jogo o sentimento incômodo para escanteio e espero ansiosamente para chegarmos à igreja.

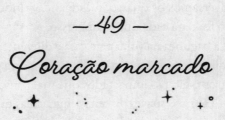

— 49 —
Coração marcado

O congresso foi... uau! É muito mais intenso e incrível do que eu esperava. Os louvores, as ministrações, as oficinas, as orações, tudo foi tão maravilhoso e falou comigo de uma forma tão íntima, que só consegui mesmo chorar. Chorar não, me acabar em lágrimas a ponto de sair meleca e entupir o nariz. Acho que nunca chorei tanto como neste dia. Também nunca me senti tão corajosa para ir à frente em cada apelo feito. Talita brincou dizendo que "não teria como ser mais salva do que já era", mas meu coração ardia, me inundando de sensações tão maravilhosas que eu só quis me jogar.

A presença de Deus foi tão forte, quase palpável, e a vontade é de ficar no congresso pelo resto da vida. O Senhor é como um oceano, de fato, e eu queria mergulhar mais fundo. Nada importava: as pessoas ao redor, o tempo, as inquietações, o nariz escorrendo. Eu só via o Senhor, e foi... extraordinário. Um dia inesquecível, e sei que me marcou para sempre.

O congresso mal tinha terminado e eu já perguntava para Talita quando seria o próximo.

Via nela a mesma empolgação e leveza que eu sentia. Dividimos nossas experiências enquanto pedíamos um lanche em um dos food-trucks no pátio da igreja — enorme, por sinal. Luciano se juntou a nós com Breno no chão, como as outras centenas de jovens, e conversamos os quatro, mastigando, rindo e compartilhando como foi para cada um o congresso.

De noite, a bagunça na volta para casa é diferente, já que todos querem partilhar seus momentos. Alguns choram dando testemunhos, outros estão tão impactados que mal conseguem contar alguma coisa. Há risos suaves de cenas engraçadas que protagonizamos em idas malucas ao banheiro ou na hora de fazer o rodízio para ir às oficinas. Ah, foi tanta coisa boa que nos aconteceu mais cedo. A falação toma conta do ônibus e dormir é a última coisa que queremos fazer. Nos sentimos incendiados e empolgados.

Quando os meninos da banda fazem um som tranquilo de adoração, sinto o peso das emoções e o cansaço do dia esmagarem meus ombros. Acomodo a almofada de Luciano ao redor do pescoço e me entrego ao sono.

* * *

Em casa, meus pais querem saber todos os detalhes do congresso. O semblante deles parece carregado em expectativa e, embora ainda esteja com muito sono, faço questão de contar detalhes do que vivi enquanto tomamos café da manhã à mesa da sala. Os dois estão sorridentes como se compartilhassem de meus entusiasmos e contam dos retiros e congressos de que participaram quando jovens. Os dois queriam continuar conversando, mas digo que estou exausta e quero dormir. Com isso, vou para o quarto, tomo um banho e me atiro na cama sem pensar em mais nada.

Quando acordo já é meio-dia. Vou almoçar com meus pais na casa de vó Lourdes, e José também está lá. Tenho mais uma rodada para contar como foi o congresso, pois, ao que parece, virou um megaevento para minha família. Narro com paciência ouvindo, desta vez, os relatos de vovó e José a respeito de seus eventos da juventude. Passo uma tarde muito agradável e, depois, retorno ao meu quarto para separar o material da semana e estudar. Porém, só de olhar para os livros e cadernos eu murcho.

Estudei tanto semana passada, que se estudar agora vou ficar com dor de cabeça. Então, me concentro em tirar os itens da mochila. Tenho que lavar esse moletom e devolver a almofada do Luciano. Tem dois círculos esbranquiçados de baba. Que nojo. Não posso devolver assim para ele.

— Mãe, isso aqui dá pra lavar?

Mostro para ela ao entrar na cozinha. Mamãe acaba de ligar a máquina de lavar.

— Dá, sim. É de quem?

— Do Luciano. Ele me emprestou na viagem — conto quando ela pega o travesseiro.

— Luciano está sempre te emprestando alguma coisa.

Ela sopra um riso baixo. Estou rindo de volta, porque é verdade.

— Só vê se não deixar cair cloro, tá legal? — faço piada.

Mamãe fecha a cara entornando sabão líquido no compartimento. O cheiro enche o ar.

— Engraçadinha.

— Eu tento. — Sorrio com graça.

— Decidiu se vai levar o bolo na casa da Pilar amanhã depois do colégio?

Ela me encara. Ah, isso. Eu tinha dito para minha mãe que não gostaria de deixar o aniversário da Pilar passar em branco. Mamãe sugeriu que eu comprasse um bolo pequeno e bonito e fosse comemorar com minha amiga na tarde de amanhã. Antes de viajar eu fui com ela ao shopping e compramos uma sandália da Melissa — marca predileta de Pilar — como presente de aniversário.

— Vou sim, mãe — confirmo. — Tem como a gente pegar o bolo amanhã cedo?

— Filhota, acho melhor irmos hoje de uma vez. É corrido pela manhã.

— Queria levar um bolo fresco.

Minha mãe fica pensativa.

— Liga pra sua avó e vê se ela consegue te levar pra comprar o bolo amanhã e te deixar na Pilar. Vou ter pacientes o dia todo e não vou poder ir. No final do dia eu te pego lá. Pode ser?

Gosto da sugestão e ligo para vovó. Ela confirma e eu celebro.

Com tudo combinado, separo as coisas para enfrentar uma nova semana de provas.

— 50 —
Não quero perder

Na segunda, após almoçar com vó Lourdes, ela me dá uma carona até em casa para eu tomar banho e pegar o presente de Pilar. Em seguida, partimos para a padaria. Escolho um bolo pequeno com recheio e cobertura de morangos, o favorito de Pilar. No carro, finco os toppers que fiz no computador. São carinhas da Pilar em diversos momentos, além de duas miniaturas nossas. Ficou bem divertido. Sorrio apreciando minha obra de arte.

— Rochelle, você não acha interessante levar uns balões também? — vovó sugere com as mãos no volante e me fitando rápido de lado.

— Seria maneiro, vó. — Me animo. — Onde a gente acha?

— Conheço um lugar no caminho.

Um sorriso espreme as bochechas magras de vó Lourdes e cuidadosamente ela nos guia para a loja. Encomendamos um arranjo de balões rosa-choque com dourado. São três corações e uma estrela, na qual se lê "feliz aniversário". Na hora de pagar, vovó não permite que use meu cartão — que são meus pais que pagam, é lógico — e diz que é o seu presente para Pilar.

Vovó é uma fofa e dou um beijo estalado em sua bochecha, grata pelo mimo. Deixamos a loja debaixo de um sol escaldante. A primavera tem sido quente. Nem quero imaginar o calor que será no verão.

— Quer que eu busque você logo mais? — vovó pergunta ao estacionar em frente ao prédio de Pilar.

— Ah, não. Minha mãe vem. Muito obrigada, tá? Você é a melhor avó do mundo.

Atiro meus braços ao redor de seu pescoço ouvindo seu riso floreado.

— Se divirtam, meu bem. Depois me conta como foi.

Vovó dedilha meus cachos e aceno do lado de fora do carro.

É um tanto complicado equilibrar uma caixa de bolo, o presente e os balões, mas dou meu jeito e falo com o porteiro. Ele vai interfonar e fico ansiosa. É uma surpresa. Não avisei a Pilar que viria passar a tarde com ela, mas falei com a tia Osana, que me garantiu que Pilar estaria em casa — elas só iriam sair de noite para comemorar. Quero muito que a surpresa diminua a chateação da Pilar por eu não ter vindo no sábado e, é claro, espero que ela entenda o quanto é importante na minha vida.

O porteiro me libera e subo com a barriga se revirando. No andar de Pilar, toco a campainha escutando vozes animadas lá de dentro. Segundos correm e ninguém vem abrir. Aperto o botão outra vez e espero. A porta é aberta, revelando o rosto sorridente da tia Osana.

— Oi, tia.

Tia Osana está com roupa de academia. Ela e Pilar são tão parecidas que nem parecem mãe e filha, e sim irmãs. Recebo um beijo e um abraço gentil, que retribuo de forma desajeitada.

— Pilar, olha quem chegou — tia Osana me anuncia, me ajudando com o bolo.

Ao entrar dou de cara com pares de olhos animados. Os meus estão surpresos. Lorena, Sofia, Malu e outras meninas do colégio, além de duas primas da Pilar, estão me encarando. Umas falam "oi" e acenam. Meio tímida, digo "oi" de volta.

Tia Osana esqueceu de comentar que teria mais gente aqui.

— Oi, amiga — falo tímida quando Pilar vem me receber. — Surpresa! — declaro.

— Ah!

Pilar parece mesmo surpresa, os lábios num bico como se relutasse a sorrir.

— Feliz aniversário, amiga!

— Obrigada, Chér.

Os balões se enfiam na minha cara e nos fazem dar risada.

— São para você.

Ofereço os balões e os presentes.

— Desculpa não ter vindo no sábado. Mas você sabe o quanto te amo e que não deixaria seu dia passar em branco. Me perdoa? — faço beicinho.

— Ainda estou pensando — Pilar belisca o dedão.

— Pode pensar depois de ver o presente? — aponto os olhos para a sacola.

Pilar acaba sorrindo. Fico na expectativa quando ela abre.

— Ah. — É uma exclamação meio murcha. — Ganhei esse mesmo modelo da Sofia.

É a vez do meu sorriso murchar. Ah, não acredito nisso.

— Sério?

— Sim. Até da mesma cor.

Que vergonha. Poxa, de tantas sandálias, tinha que ser a mesma?

— Mas valeu, amiga. Eu troco depois. Me deixa amarrar os balões na cadeira.

Pilar coloca a sacola de qualquer jeito em cima da mesa. Fico mal de ter dado algo que ela já ganhou. Gastei um tempão escolhendo o presente. Estou meio triste e muito frustrada.

— Vem.

Pilar me leva para a roda das meninas espalhadas pelo sofá e no tapete da sala.

Todas tagarelam ao mesmo tempo, superenvolvidas no papo, e eu só me sinto desanimada, de repente, como se tivesse recebido um balde de água fria. Além de ter errado na escolha do presente, imaginei que Pilar e eu passaríamos a tarde juntas, sozinhas. Pelo visto não. Tento demonstrar que está tudo bem e ser amigável ao participar das conversas com as meninas.

* * *

— Como foi? Se divertiram?

Minha mãe quer saber assim que entro no carro.

Foi muita coisa. Não sei se a palavra "divertido" se encaixa.

— Foi legal.

Passo o cinto de segurança com um suspiro.

— Me soou meio deprimido. Pilar não gostou da surpresa?

Mamãe liga o carro me olhando de soslaio.

— O que houve, Rochelle?

— Nossa, tudo fica sério quando você me chama de Rochelle.

— É porque sua cara está séria, filhota — ela suaviza. — Melhor assim?

— Aham.

— Conta direito.

— Mãe, eu... — hesito desanimada. — Estou cansada. Depois te conto, tá?

— Parece chateada. Vocês duas brigaram? — ela insiste.

— Não.

— Pilar não gostou da sandália?

— Ela já tinha uma igual. Ganhou na festa — revelo puxando um fio do short jeans.

— Ah, filha. Que chato. — Mamãe pressiona a boca virando o carro numa curva. — Pode acontecer, mas ela consegue trocar. Deixei o cupom preso na sacola. Você avisou?

— Ela vai trocar.

Me reclino no assento com a cabeça meio pesada.

— É por isso que está chateada?

— Também.

— Você quer falar disso comigo?

— Agora não — respondo, vendo a paisagem pela janela.

— Certo. Quando quiser vou estar aqui, amor.

— Nossa, que respeitoso — implico com um riso fraco.

— Estou lendo um livro sobre "como se comunicar com sua filha adolescente" e essa sou eu te dando espaço.

E abre um braço me dando uma piscadela brincalhona.

— Que progresso.

Mamãe aperta meu joelho desnudo e liga o rádio. Batuco as unhas na janela com os pensamentos altos. Talvez eu não devesse ter ido à casa de Pilar. Ela pareceu um pouco animada de me ver, mas nem me deu atenção, praticamente só conversou com as meninas. Me esforcei para interagir, embora os assuntos fossem sobre a festa de Pilar. As meninas falavam sobre com quem ficaram, palpitaram sobre roupas de outras colegas, contaram fofocas, cenas engraçadas e coisas do tipo. Me senti deslocada e fiquei quieta, apenas observando a interação delas.

Quando Malu quis dar detalhes íntimos do seu amasso com um garoto do terceiro ano, discretamente me levantei e fui para a cozinha conversar com a tia Osana. Passei uns bons minutos com ela. Depois cantamos parabéns, tiramos fotos, comemos bolo, mas eu não tinha empolgação. Matei o tempo no celular aguardando uma mensagem da minha mãe. Quando ela apareceu, senti alívio.

Faz tempo que Pilar e eu estamos desconectadas. É como se eu estivesse em uma página e ela em outra. Antes parecíamos gêmeas, pensando igual, falando das mesmas coisas, e agora... nos estranhamos em quase tudo. Nossa amizade não é mais a mesma. Pensar nisso faz uma faca invisível rasgar meu coração.

Engulo o caroço que se instala na garganta e seguro a vontade de chorar até chegar em casa. Me tranco no quarto, sem poder controlar a avalanche de emoções que cai sobre mim. Com lágrimas escorrendo pelas bochechas, me atiro na cama e abraço uma almofada, permitindo que a mente viaje por outras memórias.

Então, eu choro num som doído, como se de fato meu coração começasse a rachar. Nossas diferenças parecem gritar para mim a cada memória revivida. Não consigo suportar o peso dessa verdade. Sinto meu coração sendo estilhaçado porque Pilar é como uma irmã para mim. Sentir que estamos tão distantes machuca demais.

Desabo sobre a almofada, agarrando-a com força, chorando tanto que meus ombros tremem. Está doendo, doendo muito. E eu não sei o que fazer para consertar o que há de errado em nossa amizade, para ser o que éramos antes. Como transpor essa barreira invisível que se ergueu entre nós? Eu não... sei. Apenas fungo, arrastando a mão pelo nariz.

Não quero perder a amizade da Pilar porque ela é tão, tão importante para mim e...

Soluço aos prantos, a dor golpeando meu coração sem piedade.

Ai, Senhor, como dói.

Esfrego as mãos na altura do coração, como se isso pudesse fazer a dor sumir.

Mas não faz, e quanto mais as imagens nítidas das diferenças entre Pilar e eu passam através das minhas pálpebras, mais sou empurrada para outra verdade que reluto em encarar.

A verdade é que não quero fazer isso, mas no fundo, bem no fundo, sei que é inevitável.

Pilar e eu estamos diferentes demais, e por mais que eu deseje voltar ao que éramos antes, não posso porque, para isso, teria que deixar de ser a pessoa que sou agora. E quem sou agora é quem Jesus está me construindo para ser, e eu amo, amo tanto isso que já nem consigo me ver de outra maneira. E essa certeza é maior, mais profunda, mais sólida que qualquer outra. Então eu me apego a ela e choro tanto que meus pulmões ardem.

Choro pela amizade que estou perdendo, choro porque sei que talvez eu precise deixar ir, choro porque não queria que fosse assim. Choro compulsivamente porque é tudo, tudo o que consigo fazer agora. Sinto a garganta se fechar e o coração se reduzir a um grão no peito. Pareço estilhaçar por dentro. Tento orar, mas só consigo derramar lágrimas feito um rio. Permaneço encolhida na cama sofrendo com o peso das escolhas que terei de fazer.

— 51 —
Devo me afastar?

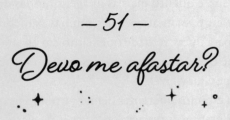

A semana seguinte está sendo dura, ao menos para mim.

No colégio, ver Pilar com a Lorena tão íntimas, tão sorridentes, tão amigas como Pilar e eu éramos me torna um poço de tristeza. Tive que recorrer à cabine dos banheiros umas três vezes e usar maquiagem depois para disfarçar a cara de choro. Em casa, chorar antes de dormir está se tornando um hábito. Minha mãe percebeu meu estado de espírito, mas ainda não consigo conversar com ela.

Parte de mim reluta diante da ideia de me afastar, a outra metade está convicta do que devo fazer. Porém, toda vez que vejo Pilar pelo colégio ou rolo nossas fotos no celular, meu coração se comprime implorando para estar com ela. Sinto tanta saudade, como se ela tivesse ido embora assim como Bruna foi. Dela sinto falta, mas não como estou encarando a dor de perder a Pilar. É dilacerante.

Durante os intervalos, me divido entre ficar com a galera da minha turma e sentar com Pilar e Lorena. Mas toda vez que estou com elas me sinto uma intrusa, não consigo me encaixar mais nem participar das conversas. É tudo muito esquisito. Até diante dos assuntos bobos eu fico apática. Tudo o que quero é ir para outro lugar, porque meu coração está tão dolorido que estar perto delas só me faz sofrer mais e querer chorar.

Na semana seguinte, me mantenho longe de propósito ao estar com Luciano na biblioteca. Não sei se ele está notando que estou triste e, por isso, tem me chamado para ficar com ele enquanto lê. É silencioso com Luciano, e eu prefiro assim. Ontem até trouxe o livro, aquele que me emprestou, e ficamos os dois concentrados na leitura. Antes de ir embora, Luciano tirou uma barra de chocolate do bolso e me entregou. Não lembro de contar que aquela era minha favorita, mas aceitei, é claro. Tudo o que ele disse foi "pra te ajudar a liberar endorfina e aí vou te ver sorrindo de novo". Bom, acabei sorrindo com seu gesto. Luciano é um bom amigo.

Com a semana chegando ao fim, não pude deixar de perceber que durante esses dias Pilar não me chamou para sentar com ela uma só vez nem perguntou por que não fui encontrá-la. Nem por mensagens nos falamos, e a falta de conversa torna mais real o espaço entre nós. É como se Pilar também estivesse escolhendo se afastar. E perceber isso machuca mais ainda.

No domingo, na igreja, uma das palavras foi sobre sermos sal da terra e luz do mundo, sobre refletir Cristo onde quer que estejamos, inclusive em nossos relacionamentos. Saí do culto pensando se eu estava fazendo o certo em me afastar da Pilar, porque quando eu mapeava a vida dela talvez eu seja a única pessoa por perto para refletir Jesus e dar bons conselhos a minha amiga.

Como eu posso simplesmente me afastar? Será que não deveria permanecer para tentar, de alguma forma, ser luz na vida da Pilar? Quanto mais penso sobre isso, mais fico confusa. Tenho orado e entregado a Deus minhas inquietações. Só que elas continuam aqui, povoando meus pensamentos. Talvez seja hora de conversar com minha mãe e ouvir seus conselhos, por mais que eu já tenha uma ideia do que ela vai me dizer.

Meu celular toca e me obriga a sair do sofá para buscá-lo no quarto, onde o deixei carregando. Estive largada no sofá desde que cheguei da escola. Nem ao menos troquei o uniforme. Meu estado de espírito é deprimido. Só quero ficar deitada e comendo chocolates. As novas espinhas discordam veementemente dos meus hábitos nada saudáveis.

— Oi, vó — atendo a chamada.
— Rochelle, vem tomar café comigo. Fiz bolo de cenoura com chocolate.

Sorrio com o convite inesperado. Nada como um bolo de vó Lourdes para recuperar meu ânimo.

— Já vou descer, vó.

Aceito o convite e digo a ela que vou me trocar para descer.

* * *

O bolo está tão gostoso que como três pedaços generosos cheios de brigadeiro.

— Que delícia, vó — elogio querendo comer mais, só que não tenho espaço na barriga.
— Fiz pra você! — Vovó sorri calorosa.
— Obrigada, vó. Estava precisando.

Ela beberica o café com leite, e eu lambo os resquícios do chocolate da colher.

— Quer me dar uma ajudinha, assim que terminar seu café?
— No quê?
— Ali na varanda. — Seus olhos se voltam para lá. — José iria me ajudar, mas houve um vazamento num dos canos na chácara e ele ficou para resolver. Que dor de cabeça.
— Eita.
— Nem me fale. — Vovó torce os lábios. — O orçamento do conserto da casa já estava apertado, e agora mais essa. José queria

tanto levar vocês para conhecer a chácara este mês. Agora terá que adiar, mas dará tudo certo no final. — Ela sorri com ternura. — Ainda que não da maneira que esperávamos, mas as coisas cooperam. Não é mesmo?

Vovó dá duas batidinhas suaves na minha mão.

É, vó, não sei. Ultimamente, eu não vejo as coisas dando certo.

— Você me ajuda, meu bem? Com o acidente da Glorinha, estou sufocada outra vez pelas demandas da loja e não consegui tempo para cuidar das coisas de casa.

— E como ela está?

Glorinha é funcionária de vovó. Ela caiu e quebrou o pé na loja.

— Bem. Ficará afastada até tirar o gesso. Não há muito o que fazer. Apenas esperar que ela se recupere bem. Glorinha está fazendo uma falta tremenda. — Vovó gesticula com o olhar distante. — Mas o importante é ela se recuperar e, enquanto isso, vou tocando as coisas.

— Não quer contratar alguém temporário? — sugiro.

— Não. Todo o trabalho que terei para treinar e ensinar, só para depois demitir, não compensa.

Vovó suspira, seus ombros amolecendo.

— A verdade é que estou um pouco cansada da loja.

Isso é novidade.

— Por quê? — questiono.

— Posso não aparentar, mas não sou tão jovem assim.

Rimos uma para a outra. Adoro o senso de humor dela. Sei que tenho a quem puxar.

Vovó entorna mais café na xícara e pinga o leite. Remexe a colherinha com açúcar.

— Nunca foi fácil mantê-la, mas nos últimos tempos tem sido custoso. Tenho pensado em aproveitar melhor os meus dias.

Quero mais leveza, menos preocupações. Por mais alegria que a loja me proporcione, estou cansada das responsabilidades.

— José tem algo a ver com isso? — Subo uma sobrancelha suspeita.

— Ah, com certeza tem — ela confessa. — Ele acha que trabalho demais.

— Bem, ele tem razão.

Vovó se dedica muito à loja desde que a assumiu alguns anos atrás.

— Gosto de me manter ativa, e a loja foi excelente para me movimentar. Mas estou cansada e quero aproveitar para fazer outras coisas, como viajar, estar com José... — Seu sorriso cresce. — Me dedicar ao que gosto de fazer na igreja, visitar as amigas, essas coisas. Tenho orado para que Deus me dê uma direção quanto à loja. Sei que ela virá.

Eu também oro por uma direção, vó. Te entendo.

— Vamos lá na varanda?

Vovó guarda as coisas da mesa enquanto eu sigo para varanda. Está mesmo uma bagunça.

Vovó é uma mãe de plantas, e há várias para todos os lados. Vasos grandes, pequenos, minúsculos, pendurados no teto, presos na parede, ocupando o chão. Reparo em como algumas folhas cresceram demais, outras estão murchas e ressecadas, até parecem mortas, e não me lembro de ver esse pequeno jardim tão descuidado desse jeito. Vovó deve mesmo estar muito atarefada.

— Ah, minhas plantas queridas, olha só como estão — vovó lamenta entrando na varanda. — A mamãe vai cuidar de vocês, está bem?

E faz voz meiga, o que me faz liberar uma risadinha.

— Tá bem bagunçado hein, vó.

Passo a mão numa folha com as laterais amarronzadas e com buracos.

— Bastam alguns dias de descuido e vira uma catástrofe. Ai, ai. Por onde começar?

Vovó tem as mãos na cintura dando uma olhada geral pela varanda.

Tarde demais para dizer que tenho que estudar e voltar para casa?

— Vamos encarar esse trabalho.

Meus ombros cedem e dou um suspiro profundo, rendida.

Ao que parece, vou ter que pôr as mãos na terra.

— 52 —
Flores no entardecer

Se antes estava bagunçado, agora está um caos. Terra para tudo que é canto, galhos quebrados no chão, folhas e pétalas de flores pelo caminho, vasos tombados e outros quebrados, poças de lama debaixo de alguns recipientes... A sensação é de que fui engolida por uma floresta viva e nunca mais vou conseguir sair dela. Vovó podia ter avisado o *quê* exatamente era para fazer na varanda. Nenhum bolo de cenoura vale essa tortura, não. Ah, vale sim. E é bom ela ter feito aquele tabuleiro enorme, pois minha fome está retornando com força.

— Me passa o tesourão? — vovó pede.

Está debaixo da minha coxa. Usei para cortar, a pedido dela, as folhas secas.

— Aqui — entrego.

Ela estala os lábios num som de tristeza.

— Terei que podar tudo.

Encaro o vaso retangular da floreira que ela apoia na mesa de ferro.

— Ah, não, vó. Ainda tem essas flores — aponto para as flores amarelas e violetas. — Não precisa cortar tudo. Só tira o que murchou e as hastes secas.

— Nem essas vão durar. Pegaram sol demais. Devia ter mudado de lugar quando a estação virou. É melhor cortar todas, meu bem, porque a planta está definhando e já comprometeu a base. Aqui, olha.

Vovó estica um caule para me mostrar. Está marrom-escuro, repleto de manchas.

— Vão murchar em algum momento, então é melhor eu aplicar a poda da maneira correta e alinhar todo o cultivo. Assim elas vão crescer saudáveis e no tempo certo florescer de novo.

— São tão lindas... — falo admirando as pétalas. — Que pena.

— Elas são as minhas prediletas porque embelezam o jardim. Não se preocupe, elas vão crescer outra vez. Esse é um dos benefícios da poda. Ainda que não queiramos, é preciso. Com isso, livramos a planta das partes mortas e das folhas contaminadas, e alinhamos os caules para que ela cresça com vigor e da maneira correta. No final das contas, a poda produz vida. Você vai ver.

Vovó corta a planta sem dó, e eu faço careta como se sentisse a dor. Vovó arranca tudo o que está morto ou comprometido. Logo não há mais verde se sobrepondo ao vaso ou ao colorido das flores. Só restam talos afundados na terra nova que vovó trocou.

— Pronto. Agora vai ficar bonita, não é? — vovó consola a planta.

— Tá toda pelada, coitada.

Vovó ri do meu comentário.

— Fez a troca da terra? — E me encara.

Aceno afogando a terra preta no vaso com a espátula.

— Devo ter terra até no meu cabelo.

Dou uma olhada em minhas unhas sujas. Vovó usa luvas amarelas e me ofereceu um par, mas não consegui ter sensibilidade. Preferi ficar sem.

— Me dá.

Entrego o vaso, e vovó o ajeita na fileira dos outros que estão prontos para receber mudas.

— Esta aqui, tadinha, está com fungos. Borrifa aquela solução para mim.

Vovó indica com o queixo o borrifador fungicida sobre o parapeito da varanda. Saio do chão, limpo as mãos sujas nos jeans — o que é uma ideia terrível — e borrifo o líquido esbranquiçado nas folhas até ficarem úmidas.

— Vai precisar cortar também?

— Não, não. — Ela se vira indo para o outro lado da varanda. — Essa solução vai bastar. Vou reaplicar a cada três dias e em poucas semanas a planta vai estar livre dos fungos.

— Tá.

Quando finalizo a sessão borrifada, vovó pede ajuda com outra planta doente. O vento do final de tarde passa por nós espalhando terra seca e soprando folhas para dentro da sala. Ao contrário de mim, que estou brava com o vento intruso, vovó agradece ao Senhor pelo sol que está começando a se pôr. Nossa sorte é que na varanda da vovó não bate sol nesse horário ou estaríamos fritas, quase literalmente.

— Vou podar a jiboia — avisa vovó girando o vaso pendurado. — Vou cortar estes ramos altos e compridos... — ela limpa a tesoura menor num pano — ... e você vem aqui ver depois de uns dias como ela vai ficar cheinha de folhas novas e verdinhas. É um processo rápido. A poda na primavera é essencial porque quando o verão chegar ela vai brotar que é uma maravilha. Ah, eu adoro essa planta.

É bem bonita mesmo, quando não está assim meio xoxa e capenga.

Vovó corta os galhos longos da jiboia, e eu vou junto com a vassoura.

Na outra jiboia, esquecida num canto, sou eu quem faço a poda. Que dó. Corto folhas e ramos pedindo desculpas para a planta e sussurrando palavras de encorajamento como vovó faz. Digo o mesmo para os outros vasos, e começo a achar que esse negócio de conversar com planta é bem terapêutico.

— Traz a tesoura menor aqui, Rochelle. Estamos quase acabando.

Vovó arrasta o dorso da luva na testa. Seu avental listrado está todo sujo de marrom, assim como o meu.

Com a tesoura na mão, vovó começa a cortar.

— Tá vendo isto aqui? — Ela me mostra uma floreira com dois tipos de flores. — Plantei juntas porque pensei que poderiam dividir o mesmo solo, mas não podem. Olha como a coitada está torta porque esta outra aqui... — vovó segura o caule espinhoso — ... está se enroscando e pesando. E dá para ver alguns brotos tentando nascer. Se eu não as mover, esses brotos não terão a chance de se desenvolver de maneira saudável. A espertinha irá sufocá-los em breve. Vamos movê-la.

As duas têm caules bem parecidos e, sem olhar direito, nem dá para perceber que são diferentes e estão enroscadas. Parecem ter a mesma base, como se fossem apenas flores de cores distintas.

— Pega um daqueles vasos prontos para mim. Vamos replantar essa espertinha aqui.

— Que trabalheira — suspiro louca para essa arrumação acabar.

— Vou podar os galhos e faremos a troca.

Fica uma mistura enlameada de terra, substratos, galhos, folhas e flores que caem.

Vovó abre espaço no vaso e finalmente transferimos a planta. Agora eu afundo a terra ao redor da planta e rego com um pouco de água enquanto vovó troca a terra da jardineira e poda as folhas secas e as flores murchas. Tudo feito, vovó ajeita a última planta e eu arrumo em fileiras os vasos de plantas e flores de que cuidamos. Em seguida, começo a varrer a sujeira para um canto e, com auxílio da pá, atiro na lixeira que trouxemos. Acho que o piso vai precisar de uma água, viu.

— Meu bem, dê uma olhada no nosso trabalho?

Vovó gesticula com um sorriso caloroso.

— Trabalho mesmo hein, vó — assobio batendo as mãos.

— Não parece muito melhor que antes?

Dou uma olhada atenta e bom, sim. Agora parece mais um jardim, e não uma selva.

— A bagunça precede a arrumação. Para cada coisa estar no lugar certo, é preciso antes alguma desordem. Pode parecer assustador no começo, mas depois tudo se ajeita e enxergamos o propósito. — Vovó alisa uma folha grande e verde de um dos vasos. — Gosto de como cuidar do jardim me faz entender os processos do Senhor em nossa vida. Somos como essas plantas nos vasos e o Senhor é quem remexe na terra, tirando o que não faz bem e nos dando aquilo de que precisamos para que possamos crescer e florescer da maneira que ele deseja.

Vovó tira as luvas, as deposita na mesa e entra em casa.

Sozinha com seu jardim, meus olhos começam a se encher de água.

Encarar os vasos, as plantas, as folhas, as tesouras e a bagunça de terra vai apertando meu coração no peito. Toco no vaso da floreira que separamos. Cada uma em um lugar diferente, não mais juntas e sim distantes. É inevitável não pensar que, assim como reviramos tudo, Deus faz o mesmo em minha vida. É como se eu também estivesse passando pela poda e tivesse partes de mim sendo arrancadas.

Com o olhar no céu alaranjado, permito que as lágrimas escorram por minhas bochechas.

Quando procurei por palavras, o Senhor me respondeu com flores no entardecer.

E eu não sabia que sua resposta, suave e certeira, doeria tanto assim.

Mais tarde, já em meu quarto, choro encarando fotos do meu varal de memórias.

Minhas melhores amigas estão ficando para trás, e isso despedaça meu coração.

Sei que o Senhor sabe como me sinto, e ele não é indiferente à minha dor. Minha oração são apenas lágrimas quentes quando entrego meu sim ao Senhor, meu sim para sua poda e para o que mais for necessário realizar no jardim do meu coração. Soluço aos prantos até não restarem mais lágrimas, e o desespero em meu peito ameniza um pouco conforme seu toque cálido me envolve.

Um pouco mais controlada, decido fazer uma oração no papel e pego meu caderno de anotações. Anoto a data para não me esquecer deste dia tão difícil e decisivo.

"Oi, Jesus. Estou chorando enquanto coloco aqui, nesta folha de caderno, algumas palavras difíceis para mim. O Senhor sabe como estou me sentindo triste e desolada porque estou perdendo alguém que amo demais. Quero pedir que cuide de mim e do meu coração durante minha poda. Não posso dizer que gosto disso, mas é um processo necessário, ainda que eu esteja sangrando por dentro. Cuida, Pai, da amiga que eu tanto amo. Meu maior desejo é que ela também encontre o Senhor na vida dela. Por favor, cuida da Pilar. E ampara meu coração machucado nas suas mãos poderosas.

Senhor, minha vida é sua. Não apenas agora, aos quinze anos, mas sim a vida inteira. Cumpra em mim sua vontade. Afaste de mim quem ou o que o Senhor considera necessário. Tire tudo o que for preciso e me faça crescer e florescer da maneira que o Senhor quiser. O que estou pedindo dói demais, e eu sei que o Senhor entende. Então só... cuida de mim, está bem? Eu sei que o Senhor vai, como sempre tem feito. Obrigada por me amar e me aceitar, e por estar me construindo para ser a garota e a futura mulher que o Senhor deseja que eu me torne. Eu te amo. Amém."

53
Minha estação de mudanças

Quase quatro meses depois.

Em dezembro, o verão chegou, mas aqui dentro eu sentia que vivia meu próprio outono. O vento das mudanças parecia balançar meus galhos e soprar minhas folhas. Sentia Deus revirando minha terra, arrancando folhas secas, aprofundando minhas raízes e fazendo algumas flores murcharem. No entanto, eu me agarrei ao Senhor mais do que antes.

Ouvi dizer que um dos significados metafóricos de outono é amadurecer. Bom, se é verdade eu não sei, mas com as mudanças que eu enfrentava, realmente sentia Deus me convidando a amadurecer. Atravessei meu outono abraçada a ele e, quando o inverno surgiu, sua presença me aqueceu. Só suportei o frio porque ele estava comigo e eu tinha alguns de seus amigos ao meu lado durante aquela estação. Ele fez o inverno no meu coração se tornar mais suportável. Eu ainda chorava durante algumas semanas de janeiro pelos pedaços de mim que ficaram pelo caminho, mas pude me alegrar pelas novidades que o Senhor trazia em minha vida.

Quando você se dá conta de que está perdendo um amigo, ninguém lhe conta os tipos de dores que você vai sofrer. A dor da ausência, a dor que antecede a perda definitiva, a dor de guardar à força o afeto que não pode mais compartilhar, a dor das lembranças que golpeiam sem piedade. Até mesmo a dor da culpa por deixar ir a pessoa que você amava. Ninguém fala do buraco no peito no exato formato da pessoa que se foi, e que por mais que você tenha outros amigos, ninguém é capaz de preencher. Porque as pessoas são únicas e insubstituíveis, e vocês têm uma história juntos. Você carrega esse afeto e não sabe o que fazer com ele. É doloroso, quase sufocante.

Deus me ajudou nisso ao me fazer derramar meus afetos pela Pilar em forma de oração.

Quanto mais nos afastávamos, e foi mútuo, mais eu passei a orar por ela.

Paramos de nos falar totalmente nas férias de verão. A última mensagem que recebi foi no meu aniversário, em dezembro. Uma mensagem bem seca e diferente dos textões, áudios e figurinhas que costumava me mandar. Aquilo doeu. Durante as férias, eu curtia as fotos e stories de Pilar e deixava alguns comentários legais, mas ela não curtia de volta nem respondia. Ainda visualiza meus stories, bem pouco, mas sem qualquer interação.

Embora eu soubesse que precisava me afastar, e sentia Pilar fazendo o mesmo, esperava que pudéssemos ser aquelas amigas que se falam, mesmo que não estejam juntas como antes. Amigas que trocam mensagens de vez em quando para contar como a vida está indo. Esse tipo de coisa. No entanto, acho que Pilar quis um fim definitivo.

Quando as aulas começaram, na metade de fevereiro, cruzei com ela no pátio. Lá estava eu, pronta para dar um "oi", acenar, com o peito repleto de saudades, e ela disfarçou como se não tivesse me visto. Me senti tão sem graça que fui incapaz de dizer algo. E tem sido assim no colégio. Nos vemos, passamos ao lado uma da outra e nem "bom dia" trocamos. A sensação é péssima. Nem faço ideia de como vou encarar os próximos meses no colégio. Se eu achava que era difícil iniciar o primeiro ano do ensino médio em uma classe sem minhas amigas, mal fazia ideia da dor que era começar o segundo ano sem a amizade de nenhuma delas. Em especial de minha melhor amiga.

Porém, uma coisa é certa. Não vou deixar de orar pela Pilar. Isso não vai mudar, não importa se ela me esqueceu, não me ama ou não sente minha falta como sinto a dela. Por mais que sua indiferença machuque, serei firme e até mais intensa nas minhas orações. Ela pode ter deixado de me amar, mas eu ainda a amo demais para desistir dela.

* * *

— Decidiu em qual ministério vai servir?

— Não. Ainda estou lidando com a vergonha de ter sido rejeitada no coral.

Talita dá uma risadinha enquanto caminhamos juntas para a igreja.

Pois é. Fui rejeitada elegantemente pela líder ao ouvir que eu deveria desenvolver meus dons em outro ministério. Por sorte, ela conversou comigo no privado, foi fofa até, e não na frente de geral. Acho que tenho minha parcela de culpa, porque eu sei que não canto bem. Ainda assim, pensei que se minha voz se misturasse com a dos outros poderia ser legal. Bom, não foi. O meu som desafinado e estridente se sobressaía ao do grupo, e ficou claro que havia ali alguém que não se encaixava.

— Não desiste, amiga. Há tantos lugares para você servir. Por que não tenta vir para a dança? — Talita dá um sorriso sugestivo.

— Aí serviremos juntas. Eu vou amar!

— Já viu meu nível de coordenação motora? — Libero uma risadinha. — Tia Cris falou para eu ir para o kids. Ela acha que combino com as crianças. Mas... sei lá. Eu gosto das crianças, só acho que não sirvo para ensinar a Bíblia, dar aula e tudo o mais.

— Você pode fazer outra coisa no ministério — aconselha Talita de braço dado comigo. — É verdade, você leva jeito com os pequenos e eles te adoram. A Janaína contou como você ajudou no domingo aquele menino autista que nunca tinha entrado na sala. Ela está louca para te recrutar pro kids — Talita me dá um olhar animado.

— Não sei... Vou orar.

— Tentar, amiga. Acho que sua fase é essa agora.

É, eu sei que sim. Desde que fui liberada para servir nos ministérios da igreja, após meses de discipulado, venho tentando encontrar meu lugar. Até fiz uma lista dos departamentos possíveis. Risquei a banda, claro, pois não toco nenhum instrumento, e risquei também o ministério de louvor e o coral. Não gostaria de ficar na tentativa e erro. O complicado é que quanto mais olho para mim e para a lista, mais penso que não combino direito com nada, que não tenho dons e talentos necessários para me encaixar em lugar algum. Quero tanto ser boa, ser útil em algo na igreja como meus amigos são. Isso anda me inquietando bastante.

E é por esse motivo que me ofereci para ajudar o ministério do teatro. Eles foram convidados por outra igreja para apresentar uma peça num culto jovem. Vai ser um espetáculo bastante elaborado. O líder do grupo pediu voluntários por causa das demandas, e aí me prontifiquei. Fui escalada como auxiliar de assistente de figurino. Tem sido bacana vir para os ensaios e ajudar com o que posso.

— Te vejo depois do ensaio.

Talita acena assim que entramos, pelos fundos, na igreja vazia. Seguimos pelo pátio e nos despedimos na entrada do prédio, onde a equipe de dança se reúne. Subo a rampa em direção ao templo e atravesso as pesadas portas de madeira.

— Oi, Chér!

Sou recebida com cumprimentos cordiais e sorrisos animados.

— Oi, pessoal! — Sorrio de volta.

Esta é a minha terceira vez como voluntária, então já conheço todos. Uma das coisas que mais acho interessante no ministério de teatro é que há membros de várias idades, desde crianças a idosos.

— Chér, as meninas foram se trocar no banheiro do kids. Vamos ensaiar com os figurinos hoje — avisa Kleber, um homem branco, alto, de cabelos encaracolados e líder do ministério. — A galera está se arrumando lá. Pode auxiliar as meninas com o figurino?

— Lógico!

Suspendo o polegar em positivo e volto por onde vim.

No prédio, entro na sala em que o pessoal está caracterizado para o ensaio. É como adentrar um circo repleto de cores, tecidos e personagens. Nem sei quem ajudar primeiro enquanto todos estão tentando se ajeitar. Dou um "oi" coletivo e troco beijinhos no rosto com Gabi. Bárbara me puxa para soltar um botão do seu vestido que agarrou em seu cabelo e depois auxílio Thabata, toda irritada, com as saias de seu vestido de tule preto que se prenderam nos pés da cadeira em que está sentada.

Thabata talvez não seja a minha pessoa favorita na igreja, nem a segunda ou a terceira, mas não posso deixar de reconhecer que ela é uma excelente atriz e que o papel de fada das trevas ficou incrível interpretado por ela. Gabi tinha feito o teste para o papel, e torci bastante por minha amiga, mas bastou ver Thabata encenar que entendi que o personagem era perfeito para ela.

Além da boa atuação, Thabata tem o cabelo longo preto que por si só já impacta na caracterização da personagem estilo Malévola. E, bom, seu figurino é belíssimo. De início, quando me explicaram sobre o que era a peça e por que a ideia do circo, achei que o personagem que representava o mal deveria ser o mais feioso. Mas rolou aquele papo de que as trevas manipulam através de beleza, riqueza, poderes, então... Thabata foi a escolha certa.

— Quer que afrouxe o espartilho? — ofereço ao ver linhas vermelhas em sua pele clara.

— Não, assim está ótimo.

Só se for ótimo para morrer asfixiada.

— Ajeita meu cabelo? A Nani prendeu os grampos errado. Tá um horror.

Não é um horror, está um tanto desalinhado. Thabata que é exigente demais.

— Ai, Chér, vai com delicadeza para não quebrar meus fios.

— Eu nem toquei no seu cabelo direito, Thabata.

Me defendo com os dois grampos nas mãos.

— Faz com cuidado. Hidratei ontem para o ensaio.

Nem dá pra revirar os olhos porque ela está me vendo pelo reflexo do espelho.

Retiro os grampos com ela resmungando e, após alguns minutos, finalizo seu cabelo.

— Prontinho.

Thabata fica se admirando no espelho com um bico meio contrariado.

— Dá pro gasto. Ainda bem que é só o ensaio.

Que audácia desprezar todo o meu trabalho. Típico da Thabata.

Ao girar de seu banco, encaro suas costas desnudas e mostro a língua para ela feito uma criancinha malcriada. Uma risadinha me faz virar o pescoço para o lado. Ali está Luciano, escorado na porta, brincando com a cartola preta nos dedos. Seus olhos divertidos estão fixos em mim e ele mantém o costumeiro sorrisinho de canto, que tenho achado mais charmoso do que deveria.

Sinto o calor se espalhar por minhas bochechas e meu coração ficar ansioso desse jeito esquisito. Não consigo deixar de reparar no quanto ele está bonito, muito bonito mesmo, em sua fantasia de domador de circo. O contraste da calça preta e o blazer vermelho com dourado faz de Luciano um dos personagens mais vibrantes do espetáculo.

— Será que você pode me ajudar ou vou ganhar uma careta misteriosa?

Luciano vem em minha direção ainda sorrindo torto. Meu sorriso escorrega fácil.

— Depende do tratamento que a auxiliar de figurino vai receber — brinco.

— Prometo que vou ser um cavalheiro.

Ele faz uma reverência exagerada com a cartola que nos faz rir.

— Quer que te ajude com o quê?

— Vê se consegue ajeitar o meu bigode falso. Eu colei, mas não fiz direito.

— É. — Tombo a cabeça analisando. — Tá meio torto.

Luciano tateia a barba falsa no queixo e só a entorta mais.

— Está piorando. Desse jeito o personagem vai perder a seriedade.

— Mexe pra mim.

— Tá.

Luciano fica tão próximo que posso sentir seu hálito de melancia.

— Me dá um chiclete — peço para disfarçar o frio repentino em minha barriga.

— Catei do Léo.
— Poxa.
— O que achou da minha fantasia?
— Bem bonita.

Digo com sinceridade e, cuidadosamente, encosto a ponta dos dedos no bigode.

Nossos olhos se encontram e sinto uma ansiedade na boca do estômago. Maltrato meu lábio e fito seu cabelo para fugir de seus olhos. Luciano cortou nas férias e agora tem um corte mais sério e um topete estiloso que ele arruma com gel para o lado. De início, fiquei na dúvida se tinha gostado. Afinal, achava maneiro seu cabelo comprido e seus coques baixos. Depois de um tempo, decidi que gostei. Na verdade, gostei demais. Fez com que ele parecesse mais maduro, mais velho. Bom, mais velho ele estava mesmo, pois fez dezoito anos em janeiro.

— Tá difícil? — ele pergunta, seu hálito morno tocando meu rosto.

— Ah, não. — pigarro. *É que eu estou divagando sobre seu corte de cabelo.* — Pera aí.

Tento fazer meus dedos ágeis sobre o bigode.

— Ai, Chér — ele geme em protesto.
— Desculpa, desculpa.

Dou um sorriso amarelo e ajeito o bigode com mais delicadeza. Jogo a atenção para o cavanhaque falso. Pressiono sobre seu queixo e sinto fiapos da barba verdadeira do Luciano. Sorrio vendo a penugem no queixo dele.

— Olha só o que temos aqui.

Belisco alguns fiapos com a unha.

— Ei! — ele reclama.
— Está virando homem — zombo. — Que bonitinho.
— Engraçadinha.

Luciano empurra minha testa com um dedo.

— Que mania chata, Luciano.

Dou um tapinha em seu ombro.

— E eu já sou um homem, caso não tenha reparado.

Seu tom é baixo e seu olhar atravessa o meu com uma faísca intensa nas íris.

Minha barriga vai escorregando para o pé enquanto o coração se agita contra as costelas.

Nossas brincadeiras sempre foram divertidas, mas agora eu fico envergonhada com ele. E isso é tão, tão esquisito. Não estou acostumada a reagir desse modo a Luciano. Não sei o que pensar de tudo... isso. Só sei que preciso arrumar esse cavanhaque logo e sair de perto dele. Minha cabeça está me dando ideias erradas, e esse coração maluco começa a palpitar nos meus ouvidos.

— Consegui. Ficou bom — aviso e me afasto depressa.

— Obrigado, Chér.

Luciano vai até o espelho mais próximo e verifica.

— Tá direito. Valeu.

— Por nada.

Nem dou a ele espaço para dizer mais alguma coisa e disparo feito flecha para o outro lado da sala, perguntando se mais alguém quer ajuda com o figurino. Grudo em uma das bailarinas enquanto massageio a altura do peito como que para dissipar essa sensação incômoda que se instalou aqui.

Por que eu fico nervosa perto do Luciano? Isso nunca, nunca aconteceu.

Ele é meu amigo, e eu sempre o vi como amigo.

Então por que estou me sentindo atraída por ele?

Céus! Isso é errado. Completamente errado.

Não posso me sentir assim e... gostar dele de outro jeito.

Não, eu não gosto. Isso não é gostar. É pura confusão.

Foi o corte de cabelo, sei que sim. Maldito corte de cabelo, viu.
Vai passar. Essa sensação vai sumir. E aí vou me sentir normal de novo.
Porque não tem a menor possibilidade de eu me apaixonar pelo Luciano. Não mesmo!

Agradecimentos

A escrita de *Meu entardecer de outono* foi bastante desafiadora. Por vezes encarei um arquivo que se recusava a nascer e, quando finalmente as palavras saltaram na página, percebi que contava a história de maneira errada. Por isso, tive de reescrever este livro várias vezes, o que tornou todo o processo frustrante. Em momentos difíceis, pensei em desistir, mas o propósito deste livro me fez permanecer. Tudo o que eu tinha na mente e no coração era a importância da mensagem que a sequência de *Meu sol de primavera* transmitiria. Esse propósito me fez continuar — afinal, é ele que move a nós, autores de ficção cristã, a contar histórias que não só entretêm mas também edificam.

Como sou grata ao Senhor pela oportunidade de servi-lo através da literatura e de participar daquilo que ele tem feito em toda uma geração de meninas. Os testemunhos referentes a *Meu sol de primavera*, sejam de garotas, sejam de suas mães, trouxeram lágrimas a meus olhos e encheram meu coração de alegria e gratidão, confirmando a jornada que venho trilhando em minha vida. Meu desejo é continuar escrevendo histórias que aproximem meninas do coração do Pai.

Louvo ao Senhor pela oportunidade de escrever mais um livro e por ele nunca ter soltado minha mão em todo o processo. Por ter me suportado com tamanha graça, amor e paciência, e por sempre me apontar o caminho que devo seguir. Como é maravilhoso ter o Espírito Santo como melhor amigo. Nunca estamos sozinhos, sempre podemos contar com seu auxílio e direção.

Agradeço à querida amiga Arlene Diniz, por me ouvir em minhas crises — mais vezes do que eu poderia contar —, por rir, chorar e orar comigo, e por me consolar e encorajar a escrever esta história. Por seus palpites no enredo e suas opiniões sinceras, e por me ceder — mais uma vez, rsrs — experiências de sua própria adolescência para que eu compusesse outra história. Obrigada, amiga!

Um super agradecimento à Júlia Oliveira, irmã caçula da Thaís, por me fazer mudar todo o enredo deste livro depois de conversarmos por quase três horas sobre seus dilemas como adolescente em 2024. Nossa conversa foi fundamental para que eu pudesse finalizar esta continuação. Tenho dito que escrevi este livro com a Júlia, que carinhosamente compartilhou suas histórias comigo e me enviou dezenas de áudios para torná-lo o mais verossímil possível. Júlia, saiba que você se tornou minha fonte de pesquisa favorita! Na verdade, se tornou uma amiga que amo muito. Obrigada por sua amizade e por ser vulnerável comigo.

Thaís Oliveira, obrigada por ter lido este livro tão rápido quanto foi possível, e obrigada por seus comentários honestos e sugestões pontuais. Também agradeço pela frase de endosso.

Ao meu esposo, Vinícius Arcas, e os meus filhos, Benjamin e Miguel, por abraçarem meu ministério na escrita e por serem compreensivos e meus grandes encorajadores. Vocês são minha base e meu tesouro mais precioso. Obrigada por se alegrarem a cada livro novo.

Agradeço ao meu editor e amigo Daniel Faria, por acreditar tanto na história da Chér e em mim como escritora. Seu olhar afiado, seus conselhos e seu apoio são fundamentais em minha jornada. À Talita Dantas, gerente comercial e amiga, um muito obrigada por suas palavras de encorajamento, seu cuidado, seu carinho e sua alegria contagiante. E a toda a equipe da Mundo Cristão, por cuidarem tão bem de mim e de meus livros, muito obrigada!

Sou grata a cada leitora e mãe que me escreve. Os testemunhos de vocês e a confiança em meu trabalho me alegram e me incentivam a prosseguir. É muito gratificante saber que a Chér tem sido um instrumento de Deus na vida de milhares de meninas.

E a você que terminou de ler este livro, obrigada! Espero que a leitura tenha sido divertida e edificante. Nos vemos na próxima história da Chér!

Sobre a autora

Queren Ane é cristã, casada e mãe de dois meninos lindos. Coautora da série best-seller *Corajosas*, é leitora voraz e apaixonada por contar histórias. Seus livros têm abençoado a vida de centenas de jovens. Em 2024, publicou *Meu sol de primavera*. Mora no Rio de Janeiro com o marido e os dois filhos e serve em sua igreja local, ensinando crianças e juniores.

Compartilhe suas impressões de leitura, mencionando o título da obra, pelo e-mail **opiniao-do-leitor@mundocristao.com.br** ou por nossas redes sociais

Esta obra foi composta com tipografia EB Garamond e impressa em papel Pólen Natural 70 g/m² na gráfica Ipsis